「要打烊啦？反正我沒有要向你買東西啦！嘻嘻嘻嘻嘻！」

「哈哈哈哈哈哈哈哈哈！」

窮知之箱 美斯特魯艾庫西魯

機魔／造人，齊雅紫娜的最高傑作。
無論被殺死幾次都能再生，
每次復活時都能克服自己的死因。

輪軸的齊雅紫娜

具有天才般工術才能的魔王自稱者。
在凶暴個性的驅使之下，
帶著美斯特魯艾庫西魯參加六合御覽。

知道輪軸的齊雅紫娜有多麼可怕的人，在被捲入麻煩之前就會離開現場，或是待在遠處旁觀不敢靠近。對於天生心中充滿惡念的輪軸的齊雅紫娜而言，受到同為人族的排斥反而讓她感到無比的愉悅。

「好吧，夏魯庫。我就把你連同世界一起撕裂！」
地平咆梅雷
身為村莊的守護神，受到村民喜愛的巨人。
能射出讓地平線盡頭的地形也為之改變的
強大箭矢。
空氣中響起落雷般的哭號。
一枝大得駭人，正在沸騰的土箭通過了
夏魯庫的所在位置。
其貫穿大氣的速度過快，土地因隔熱壓
縮的高溫開始燃燒。
它不過是通通過地面，被龍息凍結的大地
就連同岩盤一起融化。
必殺的破壞力。
……然而，其真正的可怕之處在於——

斬音夏魯庫
失去生前記憶的骸魔。
具有讓骨骼變形的機能，能以聲音都跟不上的
神速讓「攻擊距離」一詞變得毫無意義。
（——該死的怪物。地平咆梅雷，這傢伙太可怕了。）

遠方鉤爪的悠諾

已滅亡的拿岡市倖存少女。
知曉某個祕密之後，離開了彈火源哈迪。

「悠、悠諾、大人。」

「妳應該立刻就殺了我……！
因為我……」

黑曜莉娜莉絲

繼承諜報公會「黑曜之瞳」的血鬼。
血鬼本來需要經由血液感染，
她卻能行使透過空氣感染的支配能力。

被她壓在身下的那具身體好纖細。
也許，她可以就這麼扭斷對方的脖子也說不定。
悠諾看到那對含著淚水的眼睛正仰望著自己。

潛伏異形種

珪素

ILLUSTRATION
クレタ

Kadokawa Fantastic Novels

故事簡介 STORY

令地表一切生命感到恐懼的世界之敵，「真正的魔王」被某人擊敗了。
那位勇者的名號與是否實際存在，至今仍無人知曉。
由「真正的魔王」所帶來的恐懼時代，就這麼突如其來地畫下句點。

然而，魔王時代催生出的英雄卻依然留存於這個世界。

在魔王這位所有生命的共同敵人已不復存在的此刻，
具有獨力改變世界之力的那些人物或許將基於自身欲望恣意妄行，
帶來更加混亂的戰亂時代。

對於統一人族，成為唯一王國的黃都而言，
他們的存在已淪為潛在威脅。
所謂英雄儼然是帶來毀滅的修羅。

為了創造新時代的和平，
必須找出一位能排除下一個世代的威脅，
引導人民走向希望的「真正勇者」。

於是，黃都執政者——黃都二十九官不分種族地從世界各地招攬多位能力登峰造極的修羅。他們計劃召開一場御覽比武，打算擁戴優勝者為「真正勇者」——

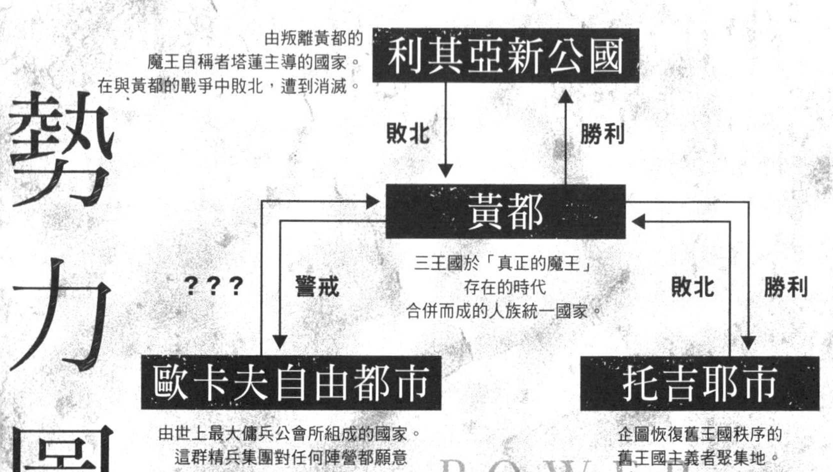

用語說明
GLOSSARY

◈詞術

①允許於巨人(gigant)之軀體構造中理當不會生成的生物或現象的世界法則。
②無論說話者為何種種族或使用何種語言體系，都能將話語中的意志傳達給對方的現象。
③抑或是所有利用該現象向對象提出「請求」，扭曲自然現象的術之總稱。
也就是所謂的魔法。以力術、熱術、工術、生術四大系統為核心，但也存在其他例外系統的使用者。使用者必須十分熟悉詞術作用的對象，不過具有實力的詞術使用者能在某種程度上跨越這類限制。

力術
操作具有方向性的力量或速度，
也就是所謂動量的技術。

工術
改變對象形狀的技術。

熱術
操作熱量、電荷、光之類無向量的技術。

生術
改變對象性質的技術。

◈客人

由於身懷遠遠超脫常識的能力，從被稱為「彼端」的異世界轉移至這個世界的存在。
客人無法使用詞術。

◈魔劍、魔具

蘊含強大力量的劍或道具。和客人一樣，
因為具有強大力量而遭到異世界轉移至此的器物。

◈黃都二十九官

黃都的政治首腦。文官為卿，武官為將。
黃都二十九官之間並不會以資歷或席次排出上下關係。

◈魔王自稱者

對不屬於三王國「正統之王」的多位「魔王」總稱。雖然也有並未自稱為王，卻因具有強大力量，做出威脅黃都的行動而遭到黃都認定為魔王自稱者而成為討伐對象的例子。

◈六合御覽

決定「真正勇者」的淘汰賽。經過一系列的一對一戰鬥，最後的獲勝者即為「真正勇者」。
必須獲得一位黃都二十九官的推舉才能參賽。

六合御覽

擁立者
靜寂的哈魯甘特

冬之露庫諾卡
凍術士　龍

擁立者
銅釘西多勿

星馳阿魯斯
冒險者　鳥龍

擁立者
鐵貫羽影的米吉亞魯

駭人的托洛亞
魔劍士　山人

擁立者
蠟花的庫薇兒

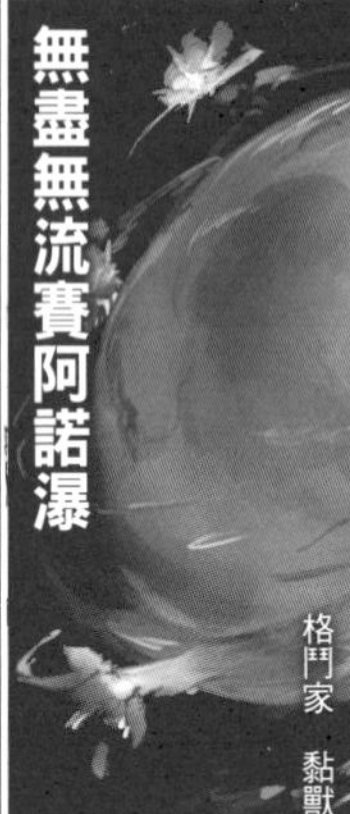

無盡無流賽阿諾瀑
格鬥家　黏獸

奈落巢網的澤魯吉爾嘉
小丑　沙人

擁立者
千里鏡埃努

窮知之箱美斯特魯艾庫西魯
生術士／工術士　機魔／造人

擁立者
圓桌的凱特

魔法的慈
狂戰士

擁立者
先觸的弗琳絲妲

擦身之禍庫瑟
聖騎士　人類

擁立者
暮鐘的諾伏托庫

絕對的羅斯庫雷伊
騎士 人類

擁立者
紅紙籤的愛蕾雅

世界詞祈雅
詞術士 森人

擁立者
彈火源哈迪

柳之劍宗次朗
劍豪 人類

擁立者
光量牢尤加

善變的歐索涅茲瑪
醫師 混獸

不言的烏哈庫
神官 大鬼

擁立者
憂風諾非魯特

第一千零一隻的基其塔·索奇
戰術家 小鬼

擁立者
荒野轍跡丹妥

斬音夏魯庫
槍兵 骸魔

擁立者
遊糸的西亞卡

地平咆梅雷
弓箭手 巨人

擁立者
空雷卡庸

黃都二十九官

第一卿
基圖古拉斯
剛步入老年的男性。
負責擔任主持二十九官會議的議長。
在六合御覽中不屬任何派系，貫徹中立立場。

第二將
絕對的羅斯庫雷伊
被視為英雄，聚集絕對的信賴於一身的男性。
擁立自己參加六合御覽。
二十九官最大派系的領導人。

第三卿
速墨傑魯奇
有著犀利文官形象，戴著眼鏡的男性。
負責六合御覽的企劃。
隸屬羅斯庫雷伊的派系。

第四卿
圓桌的凱特
性格極為暴烈的男性。
窮知之箱美斯特魯艾庫西魯的擁立者。
坐擁首屈一指的武力與權力，對抗羅斯庫雷伊的派系。

第五官
空位
原本是黃都的財政界中具有強大影響力的狡猾幕後黑手，異相之冊伊利歐魯德的位子。
在他被趕下台後，這個位子成了空位。

第六將
靜寂的哈魯甘特
被當成無能之人和笨蛋，卻仍汲汲營營於權力的男性。
冬之露庫諾卡的擁立者。
與星馳阿魯斯有很深的因緣。
不屬於任何派系。

第七卿
先觸的弗琳絲妲
渾身上下穿金戴銀，身材肥胖的女性。
掌管醫療部門。
只信奉財力的現實主義者。
魔法的慈的擁立者。

第八卿
傳文者謝內克
可以解讀與記述多種文字的男性。
第一卿，基圖古拉斯實際上的書記。
與古拉斯一同貫徹中立立場。

第九將
鑿刀亞尼其茲
擁有鐵絲般的瘦長身材與暴牙的男性。
隸屬羅斯庫雷伊的派系。

第十將
蠟花的庫薇兒
以長瀏海蓋住眼睛的女性。
無盡無流賽阿諾瀑的擁立者。
經常表現出緊張受怕的模樣。
因為某種原因，在二十九官中擁有最高的身體能力。

第十一卿
暮鐘諾伏托庫
給人溫和印象的老年男性。
擦身之禍庫瑟的擁立者。
負責管理教團。

第十二將
白織撒布馮
以鐵面具遮住臉的男性。
過去曾與魔王自稱者盛男發生戰鬥，目前正在療養中。

第十三卿
千里鏡埃努
將頭髮全往後梳的貴族男性。
擁立奈落巢網的澤魯吉爾嘉。
受感染而成為黑曜莉娜莉絲的傀儡。

第十四將
光量牢尤加
身材圓胖的純樸男性。
與野心無緣。
負責管轄國家安全部門。
善變的歐索涅茲瑪的擁立者。

第十五將
淵藪的海澤斯塔
臉上總是帶著嘲弄笑容的壯年男性。
特色是素行不良。

第十六將
憂風諾非魯特
身高特別高的男性。
不言的烏哈庫的擁立者。
與庫瑟同樣出身於教團的救濟院。
遭到庫瑟與娜斯緹庫殺害。

第十七卿
紅紙籤的愛蕾雅
出身於妓女之家，一路爬升到高位的年輕貌美女性。掌管諜報部門。由於被認定在六合御覽中違規，遭到斬殺。

第十八卿
半月的庫埃外
年輕陰沉的男性。

第十九卿
遊糸的西亞卡
掌管農業部門的矮小男性。
為了讓自己配得上二十九官的地位而十分努力。
斬音夏魯庫的擁立者。

第二十卿
鍋釘西多勿
傲慢的富家公子哥，同時也是才能與人望兼具的男性。
星馳阿魯斯的擁立者。
為了不讓阿魯斯獲勝因而擁立牠。

第二十一將
濃紫泡沫的此此莉
將夾雜白髮的頭髮綁在腦後的女性。

第二十二將
鐵貫羽影的米吉亞魯
年方十六就成為二十九官的男性。
具有天不怕地不怕的個性。
駭人的托洛亞的擁立者。

第二十三官
空位
原本是領導脫離黃都獨立的利其亞新公國，身經百戰的女中豪傑，警戒塔蓮的席位。
但目前因為她的叛離，如今成了空位。

第二十四將
荒野轍跡丹妥
個性死認真的男性。
屬於女王派，對羅斯庫雷伊的派系反感。
第一千零一隻的基其塔．索奇的擁立者。

第二十五將
空雷卡庸
以女性口吻說話的獨臂男性。
地平咆梅雷的擁立者。

第二十六卿
低語的米卡
給人方正印象的嚴肅女性。
負責擔任六合御覽的裁判。

第二十七將
彈火源哈迪
十分熱愛戰爭的年老男性。
柳之劍宗次朗的擁立者。
領導軍方最大派系的大人物。
被視為羅斯庫雷伊派系的最大對手。

第二十八卿
整列的安特魯
戴著深色眼鏡的褐膚男性。
隸屬羅斯庫雷伊的派系。

第二十九官
空位

CONTENTS

第八節　六合御覽III

ISHURA

AUTHOR: KEISO
ILLUSTRATION: KURETA

第八節

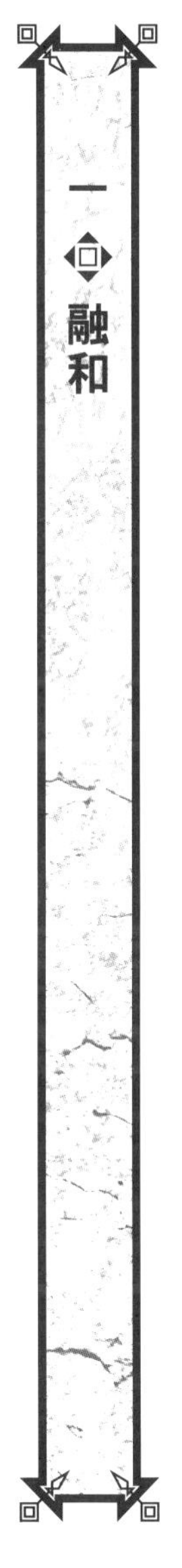

距離六合御覽開始的兩小月前。

在黃都外城區的深邃森林裡，有座彷彿隱匿於其中的古老宅邸矗立於一條清澈的小溪旁。宅邸的大門前停著一輛馬車。

從馬車上下來的一位黑衣老紳士敲了那座宅邸的門三下。

一位小人（leprechaun）老婆婆迎了出來，恭敬地向他鞠了一躬。

「哎呀哎呀，這不是米魯吉大人嗎。這趟長途旅行辛苦您了。」

老人將帽子放在胸前，微笑地回禮。

此人名為棺木布告的米魯吉。他是創造出雷西卜托和內梅魯賀爾加這兩個強大無比的機魔（golem），並與輪軸的齊雅紫娜展開過一場激戰的工術士。

「不不，弗雷大人，我才該感謝妳們。如果沒有妳們的幫助，我這樣的身分可是無法進入黃都的。」

「對我們來說這是小事一樁罷了。大小姐正在等您，請進吧。」

宅邸內的每個角落都被燈光照亮，讓人幾乎忘記此刻正是夜晚。但所有的窗戶都被厚厚的黑色窗簾覆蓋，確保沒有一絲光線能透漏出去。

米魯吉和弗雷最後抵達了接待客人的大廳。前來迎接他的是這座宅邸年輕貌美的主人。

「啊——歡迎您，棺木布告的米魯吉大人。我叫莉娜莉絲。今天請讓我代替父親款待您。」

莉娜莉絲微微頷首，露出楚楚可憐的笑容。

她身穿彷彿閃閃發亮的白色禮服，那裸露的肩膀和後背的肌膚比衣服還要耀眼。

她是「黑曜之瞳」最後的統率者，黑曜雷哈多的獨生女。

「這真是太客氣了，感謝您。我作夢也沒想到雷哈多先生竟然有這麼美麗的女兒……我現在應該稱您為『黑曜』吧？莉娜莉絲小姐。」

「不。」

她像是有些困擾地微笑著，望向了大廳最深處的座位。

那人深深地坐在椅子上，一動不動，可能連呼吸都沒有。

「——『黑曜』只有一位。那是我父親的名字。」

「原來如此，也許是吧。」

米魯吉是少數知道黑曜雷哈多生前所作所為的人之一。雷哈多是活躍於世界黑暗之中的冷酷組織「黑曜之瞳」的統率者。他對敵人無情，對待盟友更是殘忍。

他擁有給予他人血液，控制對象意識與行動的血鬼(vampire)力量，但大部分人應該是被恐懼而非血所控制——這個莉娜莉絲又是如何呢？

米魯吉與女孩面對面地坐到寬敞的餐桌前。

桌上擺著塗有黑蜂蜜的綠頭鴨肉，根莖類蔬菜與起司的沙拉，清澈的琥珀色牛骨湯。

「米魯吉先生，讓我們為了友誼舉杯吧。」

「嗯，敬今日的相遇。」

兩人輕輕碰了碰酒杯。

他們將酒液含在口中，品味上等紅酒的香氣。

「……『黑曜之瞳』。啊啊，那真是遙遠的回憶。當時我以為自己想忘也忘不掉。不過在妳們的使者再次提到這個名字之前……那些日子的記憶彷彿一直沉睡在腦海中。」

棺木布告的米魯吉是魔王自稱者。他曾經有自己的國家。並且在「真正的魔王」的時代裡，與還沒變成「最後之地」的庫塔白銀市進行過一場壯烈的資源爭奪戰。

在那場戰爭中，「黑曜之瞳」是對他的國家造成最大打擊的敵人。

「那個時候，我只是個小女孩。但是我聽說過米魯吉先生帶來的技術有多麼偉大，聽起來宛如英雄的詩歌。」

「那真是我的榮幸。莉娜莉絲小姐您……不，『黑曜之瞳』，對我仍然心懷怨恨嗎？」

「絕對沒有。有什麼事情會比曾經交戰過的雙方能夠活著再次相見，並且締結友誼還要美好呢？我們彼此都比盟友更清楚對方的力量。現在能夠如此攜手相扶，對我來說，這是再開心也不過的事了。」

「……那我們祝賀彼此的重逢，順便聊聊那段時間的往事吧。」

「嗯，當然沒問題。」

年老的魔王坐在吊燈下，平靜地講述著。

「就像您曾經是一個小孩一樣……我最初也只是被邊境的貴族僱用的一名家庭教師。這可能很出乎您的意料，雖然我當時教授工藝。但是我並不擅長教書。」

「呵呵……您的笑話真有趣，實在讓人很難相信呢。」

「說來慚愧，我那時還很年輕。每次上課時我都在想，為什麼學生無法理解這麼基礎的東西——我總是充滿了這種煩躁的情緒。為了提供更好的教學品質，我反過來向那位貴族學習了貴族文字。那個貴族的家裡有祖先留下的古老學術記錄。沒有人知道那些記錄裡寫了些什麼。」

實驗、觀察，或者透過計算對事物做出解釋的自然科學記錄在貴族的家裡並不罕見，貴族家庭獨有的文字往往是為了保留這些記錄而創造的。古代的貴族通過傳承並獨占知識的力量來鞏固他們的統治。

「居然沒有人讀過那些一直放在手邊的記錄嗎？」

「是的。那一代的人從未打開過那本書。然而他們卻僱用了家庭教師，聽起來很可笑吧。但那些記錄非常詳細……我每天都在學習。修訂古老、有錯誤的部分，如果有實驗記錄，我就試著驗證其可重複性——」

這種記錄的內容因家族而異，有些甚至只是胡謅的記錄。就這一點來說，米魯吉很幸運，因為他的第一位老師，就是那本書。

「……然後我意識到，我實際上並不適合做教師。我更適合教授自己工藝。我意識到一點，雖然我是個家庭教師，但我為的是學習而非教書才留在那個貴族的豪宅裡。」

「我聽說所有的老師都在教學的同時也在自我學習。米魯吉大人，您一定也是如此吧。」

「那我只是很自私罷了……但是多虧了這個經歷，我成為了城市裡最出色的工術士。而且在不知不覺間還成為全國最頂尖的人物。我也是在那個時候遇到了一位叫做精髓的伯納德的男人。他是一個『客人』……正苦於無法複製他所出生長大的『彼端』的機器。您應該知道那是什麼，就是所謂的蒸汽機。」

「……是的，我曾經坐過一次蒸汽火車。那真是一項偉大的發明。」

「為了量產蒸汽不會外洩的汽缸，我組裝了一種精密度比汽缸更高的加工機械。那項發明受到了肯定，許多人開始慕名而來。我和伯納德一起徵召夥伴，增加員工，並且利用機魔進行進一步的增產——」

「……」

莉娜莉絲靜靜地看著他的表情。

她應該也聽說過後來發生了什麼事。

「……不知何時，我們成為了一個國家。我們不依附於任何王國，並且打算在這個世界上引起一場利用這種新式機械的產業革命。然而，過度的力量難免牽扯上國家間的政治和戰爭。對於正統的王來說……我是一個危險的存在。」

他是一位魔王，是一位正統之王無法認同，擁有過度強大力量的存在。

並非所有魔王自稱者都是自願成為魔王的。

「我辛苦設計的工廠……為員工們建造的城市，都被燒毀了。我的朋友伯納德被毒死。若是為了防禦生產機魔，敵人就會用更強大的力量打擊我。我一直苦於物資和人力的短缺。」

「……米魯吉大人。」

「是的，我知道，莉娜莉絲小姐。我知道妳們只是遵從國家的命令。但是自從失去了國家之後，我就為了找到人生的結論而一直活到現在。如果我在得到答案之前就死去，那就太對不起伯納德了……」

可以說米魯吉是為了與曾經阻礙他的眾多敵人做個了斷而活。

那些人包含了在工術士的造詣上超越了他，蹂躪過這個世界的輪軸的齊雅紫娜。以及曾經是威脅他國家的不共戴天之敵「黑曜之瞳」。

還有……曾經使他淪為魔王的正統之王的倖存者，這座黃都的女王。

坐在他對面的莉娜莉絲低垂著長長的睫毛說道：

「……米魯吉大人，請不要再說下去了。」

「莉娜莉絲小姐，感謝您的邀請……我由衷地表達感謝。您剛才說過，黑曜之瞳對我已經沒有過去的恩怨了。」

米魯吉拿起他靠在一邊的杖。

「但是我仍心懷仇恨。請妳去死吧。」

在一股衝擊波中，窗戶被打碎了。

某個像鳥骨架般的影子猛然衝了進來，其右臂對準了莉娜莉絲。

「改進型雷西卜托。」

——機魔。

「雷西普托號令於哈勒賽卜托之瞳（rosipkt io hallese），裂痕之眼（negarug samart）。天柱之（wbunt）——」

「不准——」

在透過魔具發動的熱術詠唱結束之前，巨大的影子和爪子就襲向了機魔。

機魔從空中被打落，撞裂了地板。

闖入者是位高壯的狼鬼（lycant）。「黑曜之瞳」。摘光的哈魯托魯。

「——碰觸大小姐，你這個下賤的傢伙。」

大廳的天花板和兩邊的牆壁上都有被深深刨挖過的痕跡。從門口到牆壁——然後借力蹬上天花板。這些移動痕跡表明，哈魯托魯在一瞬之間躍到了高速飛行的「改進型雷西卜托」的頭上。

而且全程無聲無息。

「我的女兒和『黑曜』的女兒，究竟哪一邊更優秀呢？」

——噗咻。一聲壓縮空氣爆開的聲音響起。

機魔自行切斷被哈魯托魯壓制的手臂，飛至哈魯托魯的射程之外。

米魯吉的目光依然鎖定著莉娜莉絲。

「我認為還有證明的必要……去吧，改進型雷西卜托。」

「嘰，嘰，嘰。」

空洞的鳥頭形狀頭部發出了怪異的哀鳴。

機魔從看似肋骨的部位展開了六片刀刃。

「大小姐，請站在那裡不要動。」

「……嗯。」

哈魯托魯站在莉娜莉絲面前的餐桌上。刀刃可能是某種射出型武器。他的厚重毛皮也許能夠承受六次連續的射出。

「嘰，嘰」

改進型雷西卜托對準了莉娜莉絲，然後……

在刀刃射出的瞬間，一個從旁邊飛來的圓月輪阻止了它的動作。那是一種螺旋狀的帶鉤武器。

儘管受到干擾，雷西普托的攻擊仍然接連不斷地被射出。停止。發射。停止。停止。停止。停止。

本該在一次呼吸的時間裡連續射出的六片刀刃，在射出的瞬間全部被攔下了。每一次的攻擊，都有一個圓月輪纏上了改進型雷西卜托的刀刃。

「竟然對大小姐……做出如此這種愚蠢的行為……」

走廊的燈光不知何時已經熄滅。從那裡深處，傳來一道怪異的聲音。

「為你的愚蠢感到羞恥吧。吾名為七陣後衛，變動的維瑟。」

又有三個圓月輪從黑暗中擲了出來。改進型雷西卜托以主腿打掉它們。螺旋狀的鉤子纏在關節上，以旋轉的速度將那條腿扭斷。機魔重心不穩，身體在空中搖晃。

「改進型雷西卜托！高速旋轉——」

爆裂聲在這時響起。

從下至上，一道猛速的閃光掠過，改進型雷西卜托被劈成了左右兩半。

「哎呀哎呀，這也真是的。」

一位矮小的老婆婆站在了米魯吉和改進型雷西卜托之間。她是女管家，覺醒的弗雷。

她面帶親切的微笑，轉著將剛剛揮舞的長杖，擺到腰後。

「我的手都麻了。這位小姐的身子還真是硬朗啊。」

「……」

坐在餐桌前的米魯吉閉上了眼睛。

「黑曜之瞳」。他們屠殺人民，燒毀國家，是自己憎恨的敵人。那一天的他們，確實也是這樣的異形魔人。

「我輸了，又輸了一次。」

「……我很抱歉。米魯吉大人。」

莉娜莉絲坐在他的正對面，靜靜地看著他。

兩人的戰鬥在雙方未動一步的情況下就結束了。

他或許可以抽出藏在杖中的槍，但恐怕那也是毫無意義的事。莉娜莉絲靜靜地說道：

「在這種時候，我總是……希望如果自己沒有被背叛就好了。盼望著總有一天，會出現無關利益、道理、正義……願意接納我們的朋友。」

「我理解妳的感受。但是那……恐怕是永遠無法實現的願望。妳我都一樣。」

米魯吉過去也只是一位家庭教師，而不是什麼魔王。

然而，他成為了敵人。不是針對特定的某個人——而是對許多人來說，他成了一個「感覺上的敵人」。在這種以敵意對抗敵意的螺旋中，棺木布告的米魯吉就在不知不覺間真的變成了那樣的人。

現在的他，即使面帶和藹的紳士面容，也能夠下手殺人。

「妳要殺我嗎？」

「不。」

「那麼，你要成為我的朋友嗎？」

「不。」

「……既然如此——」

「米魯吉大人。讓我來告訴你，我們為何邀請你來這裡吧。」

莉娜莉絲既不會殺他，也不是把他當成朋友。只要與「黑曜之瞳」有所接觸，那種人的下場只有一個意義。

米魯吉無法動彈。他感覺自己就像是被莉娜莉絲目光中的力量封鎖了所有的動作。

——誰能想像，在這個世界上存在著只要與之面對面就意味著敗北的血鬼呢？

「請告訴我關於美斯特魯艾庫西魯大人的事。」

只要有祕密存在，就會被「黑曜之瞳」窺探殆盡。

透過那無比美麗，足以讓人忘記一切的金色虹膜。

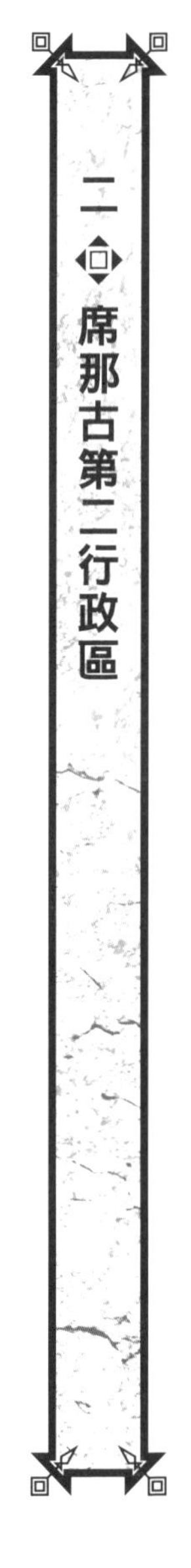

二◇席那古第二行政區

黃都中心部的住宅區是以根據中央王國時代延續至今的大規模城市計畫為基礎，將街區整齊地規劃為垂直交錯的格局。

由於這片坐落在山區附近的高級住宅區離王宮相當近，大多數黃都二十九官也在此安置了自家的宅邸。不過第二十四將，荒野轍跡丹妥的住宅卻相當樸素。

他所居住的集合住宅與周邊的住宅相比，看起來明顯地遜色許多。就算只看空間大小，他的住處也只有年邁母親的房間和丹妥的書房這些僅能滿足最基本居住需求的配置。

他明白有人認為二十九官應該過著符合其崇高地位的生活，但丹妥早在成為王國將軍之前，就一直過著這種不變的生活。

這並不是因為丹妥沒有欲望，而是他對於超出自身能力的誇耀有種淡淡的厭惡感。這也許是來自於他從母親那裡接受的教育。

然而，荒野轍跡丹妥現在——卻必須處理遠超出他能力範圍的事物。

距離六合御覽開始的一小月前。

當丹妥造訪時，逆理的廣人正在享用遲來的午餐。

「習慣黃都的生活了嗎，逆理的廣人？」

「如果能更自由地外出，那就無可挑剔了。」

外表年齡約十三或十四歲，一頭接近白髮的灰色頭髮。廣人總是吃得很少，這一點使他看起來更像一個孩子。

集合住宅的三樓原本是空著的，現在整層樓被丹妥包下。因為出現了需要監視「灰髮小孩」的必要，所以丹妥將他安置在自己居住的同一棟建築中。

「這是實際觀察與學習黃都文化的好機會。你知道嗎？在這個世界裡，簡單的圖畫在某種程度上也被用作文字的替代品。只要看看各區域在這點上的差異，就能知道那個城市是如何發展起來的——」

「沒有那個必要。」

丹妥不開心地斥責一聲，坐到了椅子上。

逆理的廣人可以說是讓丹妥感到最不愉快的那種類型的人。他總是狡猾地操作、策劃陰謀，相信言語的力量比行動更強大。

「我對你的期望只有一點。就是摧毀那些推動六合御覽的改革派和其他各方勢力的陰謀，保護女王陛下的安全。」

——六合御覽。一項透過十六名勇者候選人進行真業比武對決來選出勇者的荒謬國家事業。

實際上，那是黃都第三卿傑魯奇及第二將羅斯庫雷伊用來建立一個權威象徵以取代女王瑟菲多的陰謀。對於身為女王派的丹妥來說，這絕不是可以忽視的事情。

「如果說理解文化等是制定戰術的必要條件，那就讓基其塔・索奇去做吧。反正你也不是制定戰術的人。」

「確實如此。」

廣人平靜地點了點頭。

「在戰鬥中，無論是我的力氣還是頭腦都派不上任何用場。像這樣被你監視，我反而可以放心。也不會被改革派那方面的人懷疑。」

「……」

而這位逆理的廣人，甚至也不是女王派的真心盟友。

雖然雙方現在聯手反制占多數的改革派，但廣人背後有歐卡夫自由都市。那是「客人」，魔王自稱者盛男帶領的優秀精銳傭兵國家。邀請他們走上名為「六合御覽」的舞台，可能等同於做出為了保護國家而出賣國家的行為。

（如果這個男人對黃都造成危害……不用改革派動手，我會先當場殺了他。然後我再以自己的性命為此負責。擁立勇者候選人，就應該有這樣的覺悟。）

「關於歐索涅茲瑪的事情……」

廣人突然開口。

「其他的陣營有打探牠的跡象嗎？」

逆理的廣人在這場六合御覽中送出了兩名手下：第一千零一隻的基其塔．索奇，和善變的歐索涅茲瑪。而且為了避免廣人與歐索涅茲瑪的關係被追查到，他還「請」第十四將尤加擁立歐索涅茲瑪。

「……在我看得見的範圍內，羅斯庫雷伊和哈迪或多或少都在進行某種程度的調查。歐索涅茲瑪的擁立者尤加本身就不擅長玩弄陰謀。那傢伙一直被派去各地鎮壓叛亂，沒有籌劃複雜策略的餘裕……他們應該沒有需要傾全陣營之力警戒歐索涅茲瑪的道理吧。」

「是啊。但反過來說，遲早有人會襲擊他。」

「我也這麼認為……你打算怎麼應對？」

「——沒有必要應對。」

一隻小鬼（goblin）從旁邊的房間探出了頭。他是勇者候選人，第一千零一隻的基其塔．索奇。

「歐索涅茲瑪大人只是個誘餌。想要調查距離黃都遙遠的吉米那市的勇者候選人，就需要一定的軍隊。無論是羅斯庫雷伊還是哈迪，如果他們對歐索涅茲瑪有所動作，身在黃都的我們就能察覺到。那樣的調查行動雖是個負擔，他們卻也不能放著不管。如此一來就能消耗對方牽制我們的能力，這是我的策略。」

「真的能這麼順利嗎？我很難相信會有什麼明顯的效果。」

「觀察每個陣營如何應對這種情況也能得到收穫。反正雖然不讓歐索涅茲瑪大人進入黃都是他們的目標，對我們來說也不算損失。」

「……你們打算調查哪個陣營？」

「調查那些正在調查我們的人。」

基其塔．索奇大剌剌地在地板上攤開了抱在手裡的黃都地圖。

他用手指著市區的一個點。

「昨晚在『藍甲蟲亭』發生一起涉及槍械的暴力事件。當時在現場的有斬音夏魯庫和魔法的慈。他們都是勇者候選人。這意味著有人在十六名候選人名單公布後立刻展開強勢偵查行動。」

「昨晚？……太快了。」

「丹妥大人也這麼認為嗎？」

勇者候選人的名字一公布，就有人開始著手打探敵人。這本身並不是什麼異常的事情。即使是主辦者絕對的羅斯庫雷伊，應該也有著尚未完全摸清楚完整戰鬥能力的對戰對手。

況且無論是哪個陣營，打探對手的行動都會在勇者候選人名單公布後開始。否則他們將會依據襲擊時間暴露自己掌握了誰的資訊。

（但是，從第一天就開始行動……實際上不就等於那些人在名單公布之前就知道了襲擊對象的資訊嗎？雖然名字公布之後，在廣大的黃都中找到對方的位置，搶得攻擊先機也並非完全不可能的事……）

至少他們的行動中必定有某種意圖。就像對其他陣營來說的歐索涅茲瑪的存在一樣——愈是有謀略頭腦的人，就愈無法忽視這個謎題。

「在勇者候選人名單公布的當天，攻擊有資格出場六合御覽的高手，並且在一定程度上逼出其力量的強者；忠實地執行任務的人；那些能整合勢力、策劃並立即執行計劃的人；還有在緊要關頭可以犧牲的人。除非是黃都的軍隊，否則能透過一般人脈掌握到的人才很有限。」

「但如果二十九官公開動用黃都的正規兵進行打探，反而會讓他們自己的動向暴露無遺。你是這個意思吧？」

「這就是為什麼我說他們的動作太快了。『藍甲蟲亭』的那些人也不是黃都的兵士吧。」

「……不對，還是有方法可用。例如僱用來自外部的傭兵——原來是這樣。」

丹妥頓時明白了。這場六合御覽實際上在比賽揭幕的很久之前就已經開始了。

基其塔．索奇，廣人手下的參謀，這個世界現存的小鬼。丹妥一直認為逆理的廣人是個怪物，但基其塔．索奇其實也是一個令人恐懼的存在。

「這就是為什麼要拉攏歐卡夫……！」

「嗯，我的想法就是如此。之所以先將歐卡夫自由都市拉攏到我們這邊，不僅是為了獲得可以隨意調動的戰力，更是為了『讓其他勢力無法自由運用』。想要引進比他們人數更多、水準更高的傭兵，那將是一項極為艱巨的任務。然而，在『藍甲蟲亭』的對手卻做到了。」

「丹妥閣下，你知道有哪些擁有強大私人軍隊的人嗎？」

廣人一邊嚼著盤子裡剩下的肉塊，一邊問道。

「若是以排除黃都正規軍為前提……那麼在二十九官中，就屬掌管軍部的彈火源的哈迪……或是掌管工業部門的圓桌的凱特，也就是美斯特魯艾庫西魯的擁立者。不僅擁有私兵，也擁有相應的勢力和權限。而且若是那兩個人，即使不是自家的軍隊也能靈活運用。」

「那麼『第五卿』呢？」

「……」

丹妥不發一語地瞪著逆理的廣人。

這個男人果然是在完全掌握了黃都政情的情況下加入這場戰鬥。而且，他對情勢的了解程度比黃都的料想還要深入。

「黃都二十九官之中不存在第五卿。但是……」

正如第二十三將塔蓮，在二十九個席次中，也有一些因為繼任者尚未決定而空出來的編號——第五席就是其中一個。

「……前第五卿，異相之冊伊利歐魯德。他雖不是武官，但應該能調度多位擁有出色用兵能力的官員。而且『他有可能這麼做』……你認為現在的候選人中，有他的人馬混進來了嗎？」

基其塔・索奇代替廣人回答了丹妥的問題。

「不，我們並沒有這麼說。如果已經有合適的嫌疑人，那就意味著其他陣營也有進行這種躁進攻擊的價值。」

「你的意思是只要有嫌疑人，就可以假冒那個人的勢力了嗎？」

「從這方面的意義上來說，目前的狀況有些糟糕。距離對決開始還有一個小月。是否能在這期間內存活下去不被消滅，將會是我們的第一道難關。」

「……一小月。」

廣人喃喃說道。

他終於吃完了午餐，擦了擦嘴角。

「之所以在勇者候選人名單公開後給予一小月的緩衝時間，是為了羅斯庫雷伊吧？」

「表面上是為了給參賽者時間適應詞術的使用。如果勇者候選人之中包含了以詞術為主要戰鬥手段的人，可以預期他們的詞術焦點會是自己慣用的器具，以及現場的水、風或土。若要做到能與三種屬性的自然物溝通，就需要一小月的時間進行適應——官方說法是如此。」

「原來如此。在這個世界進行戰鬥時，也必須考慮到詞術的使用呢。」

使用詞術的人必須熟悉詞術作用的對象。即使是在物質種類上完全相同的風或水，如果地點不同，它們的特性就會有些許的差異，可能會導致施術者無法發揮出預期的效果。

雖說如此，若是擁有出眾詞術才能的人，只要有一小月的時間，就可能創造出三種屬性以上的複雜焦點。反過來說，有些人即使耗費一小月的時間也無法在陌生的土地與一滴水溝通意思。

因此，這種因為每個人的特質差異過大，無法一體適用的理由不過是表面上的藉口。

「實際上，那是因為需要時間來收集勇者候選人的資訊。羅斯庫雷伊擁有根據這一小月之內收集到的資訊，決定對戰分組的權限。他將從十六人之中最有利的位置展開這場淘汰賽。」

「然而，就如同我們剛才確認的，黃都的部隊無法公開行動。能夠快速收集情報的人，會是擁有黃都體制外兵力的勢力。那麼從對方的角度來看，這裡就還有一個與前第五卿同樣適合被當成嫌疑人的對象。」

基其塔．索奇的推測建立在對方是訓練有素的士兵這項前提上。

而除了黃都士兵，明顯滿足此條件的勢力是……

「歐卡夫自由都市。對方可能正試圖將嫌疑轉嫁給我們。」

「……！」

具有實力，在一定程度上能逼出勇者候選人力量的人；忠實執行任務的人；能整合勢力、策劃並立即執行計畫的人；還有在緊要關頭時，可以被當成棄子的人。

歐卡夫自由都市恰恰就是如此。廣人的陣營獨占了歐卡夫的傭兵，從其他陣營的角度來看，第一嫌疑人就是他們。

「……如果是這樣，前提就完全被推翻了。羅斯庫雷伊也有可能是這個計畫的策劃者。改革派應該會在六合御覽揭幕前就先讓你們的陣營淘汰。他們可能會將那場襲擊的嫌疑指向歐卡夫軍，將此事當成迫使你們出局的藉口。」

「確實如此。又或者是……」

廣人接過了丹妥的話。

「這件事本身也可能是第三方為了製造改革派和歐卡夫軍之間的不和而進行的操作。」

「如果是那樣，哈迪、凱特，或是伊利歐魯德他們……算了，這是在死巷子裡打轉。再分析下去只會沒完沒了。你打算如何取得證據？」

「……」

主導六合御覽，絕對的羅斯庫雷伊的改革派。

或是彈火源哈迪或圓桌的凱特那樣，在黃都內部與改革派對立的派系。

在二十九官的勢力之外擁有強大影響力的異相之冊伊利歐魯德。

以及，背後有歐卡夫自由都市支持的逆理的廣人。

「青甲蟲亭」的襲擊事件本身只是個小小的衝突。但是，任何一方都有可能是嫌疑人。

基其塔．索奇低聲嘀咕。

「……丹妥大人。敵人說不定是在這條死巷子之外。」

「什麼意思？」

「我想像了一下策劃這一手的陣營會有什麼樣最棘手的動機。我的意思是，如果這件事並不是某個勢力為了坐收漁翁之利，『引發各方相爭』本身就是目的……」

此時，現場響起了「沙沙」的機械雜音。

「失陪一下。」

是安裝在隔壁房間的聯絡用無線電。基其塔．索奇迅速站起身，前去接聽通訊。

留在原地的丹妥只能嘆著氣。

「……逆理的廣人。你認為我們能贏嗎？」

在這場戰爭中，即使是荒野轍跡丹妥這位經驗豐富的武官也無法應對如此錯綜複雜的陰謀。將王家的血脈擺在優先考量位置的女王派如今已成為少數派。就是因為尋求取代女王的勇者的改革派崛起，才會有這場六合御覽。

必須借用歐卡夫自由都市和「灰髮小孩」這些王國外勢力對抗這股潮流的現狀，對丹妥來說，無異於宣告自己的失敗。假使贏得這場戰鬥，也只是改成由「灰髮小孩」篡奪黃都罷了。

「我沒有什麼巨大的力量。」

廣人回答道。

「但我實現了所有選擇我的選民的願望。至今從未有過任何例外。」

「……哈，你在騙人吧。」

「信任政治家，難道是件困難的事嗎？」

廣人也笑了。這也許是他的幽默吧。

——基其塔．索奇是個具有超乎人類（minor）的優秀智慧的變種，但畢竟他還是個小鬼。鬼族會吃人。那麼廣人是鬼族的盟友嗎？

如果他能實現所有願望，那麼他是否能為水火不容的人族和鬼族「創造雙贏的局面」呢？

基其塔．索奇結束了隔壁房間的通訊，探出了頭。

「狀況不妙，廣人大人。已經查出『藍甲蟲亭』的襲擊者身分了。」

「……發生了什麼事？」

「是歐卡夫自由都市的士兵。」

「……什麼？」

「果然是這樣啊。雖然我不認為有可能會如此……哨兵盛男背叛了我們嗎？」

「不，即使他要背叛，現在也還不是時候。懷疑他只會落入敵人的圈套。」

基其塔・索奇在黃都各處布下的情報網的縝密心思救了他們自己。他們這些當事者是所有人之中最早察覺到蹊蹺的。

開始試探勇者候選人的人，並不是來自第三勢力的不明身分士兵。而是已經深入黃都的他們自己的合作對象——歐卡夫自由都市的士兵。是背叛嗎？還是偽裝？或是從以前就潛伏在黃都的間諜？有人在陰影中操控一切。在最壞的情況下，他們的陣營可能會從內部崩潰。

而當其他候選人追蹤到襲擊者的身分時，他們的陣營將會受到致命的打擊。

「我會暫時先盡可能地掩蓋這次的事件。就算遲早得向黃都提交我方掌握的情報，現在這個時間點終究還是不恰當。而假設歐卡夫的士兵已經叛變——我就有一個問題想請教丹妥大人。」

「……什麼問題？」

「如果是血鬼涉及這起事件呢？勇者候選人之中應該有『黑曜之瞳』的前成員，奈落巢網的澤魯吉爾嘉才對。」

有辦法滲透組織，隨意製造背叛者。

那是過去存在的「黑曜之瞳」最可怕的力量……但是——

「……那……應該不可能。」

「有什麼證據？」

「黑曜雷哈多以及『黑曜之瞳』組織已經被完全消滅了。討伐行動是由第十三卿埃努負責，他還以擁立者的身分監視澤魯吉爾嘉。」

「你有證據證明埃努沒有被操控嗎？」

「那是當然的吧？他是血鬼討伐作戰的負責人，『不可能沒施打過抗血清』。而且既然已經做過討伐行動後的感染檢查，那麼他一定沒有變成從鬼（corpse）。」

「沒錯，沒錯。但假設『黑曜之瞳』在這種情況下仍在活動……」

基其塔．索奇再次坐到地圖的旁邊。

「那就意味著第十三卿是出於自己的意願背叛人族。」

在這個世界裡，任何會危害人族的種族都被定義為鬼族。

人族和鬼族達成雙贏局面，是不可能的事。

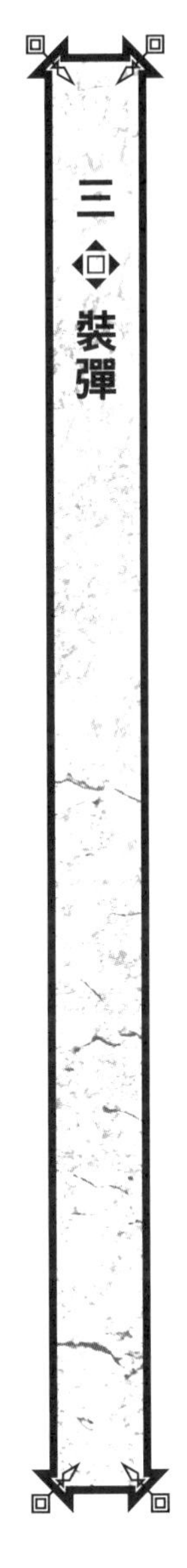

三 裝彈

這幾天，戒心的庫烏洛一直住在黃都中央市區的診所。

這並不是因為他自己是入院病人。而是他必須強行借用空間的病房，不斷保護戰敗的勇者候選人——駭人的托洛亞。

既然他身為護衛，那就不能將視線從住院的托洛亞身上移開。在持續這種生活的期間，庫烏洛也沒有打算離開診所。他吃著自己帶來的儲備食物，白天時保持安靜以免打擾其他入院病人。雖然就算不直接目視托洛亞，他也能掌握對方的狀況，但一天之中他還是會去病房和托洛亞交談兩次左右。

另一方面，他的搭檔似乎比他更頻繁地造訪托洛亞的病房。

「吶，庫烏洛。托洛亞的傷勢比昨天好了不少，真是好厲害呢。醫生也嚇了一跳。」

這個像小鳥一樣在庫烏洛頭頂飛來飛去的小生物，是一位體型嬌小得可以收在雙手中的少女。她是以鳥翅膀取代雙臂的造人（homunculus），名為流浪的丘涅。

「現在應該是生術的效力還比較弱的時期，但他已經開始康復了。」

「那就太好了。那傢伙真是讓人連連吃驚呢。」

那個男人可是隻身衝入能消滅整座城市的微塵暴。他可能原本就具備與怪物稱號相稱的生命力吧。

「……我的護衛工作就到他出院為止。丘涅，妳會覺得困擾嗎？」

他輕輕接住振翅飛到手邊的丘涅，放進大衣內側的口袋。丘涅高興地瞇起了眼睛。

「不會，一點都不！我也很開心能和托洛亞聊天。而且還可以從屋頂上看到在廣場上表演的街頭藝人。雖然因為距離太遠，聽不太清楚音樂和說話聲，但住院的小孩們都看得很開心呢。」

（街頭藝人。應該是指澤魯吉爾嘉吧。那傢伙的魔術從以前就很了不起。即使從頭到尾都看得一清二楚，還是有可能會被騙。）

——庫烏洛曾是隸屬於「黑曜之瞳」的刺客，他擁有超越物理性視野，能極為精確地辨識所有事物的複合知覺「天眼」，並且以這個名號受人畏懼。

身為勇者候選人之一的奈落巢網的澤魯吉爾嘉是他當時的同事。她是一個有著蜥蜴頭和蜥蜴表皮的沙人（zmeu）族女性。澤魯吉爾嘉和庫烏洛恰恰相反，那位刺客總是帶著燦爛到讓人厭煩的開朗態度，宛如專門逗人開心的小丑。

（……從那種『街頭賣藝』的用意來看，那傢伙打算自己奪取托洛亞魔劍的可能性很低。她之所以出現在這個診所附近，只是因為條件都符合呢，又或是她其實是在監視我，以防我輕舉妄動呢……）

目前「黑曜之瞳」還沒有出現為了奪取駭人的托洛亞的魔劍而發動攻擊的跡象。假設他們會行動——即使是透過血鬼的力量間接操作的軍隊——庫烏洛也能將包含那種攻擊背後的真正用意在內的所有一切都暴露在光天化日之下。

庫烏洛擁有終極感知能力，並深知諜報公會手法。他的存在本身可說就是封鎖「黑曜之瞳」行動的天敵。雖然雙方現在尚未明確成為敵對關係，但對於「黑曜之瞳」而言，庫烏洛應該是最需要先排除的存在。

「不管怎樣，托洛亞的康復速度很快都是個好消息。」

「嗯！就是說呀！」

身體狀況萬全的托洛亞是個無敵的怪物。一旦傷勢痊癒，庫烏洛就不必再護衛他了。還清在微塵暴時欠托洛亞的人情，然後就離開黄都。雖然丘涅可能會感到依依不捨，但對「黑曜之瞳」和庫烏洛自己來說，那應該是最好的結局。

（問題是托洛亞的傷需要多少天才會好……各方勢力會不會一直按兵不動。）

看來事與願違。

庫烏洛的天眼感知到了病房牆壁後面的景象。

五個男人站在托洛亞病房的門前。按照其腳步聲、姿態、藏在身上的武器類型和重量，他們毫無疑問不是來探病或擁立者派來的使者，而是黄都的軍人。

（……他們的大衣裡藏著短劍，我沒聞過那種味道……是我沒見過的炸藥嗎？還有，他們腰帶上掛著奇怪形狀的武器。很像小型槍。放在慣用手那側，必須要保持警惕。）

庫烏洛在瞬間內完成了思考，然後站起身。他戴上了鴨舌帽。

「丘涅。妳在這裡等著，不要離開房間。」

「嗯？我知道了。」

「我馬上回來。」

他快步走到了走廊。

只要上了樓梯，再走幾步路就能抵達托洛亞的病房。

五個黃都的士兵此時正準備撬開門闖進去。

「……喂，你們幾個。」

士兵們也注意到了庫烏洛的存在。其中一個發出了不耐的聲音。

「幹什麼？你是小孩嗎？」

「別看扁我。我是小人。你們找那個住院病人有什麼事？」

「我們是黃都軍，前來傳達議會的通知。如果你沒事就立刻離開。」

「有議會的印章嗎？你們身上應該有派你們來的那個傢伙的許可證吧？」

「當然。我們受命於黃都第四卿，圓桌的凱特大人，前來接收駭人的托洛亞的魔劍。」

士兵拿出了印章。

看到他們的行動，庫烏洛反而感到很佩服。

（竟然連偽裝身分都沒有就直接來搶劍，真是大膽呢。）

不過，這下子也就知道他們打算直接來搶奪魔劍，而且連交涉的意願都沒有。

「……不好意思，我受托洛亞所託，正在護衛他。如果你們打算強行搶奪魔劍，那我也只好強行阻止你們了。」

「哼，真是有趣的傢伙。」

一個看似隊長的男人嘴角露出笑容。

「出去談吧。我們要在大街上公開展示膽敢對抗凱特大人的傢伙會有什麼樣的下場。」

庫烏洛一直在用天眼感知診所周邊的情況。看起來他們沒有打算趁著帶走庫烏洛的空檔派另一隊人員發動攻擊。

（這些傢伙……以現在這種時代來說真是罕見啊。）

庫烏洛乖乖地走出了診所。

即使托洛亞身上有傷，他應該仍然能輕鬆應付這些黃都士兵。既然如此，庫烏洛認為有必要確認一下他們這種無比的自信是從哪來的。

「那麼，這裡就可以了吧。」

「……喂，黃都軍之間是不是流行……這種決鬥啊？」

「沒有喔？這不是決鬥。」

就在那個瞬間，一道清脆的槍聲響起，庫烏洛的小小身體當場倒在地上。

「是處刑。」

那是從遠方來的狙擊。

而且這個狙擊還超越了這個世界的兵器常識……從非比尋常的超遠距離發出的。

看起來是隊長的男子蹲在倒下的庫烏洛旁邊，像狼一樣瞇起眼笑了。

「戒心的庫烏洛，你以為我們沒有掌握到你的情報嗎？」

這場明顯的襲擊是個陷阱，他們打從一開始就是要將庫烏洛這個保鏢引誘到視野良好的大街上——如果對手是擁有超凡知覺能力的人，那麼只需要從知覺範圍外進行攻擊就可以了。

比方說，以超越這個世界技術水準的狙擊步槍進行狙擊。

「回頭衝進去。如果那個駭人的托洛亞想獨自逃走，那也無所謂。我們的優先要務是扣押魔劍。」

「……原來如此，真是有趣的武器。」

「……」

仍然趴在地上的庫烏洛開口說話了。

「槍托的部分有很多地方可以調整。是為了讓狙擊手根據自己的體格和習慣，使槍身緊貼身體嗎……乍看之下槍管整個被包起來，但實際上只有活動部位相連接，中間有空隙的構造。這也是為了提高射擊準度而特別做的設計吧。要製造如此精密的槍枝，不能只靠工術或機械加工……還需要超乎常識的加工精確度——」

「不、不會吧！」

戒心的庫烏洛看起來像中槍倒下。但也只是看似如此而已。

地上沒有飛濺的血跡。因為不可能有如此的狀況，所以黃都士兵們也沒能立刻察覺到那個異常之處。

「這、這傢伙，躲、躲過了剛才的狙擊……」

「不可能！那可是九百公尺外的狙擊啊！」

戒心的庫烏洛並不是被射倒。

「你們似乎對我有所了解。難道你們以為，我看不到背後『區區九百公尺外』的東西嗎？」

在狙擊槍射出子彈前，他就已經感知到槍口，甚至整把槍的內部結構，然後以看似倒下的動作閃開了。

後方的士兵試圖從懷中掏出槍。那是一種被稱為自動手槍的武器，其連射速度和威力遠超目前最新式的小型槍。然而……

「嗚！」

「——告訴醫生，你的屈肌腱斷了。」

庫烏洛像什麼事都沒發生似地站了起來。而且在士兵扣動扳機之前，他早就結束攻擊了。

他的大衣袖子中藏有一把折疊式的十字弓。

士兵只能將手槍對準庫烏洛，卻無法進行攻擊。他的手指第二關節被極細的箭射穿，無法做出扣動扳機的動作。

「你可能以為我不知道那是炸彈吧。」

庫烏洛頭也沒回，對正準備行動的另一名士兵如此說道。

就連從徹底的死角發動的攻擊，庫烏洛也能完全察覺到。

「……！」

「……優秀的判斷。你無法把那東西朝我丟過來。在你丟出去的那個瞬間，我可以射穿你的手腕讓你自爆……即使是從未見過的武器，我也可以從使用者的預備動作中判斷出那是什麼類型的武器。」

他輕輕地偏過頭。槍聲再次響起。

連一根髮絲都有沒被打掉。庫烏洛從容不迫地躲過遠在九百公尺之外的第二次狙擊。

「你、你這個怪物……！」

「你們試圖襲擊的那個男人更像怪物喔。」

庫烏洛拍去掉在地上的帽子沾著的沙塵，重新戴好。

對手是黃都的正規軍。雖然這場戰鬥是對方挑起的，但沒有必要把事情鬧得更大。畢竟，他已經很習慣有人想取自己的命。

「……在情報被我奪走之前，乖乖地滾吧。」

◆

事情結束後，庫烏洛再次走向駭人的托洛亞的病房。

「似乎出了點狀況呢。戒心的庫烏洛。」

托洛亞理所當然地也知道病房外發生的事情。他深深鞠了個躬，對庫烏洛道歉。

「抱歉，給你添麻煩了。」

「沒什麼大不了的。我只是認為由我來應對會比較順利。」

至少，他成功地避免造成死者。

托洛亞的武器殺傷力並不像庫烏洛的箭那樣低。那是無數具有致命威力的魔劍。如果是托洛亞自己對付黃都兵，恐怕不會只是傷及一條肌腱就能了事。

「話說回來……我想我們需要對圓桌的凱特保持警戒。我活到現在，從未見過像那樣的槍。就算與『灰髮小孩』的新型槍相比，它的精準度也完全是另一個層次。」

「從未有人見過的武器嗎……圓桌的凱特，他是美斯特魯艾庫西魯的擁立者吧？」

「是啊。」

庫烏洛、托洛亞，以及美斯特魯艾庫西魯。這三者之間，存在著某種奇妙的緣份。

在那場超常災難微塵暴中，他們三者進行了一場生死決鬥。庫烏洛之所以會護衛托洛亞，部分原因也是為了回報托洛亞當時救了他的恩情。

而當時的庫烏洛也得到了美斯特魯艾庫西魯和齊雅紫娜的救助，雖然他們原本應該沒有那樣的打算——

托洛亞稍微思考了一下，開口說道：

「……我在那時候見識到了美斯特魯艾庫西魯的戰鬥方式。能噴出暴雨般超高速子彈的槍。以超高速追蹤目標的炸彈。以及造成無形劇痛，卻沒有實體攻擊的兵器。它所製造的每一項武裝全都像是超越魔劍的災害……是與魔劍的層次完全不同的東西。」

「能生產兵器的兵器啊。圓桌的凱特就是大量生產這種武器，還讓他的士兵使用嗎？」

「有可能是這樣。不只是魔劍……武器最大的優點終究是『任何人都可以使用』。美斯特魯艾庫西魯製造的兵器沒道理只能由美斯特魯艾庫西魯自己使用。」

「如果真是如此，那些人的想法就太驚人了。這次我們雖然順利地度過危險，但下次未必能這麼順利了。」

「……別擔心。到時候我會自己處理。」

——美斯特魯艾庫西魯是單獨存在就已經無敵的兵器。

但如果由領導黃都第三派系的圓桌的凱特運用美斯特魯艾庫西魯，其真正價值將遠超過單純的戰鬥能力。

因為窮知之箱美斯特魯艾庫西魯不只是不死之身的魔族，同時也是一座能無窮無盡地生產異世界兵器的製造工廠。

（那些傢伙不只是魯莽的襲擊者。他們認為對上托洛亞時有勝算，才會發動這場襲擊。）

庫烏洛回憶起凱特手下黃都兵的言行。

那應該是奠基於強大武器之上的自信。就像歷史上一把魔劍就能左右戰爭的趨勢，兵器的優勢這種肉眼可見的可靠力量鼓舞了他們整個勢力的士氣。

（真麻煩啊。每個人都有著各自的心思。絕對的羅斯庫雷伊、彈火源哈迪、灰髮小孩、歐卡夫自由都市、舊王國主義者、「黑曜之瞳」……）

在這些勢力之中，圓桌的凱特並不是會設下多重計謀的對手。庫烏洛需要警戒的仍然是「灰髮小孩」和「黑曜之瞳」。

然而唯有他們能運用靠天眼的知覺能力也無法理解的技術，而且還能以集團的形式進行運用。給予他們生產武器的時間愈多，其優勢就愈明顯。

而且，如果他們擁有超越在那場戰鬥中所見到的……甚至連庫烏洛的知覺能力都無法理解的兵器的話——

（搞不好……最危險的勢力就是圓桌的凱特。）

四 ◇ 澤金紀念市民公園

在黃都的中央市區，經常能見到市民階級的孩子在街頭巷尾玩耍。這裡治安良好，還設有許多維護得宜的公園。

在這個即將舉辦六合御覽的城市裡，不分晝夜都有各種娛樂活動讓孩子們大飽眼福，使他們感到耳目一新。

在這樣的景色之中，有一對親子格外引人注目。

「媽、媽、媽媽！聽、聽說，人偶會像有生命一樣活動耶！這、這種事真的有可能嗎？畢竟，它們又沒有生命！」

「你說的是人偶劇……？我可不怎麼喜歡。不就是有人在後頭操作嗎，觀賞那種東西到底哪裡好玩？隔著人偶演戲不是多費工夫嗎？」

這位體型矮小，卻帶有凶猛氣息的老婆婆名叫輪軸的齊雅紫娜。她的孩子則是一個被深藍色金屬裝甲覆蓋的巨大魔族，它是勇者候選人之一，窮知之箱美斯特魯艾庫西魯。

「真是的……那我們就去看看那種人偶劇吧……」

「我、我希望，那是媽媽也會覺得有趣的東西！」

「嘻嘻嘻，是嗎……！你真是個好孩子！」

自從這位曾是王國大敵，橫行世界的魔王自稱者受到圓桌的凱特的邀請進入黃都之後，她就一直毫無顧忌地在黃都中遊覽。雖然有很多市民呼籲讓輪軸的齊雅紫娜這樣的大罪犯自由行動是非常危險的事，然而卻沒有任何人直接對齊雅紫娜說出那些話。

「喂喂，鞋店老闆，要打烊啦？反正我沒有要向你買東西啦！嘻嘻嘻嘻嘻嘻！」

「哈哈哈哈哈哈哈哈哈哈哈哈！」

知道輪軸的齊雅紫娜有多麼可怕的人，在被捲入麻煩之前就會離開現場，或是待在遠處旁觀不敢靠近。對於天生心中充滿惡念的輪軸的齊雅紫娜而言，受到同為人族的排斥反而讓她感到無比的愉悅。

「姑且不論我怎麼想，如果大家都這麼害怕，美斯特魯艾庫西魯就不能享受樂趣了。難得出來走走，你應該也想看看各種事物吧？」

「嗯，嗯！整天都在做武器會很無聊！」

「那當然了。凱特那個傢伙竟然把我的孩子當作奴隸一樣使喚！」

美斯特魯艾庫西魯製造的是「彼端」的兵器。圓桌的凱特似乎希望儘快將這些兵器大量部署到自己的軍隊中。但輪軸的齊雅紫娜認為，只是急著製造兵器，充其量只會讓美斯特魯艾庫西魯忙得不可開交，並不能期待可以造成什麼戲劇性的效果。

因為它的功能終究只停留在製造兵器的階段。

美斯特魯艾庫西魯內部保有構造的知識，讓它能夠像使用身體的一部分一樣運用兵器。但要讓其他人能集體運用兵器，分析出該兵器的規格，進行訓練的時間就是不可或缺的作業。

目前他們能夠運用的，只有不需要深度分析的槍砲。雖然陣地防禦用重機槍之類的武器在戰術上確實很有用處，但是要組織性地運用戰鬥機或戰略兵器等複雜兵器，目前恐怕還是相當困難的事。況且，輪軸的齊雅紫娜製造的戰車機魔(chariot golem)就已經能當成戰鬥車輛使用。

（——真是的，凱特那個笨蛋和那些崇拜魔劍的傢伙根本沒什麼兩樣。）

參加六合御覽沒問題，策劃產業革命也沒問題，想要量產與運用兵器也隨他去。

但是，這些都得建立在美斯特魯艾庫西魯「有意願」的前提之下。

輪軸的齊雅紫娜帶著美斯特魯艾庫西魯來到這個黃都的目的，是為了盡可能為這個被「真正的魔王」摧殘過的世界帶來自由和娛樂——以及在全民矚目的六合御覽上，狠狠屠戮那個殺害她的兒子，拿岡迷宮機魔(dungeon golem)的仇人——柳之劍宗次朗。

凱特的野心和什麼勇者的事，充其量只是附帶的。

「哈哈哈！那，那邊，有人在表演些什麼耶！」

「哦，街頭魔術師嗎。而且那傢伙就是勇者候選人澤魯吉爾嘉。想要去看看嗎？」

「嗯！」

遠遠看去，那個在街頭表演的賣藝沙人就是奈落巢網的澤魯吉爾嘉。每位可以用人形蜥蜴形容的沙人的皮膚顏色與臉的造型各自有著很大的差異，就算在外族眼中也能輕易辨別出來。

當兩人接近她時，有幾組帶著孩子的家庭驚慌地逃走了。

「唷，看起來生意還不錯嘛。」

「生，生意看起來還不錯！哈哈哈哈哈哈哈！」

澤魯吉爾嘉也認出了輪軸的齊雅紫娜，動作誇張地向她鞠躬致禮。

「哈哈哈！您好啊，新來的觀眾！看來您帶著一位體型比我稍～微大一點的小孩呢！」

「……嘻嘻，奈落巢網的澤魯吉爾嘉，現在是對決前的重要時期，妳這樣成天玩耍沒問題嗎？」

在對決開始前，勇者候選人之間的接觸原則上是禁止的。但既然都在黃都裡生活，也沒有懲罰因為不可抗力而相遇的規定——大家都當作是如此。不過對於輕微的違規行為，主辦方應該還是可以在某種程度上給予罰則吧。

「妳要是搞得太招搖……」

「哈哈哈！媽媽！如果我打敗了勇者候選人，凱特會很高興的對吧！我、我現在是不是該解決掉澤魯吉爾嘉呢！」

「看吧，妳也許就會在什麼不測的意外中被弄死喔？」

不用說，輪軸的齊雅紫娜是不受那些規則束縛的。

「沒什麼啦！孩子們反而喜歡看到一點小意外呢！老實說，觀眾們被我的失敗逗笑的次數，可能比我表演的次數還要多！妳的孩子叫什麼名字？」

「我，我叫美斯特魯艾庫西魯！」
「是嗎！美斯特魯艾庫西魯，你喜歡氣球嗎？還是玩人偶呢？」
「都喜歡！哈哈哈哈哈！澤魯吉爾嘉，妳喜歡人偶嗎？」
「當然喜歡。我也有一個人偶朋友呢！」
澤魯吉爾嘉輕輕彎下腰。直到剛才，她的右手還空空如也，現在卻冒出了一個大到需要兩隻手才能抱起的人偶。
那是一個頭部像鳥，身體被輕飄飄布料覆蓋的布偶。布偶的大部分體積都是空的，它應該可以摺疊成比現在的樣子還要小的一塊吧。
「這位是摩夫！」
「哈哈哈哈！好厲害好厲害！」
「請看，我讓他跟你打招呼喔。『美斯特魯艾庫西魯君！你好……』」
摩夫的頭部突然往旁邊一歪。
澤魯吉爾嘉疑惑地和人偶做出同樣的歪頭姿勢。
「呃，不應該這樣子才對……『幸會，美斯特魯艾庫西魯！』」
隨著澤魯吉爾嘉的聲音，玩偶可愛地動了起來。
「『你，好』……『啊』」
但是在最後一個音節時，摩夫突然癱軟下來。

「呃～請稍等一下！看起來摩夫今天的心情很不好呢！呃～工具應該在包包裡吧？不好意思，我馬上就處理好……」

儘管有客人在，澤魯吉爾嘉仍舊轉過身去開始翻找她的包包……而就在她的背後，摩夫卻突然坐了起來，開始小步走動。

「哈哈哈哈哈哈哈！它，它在動耶！好厲害～！」

「什麼？」

當澤魯吉爾嘉轉過頭來的同時，摩夫又突然癱在地上。

「真是的，別開玩笑啦！呃～讓我找找……」

當她一移開視線，摩夫就又像是活過來似的開始走動……然後踢了澤魯吉爾嘉的背一腳。澤魯吉爾嘉誇張地大叫一聲，摔倒在地。

「啊──！」

包括美斯特魯艾庫西魯在內的圍觀孩子們都發出笑聲。

「…………剛才是誰踢我？」

她拾起倒在身後的摩夫，納悶地歪了歪頭。

澤魯吉爾嘉煞有其事地做出像在鎖螺絲或調整什麼的動作之後，再次向觀眾鞠躬。

「好了，那麼讓我來介紹一下吧！這位是我的夥伴，摩夫！我再讓他打個招呼……還是算了吧。有種不好的預感。」

澤魯吉爾嘉放下了她另一隻手中的工具。

那其實不是什麼工具，而是開瓶器。

「總之呢，現在應該已經修好了！各位朋友——我們是朋友吧？請大家盡情欣賞摩夫的歌舞表演！」

接著音樂盒開始轉動，人偶也隨著音樂翩翩起舞。它在地面上走來走去，在空中繞圈飛舞。才稍微移開目光，人偶就變成了兩個。澤魯吉爾嘉甚至還隔著理應會阻擋傀儡絲的障礙物繼續操控人偶。

「哇啊！真，真的好厲害喔，媽媽！」

「哦～真是了不起的技巧。」

即使是看不起人偶劇的齊雅紫娜也不禁老實地讚嘆。澤魯吉爾嘉拿出人偶的那個瞬間也是如此。能用單純的戲法騙過構成美斯特魯艾庫西魯感知能力的「彼端」感測器的高手，在這世上應該是寥寥無幾。

「啊哈哈！謝謝大家！呃～可能有些地方讓各位見笑了，但還是請睜隻眼閉隻眼吧……如果明天也能繼續包容在下的不足之處，我會更高興的！」

「澤、澤魯吉爾嘉！妳是怎麼做到的！我，我完全看不出來耶！」

「美斯特魯艾庫西魯，謝謝你的誇獎！你父母的教育真好！能向同為勇者候選人的你獻個醜，我也感到非常榮幸！」

「哼，妳以為奉承一下，我和美斯特魯艾庫西魯就會手下留情嗎？」

齊雅紫娜自信滿滿地笑了。確實，這對於人類來說是一種了不起的技巧。然而與駭人的托洛亞、地平咆梅雷，還是冬之露庫諾卡這樣的真正強者相比——更重要的是與美斯特魯艾庫西魯相比，她終究只是個騙小孩的江湖術士。這點從她對一連串表演的觀察中就可以看出來。

「如果要夾著尾巴逃走，我想現在是最好的時機喔。」

「我確實有尾巴呢！因為我是沙人嘛！美斯特魯艾庫西魯，你覺得如何呢？想不想在六合御覽的賽場上看到更『有趣』的東西呀？」

「想、想看！澤魯吉爾嘉，我可以再來看妳的表演嗎？」

「哈哈！當然可以，我很歡迎！畢竟我不只是勇者候選人，孩子們更是我最要好的朋友！請和你媽媽一起再來吧！」

「嗯！澤魯吉爾嘉是我的朋友！我玩得很開心！」

「我非常榮幸！要不要帶些糖果回去當紀念呀？」

「真是的……機魔才不會吃糖。我們該走了，美斯特魯艾庫西魯。」

「嗯！哈哈哈哈哈。」

齊雅紫娜似乎放鬆下來。她搔了搔頭，轉過身去——

「哈哈。」

接著，美斯特魯艾庫西魯的一隻手臂快如閃電地動了起來。在微微的輕響後，一根針被裝甲彈了開來。誰也不知道這根針是如何飛來的。

「……」

針尖閃爍著某種液體的光澤。如果那根針稍微擦過齊雅紫娜的皮膚，很可能會產生致命的後果。

「……真可惜呀，澤魯吉爾嘉。」

背對著她的魔王自稱者露出凶惡的獰笑，那張嘴彷彿裂到耳朵。

「啊哈哈……您在說什麼？」

「如果在對決中對上，我會好好地地宰了妳。別那麼急。」

「那還請您手下留情嘍！」

即使無法察覺射出的瞬間，甚至不知道是從哪飛出的細針……它仍然能看到從空中飛向自己或齊雅紫娜危險物體，並且在事後發動防禦。即使只有這麼一架，窮知之箱美斯特魯艾庫西魯仍然是擁有史上最強身體性能的機魔。

能夠騙過眼前之人的技巧。對方短暫放下心防的大好機會。即使滿足了這兩個條件，想要透過奇襲來暗殺輪軸的齊雅紫娜也是等同幾乎不可能的事。

「沒、沒有人能贏過我！」

美斯特魯艾庫西魯一邊將具有獨眼的球狀頭部轉來轉去，一邊大喊著。

「因、因為我是最強的！哈哈哈哈哈哈哈哈哈！」

齊雅紫娜和美斯特魯艾庫西魯。為什麼這兩人會毫無畏懼地拋頭露面，公然參加六合御覽呢？原因很簡單。

她們明白，自己是無敵的。

五 庫塔白銀市

以北方正統王國的滅亡為開端，「真正的魔王」帶來的恐怖籠罩了全世界，各個城市都出現瘋狂與滅亡的跡象。庫塔白銀市也不例外。

三年前，繼北方正統王國之後，西聯合王國跟著滅亡了。西王國最大的城市庫塔白銀市的政情也陷入極度的混亂。市民階級貪求著追求最後的安寧，而庫塔城市軍與中央王國及其他勢力的武裝衝突一再發生……路上發現被殘忍殺害的屍體並不是稀奇的事。

由於那些屍體被分開裝進麻袋丟棄，所以「黑曜之瞳」若想要確定那些屍體的身分，就必須取出裡面的東西並重新排列。他們全身傷痕累累，大部分的傷口明顯是在生前造成的。

這裡是郊區的一座豪宅地下室。「黑曜之瞳」現在必須避開城市軍，偷偷躲起來。

「……這是蕾赫姆嗎？從鼻子到下巴的部位哪去了？融化的鐵……纏在骨頭上，她到底受過了什麼樣的折磨。」

負責驗屍的是一位狼鬼，九陣前衛，摘光的哈魯托魯。他是一位以出眾的腕力為武器的刺客，不過也懂一些生術醫師的知識。

「對、對不起，我只找到她一個……海涅的臉被燒傷，不確定能不能恢復意識……」

四陣前衛，塔之霞庫萊勉強擠出了這句回答。自從他回收了裝滿屍體的麻袋，運到這個地下室後，他看起來連從椅子上站起來的力氣都沒有。

「我想提克斯也已經死了。雖然還沒找到他的屍體……」

然後還有另一個人。

「蕾赫姆！妳……妳怎麼變成這麼方便的夥伴呀……！就像這樣！以後就可以輕鬆地帶著妳走了！如何呀，蕾赫姆！妳可以出個面幫我一點忙嗎？啊哈哈哈哈！」

「……」

「……」

她恢復認真的表情，將蕾赫姆的頭放回原位。

「……啊，那個……我只是想幫她找些這種樣子的優點……」

那是一位女性沙人，其名為五陣前衛，奈落巢網的澤魯吉爾嘉。名為霧之手蕾赫姆的女子是她長年以來同生共死的夥伴。

「別在這種狀況下開玩笑。我們已經知道是誰對他們下手的。城市軍的右軍參謀，駒柱辛吉。」

「……『駒柱』。可、可是我們與庫塔白銀市的契約應該還沒有結束。怎、怎麼會在這種沒有任何勸告的情況下背叛……」

「他們一開始就打算趁機除掉我們吧……！負責與駒柱辛吉進行交易的就是那三個人！他們

打從一開始就打算把我們……把『黑曜之瞳』當作棄子！」

「……我們了參與焦土作戰和大屠殺……在之前與棺木布告的米魯吉的戰爭中，也做了一堆骯髒的工作……這讓中央王國和庫塔政府有藉口……將那些事的責任全部推給我們……呵、呵呵……這，這真是合理。而且很符合『客人』的風格……下流。」

駒杜辛吉，是庫塔政府聘請的「客人」參謀。庫塔白銀市受到「真正的魔王」的恐懼壓迫，不得不僱用來歷不明的「客人」來鎮壓反抗勢力——無論這些不受世界道德常規束縛的『客人』會採取何種手段，他們也在所不惜。

「啊，兩位請看！如果把蕾赫姆的這裡弄成這樣！然後一拉……她的臉會變得超級有趣的耶！」

「……」

「……」

澤魯吉爾嘉畏畏縮縮地把雙手從蕾赫姆的屍體上移開。

除了她以外的兩人繼續在充滿殺氣的緊張氣氛中對話。

「我一定會報復。我會讓他好看，霞庫萊。無論統帥怎麼說，我……我也會親手取下辛吉的頭！」

「這、這明顯是挑釁。所以他們才讓我們找到屍體！他們想把我們的反攻當作討伐的藉口……」

「那個……」

「霞庫萊！我們或許是已經偏離正軌的罪人。但即使如此，我們不就是不想被當成真正的垃圾丟棄，才會成為『黑曜之瞳』嗎？統帥那邊，我會找他談判！」

「等、等一下，哈魯托爾……！」

「……」

被留在原地的澤魯吉爾嘉擺弄著夥伴的手，擺弄那條唯一還連在身體上的手臂。牽起來，晃一晃，然後放開。手腕無力地垂下。

霧之手蕾赫姆再也無法做飯，也無法再一臉正經地說笑話。澤魯吉爾嘉已經不再需要費盡苦心逗她大笑了。

對於光明世界的人來說，蕾赫姆只不過是一個容易處理掉，不會被查出身分的方便棄子。那些處理祕密、活在黑暗中的人，永遠不可能獲得信任。

「……大家都好可怕喔，蕾赫姆。應該要笑一笑比較好喔。」

她喃喃地說著，只有地下室的牆壁聽到她的話。

——那一天，她整天都照著自己所說的話行動。

她試圖緩和那些散發殺氣、一心向著毀滅前進的同伴。

她一如往常地以開朗的態度對正在用餐的同胞們聊天。

在向黑曜雷哈多報告時，她也一如往常，在報告中加入了明顯的誇大之詞。

當大小姐莉娜莉絲對澤魯吉爾嘉表示關心時，她又一如往常地表演花朵魔術讓她驚訝。

……太陽升起後，澤魯吉爾嘉把自己關在房間裡。直到隔天的深夜，她也沒有出來。

「……啊哈哈。」

她對著黑暗的窗戶，空洞地笑了笑。

「啊哈哈哈……大家一直在生氣。我受夠了，蕾赫姆。」

哈魯托爾等人的主張被否決了。為了避免與駒柱的辛吉爆發全面對抗，被單方面解除同盟的『黑曜之瞳』應該會立刻從這個庫塔白銀市撤退。

當其他人都在行動的時候，像這樣把自己關在房間裡的澤魯吉爾嘉可能會受到某種懲罰。然而在此刻，她根本沒辦法在意那種事。

奈落之網的澤魯吉爾嘉，是出身於「真正的魔王」出現不久就毀滅的北方正統王國。

有著蜥蜴外表的沙人在定義上被視為人類，不過這個種族的起源與其他人類大相逕庭。無依無靠的她之所以被當作奴隸買下，為的不是勞動力，而是被當成滿足貴族低劣好奇心的食材。

而澤魯吉爾嘉能夠一直活到奴隸販子因為內鬨而自相殘殺，是因為她比其他人稍微懂一些縫紉，因此被吃掉的順序比其他奴隸要晚一些。

她並未因此獲得自由。接下來她被一個強盜團買下，負責處理屍體的骯髒工作。

雖然澤魯吉爾嘉被認為比任何人都更擅長解剖人體，但她也沒有拒絕這份血腥工作的權利。她曾經處理過與自己同時被買下的孩子。而那個強盜團也在幾年內被摧毀了。

然後是下一次，再下一次。

在澤魯吉爾嘉的人生中，每次朝她進逼而來的死亡總會在殺死她之前，被另一種恐懼取代。她的靈巧手指總是會「延遲」澤魯吉爾嘉的死亡命運——卻又像一條緊緊纏著的線，把她綁在地獄之中，讓她無法脫身。

澤魯吉爾嘉的臉上總是帶著笑容。

這並不是因為她的精神失常。雖然她有可能精神失常了，但對澤魯吉爾嘉來說，那副笑容的原因並非如此。正因為她失去家鄉之後，就一直處於缺乏笑容和歡樂的環境……她相信如果自己「不持續練習這樣做」，她就會喪失回到那個有家人和朋友的正常世界的方法。

對於那些一無所有的人來說，笑容是最有價值的東西。

「啊哈……哈哈哈……」

霧之手蕾赫姆是她唯一的夥伴。

愈是在這種面對喪失重要事物的時候，她就愈應該笑。

「哈哈，真是的，怎麼辦啊。我笑得停不下來……」

「……澤魯吉爾嘉大人。」

門外傳來了微弱的聲音。

「澤魯吉爾嘉大人。您在哭嗎？」

「大小姐。」

是莉娜莉絲的聲音。她是今年十四歲的「黑曜之瞳」的美麗千金。

這座宅邸此刻充滿了憤怒與憎恨。身為小丑的澤魯吉爾嘉原本應該得逗她笑才行，結果自己卻反而讓她這樣操心。

「請不用在意！我只是因為這兩天都沒有給盆栽澆水……啊哈哈哈！所以我必須連續兩天一直給它澆水——澆給盆栽哦！我覺得應該可以收成一個不錯的盆栽！」

「……」

「…………呃，這個笑話怎麼樣？雖然精采程度確實比平時的少了點……」

「那個。澤魯吉爾嘉大人，剛才的事我很抱歉。還請您開心一點。」

「沒有啊～！我很開心呢！如果大小姐想看繩索魔術，我隨時都可以表演一個讓人心情愉快的魔術給您看喔！」

雖然她的語氣很開朗，卻抱著膝蓋靠在門上。

似乎沒有任何方法可以治癒這份悲傷與憤怒。

「吶，澤魯吉爾嘉大人。我們可能必須離開庫塔了。」

「……嗯，我知道。確實該這麼做。」

「您還有沒有什麼想做的事？有沒有想去的地方？」

「啊哈哈……您是什麼意思呢？」

「……我也沒想到……這麼快就要離開……」

澤魯吉爾嘉能感覺到坐在走廊上的莉娜莉絲也靠在門上。

莉娜莉絲是一位以血鬼來說身體異常虛弱的少女。血鬼控制從鬼的費洛蒙應該在青春期時就會開始出現，然而她根本無法使用那種力量。

莉娜莉絲一直被保護在家裡。她走在庫塔白銀市燦爛夜晚之中的次數應該是屈指可數。

「……蒸汽火車。」

澤魯吉爾嘉忽然說出了那樣的願望。

這座城市一定也正逐步走向滅亡。恐懼與絕望正在悄然逼近，最後所有事物都會毀滅。繁華城市的景象如今已淪為表象。

然而，這片夜景真的還是很美。

「大小姐，您知道嗎？行駛在中央王國的那種蒸汽火車，就在四天前……開始行經這個城市了。從商業區延伸出去的橋梁，通過貴族區……越過運河，到達工廠區。」

「……嗯。」

「聽說它會發出非～常大的聲音，以強大的力量行駛在路上……！真是了不起的發明。機會難得，真想坐一次看看……呃，這是蕾赫姆說的！您以為是我說的嗎？啊哈哈！」

「澤魯吉爾嘉大人。」

莉娜莉絲的平靜聲音從門的另一側傳來。

「我們去搭火車吧。就是現在。」

「啊哈哈，您這是在開玩笑吧。」

「——我，突然很想看看蒸汽火車。如果有人能陪我一起去，不就能為我壯膽嗎？」

「……即使是只會玩繩索魔術的小丑也可以嗎？」

「您不是說，只要我願意，您可以表演魔術給我看嗎？」

「即使是無法保護夥伴，派不上用場的傢伙也可以嗎？」

「我相信您一定派得上用場。畢竟沒有其他人能陪我玩了。」

澤魯吉爾嘉搓了搓自己的臉。

小丑不應該讓別人看到自己悲傷的表情。

她相信，對於那些一無所有的人來說，笑容是最有價值的東西。

◆

星空般的燈火在兩人眼前展開。

莉娜莉絲身穿樸素的枯葉色外套。即使是如此，她的美貌仍然像翩然降臨於大地的月兒，不斷吸引著路人的目光。

另一邊的澤魯吉爾嘉則是小心翼翼地用圍巾遮住了臉。除此之外，她還抱著一個有點大的包袱。姑且不論鮮少出門的莉娜莉絲，掌握城市軍的辛吉有可能已經得知澤魯吉爾嘉的長相。她深刻明白對於『黑曜之瞳』的成員而言，自己現在的行動是絕對不應有的愚蠢行為。

（……我不會做多餘的事。只是和大小姐一起搭乘蒸汽火車，然後回到宅邸。只要在那段期間沒發生什麼事就夠了。）

通往車站的路旁有許多攤販，吊在店門口的成排燈籠亮起無數的色彩。就像是一大堆朦朧的光球，讓景色看起來都變模糊了。

「啊，澤魯吉爾嘉大人，快看那邊！」

白皙的千金大小姐在庫塔的夜色中格外顯眼，她對許多初次見到的事物都顯得興奮不已。

「有好多顏色奇妙的糖果喔……！是怎麼給它們上色的呢？真是不可思議……竟然能把這麼普通的糖果變得如此美麗……！」

「嗯～！很遺憾，大小姐，我和糖果不熟，所以對此一無所知！啊哈哈！」

澤魯吉爾嘉這麼回答之後，付給了攤販老闆銀幣。

「所以，我們直接來問問這些糖果吧！大小姐，您可以挑選喜歡的顏色，要選幾個都可以。」

「那樣……呵呵，那樣不好吧。」

「如果不說出去，就沒有人會知道了。如果您擔心糖果會說話，那就把它吃掉，這樣就能封住它的嘴了！」

莉娜莉絲選了淺綠色和白色的糖果。澤魯吉爾嘉選的是桃紅色的。

它們的味道和品質一定沒有什麼區別。那些色彩之所以看起來賞心悅目，除了讓人感到愉快，應該沒有其他意義。

不過這東西真是太棒了。因為它們能讓人開心地露出笑容。

「……啊，這裡讓我一直停下腳步……澤魯吉爾嘉大人，那是什麼？」

「哦，不用在意。那是用發光的球做的街頭表演。他們在球型的籠子裡點火。因為燃燒時混入天青石的粉末，所以火焰變成了那種紫紅色。」

「謝謝妳。這些都是我從未見過的東西……讓我好興奮。但是呢……呵呵。儘管這些東西設計得很美，澤魯吉爾嘉大人的戲法卻更讓人印象深刻呢。」

「哎呀～沒有那回事……啊哈哈……應該有啦！」

就這樣，在她們抵達車站之前，兩人享受了一陣子的夜景。

她們品嚐了用小麥和糖烤成的甜點。

當紙牌占卜的結果大錯特錯時，兩人相視大笑。

她們望著在運河上來來往往的船隻，望著一艘接一艘的船隻停靠在港邊。

她們抵達的地方是一座燈火通明的車站。這裡即將開出給工廠區工作到最晚的勞工搭乘的最後一班往返火車。由於這是從商業區出發的去程火車，沒什麼人會刻意搭這班車。

莉娜莉絲站在冷清的走廊上，等著電車到來。

澤魯吉爾嘉瞇著眼睛，注視那美麗的身影。

「——吶，澤魯吉爾嘉大人。」

與滑順黑髮形成對比的白皙肌膚。長裙在風中搖曳，緩緩地泛起波浪。

「啊哈哈！有什麼事嗎？」

「您笑了嗎？」

——是的。澤魯吉爾嘉已經察覺到了。

就像澤魯吉爾嘉自己一直希望能保持自我……莉娜莉絲也希望如此。她不希望澤魯吉爾嘉為了他人而笑，也不希望她硬逼自己笑，只希望她能單純地笑出來。

澤魯吉爾嘉緊緊抱著胸前的包袱，回答道：

「我當然笑了呀。」

「我希望您能多笑一點。」

「……」

在變異血鬼的可怕異能覺醒之前，莉娜莉絲就已經具備了那種力量。那種洞察人心，分析其想法的力量。

汽笛震動著空氣，宣告發車的時間即將到來。

「我們上車吧，大小姐。」

「……嗯。」

她們登上了夜行火車，兩人並肩坐下。

從高架鐵軌上可以俯瞰燈火逐漸熄滅的庫塔白銀市。俯瞰那片宛如地上星空的廣闊夜景。俯瞰她們即將離去的繁華城市。

彷彿連之前那些殘酷的景象都只是這座城市晚上所作的夢。

「……謝謝您，大小姐。」

「我只是讓您陪著我耍任性罷了。」

「就算是這樣，啊啊……我還是很開心。」

黑暗中的居民所居住的夜晚，是充滿了血和陰謀的修羅巷道。

澤魯吉爾嘉從來都沒有想過她能度過一個如此平靜、美麗且無憂無慮的夜晚。從來都沒有。

「或許……大小姐您可以從『黑曜之瞳』——」

她沒辦法說下去。澤魯吉爾嘉很清楚莉娜莉絲比任何人都更仰慕黑曜雷哈多。她絕對不會自願離開「黑曜之瞳」。

但是以血鬼而言，力量微弱地可稱之為例外，控制能力也遲遲尚未覺醒的她，或許能有一種不同於澤魯吉爾嘉，不必待在黑暗世界的生活方式。

這位小丑盼望帶給她的不是一時的笑容，而是讓她過著充滿笑容和幸福的日常生活。

「澤魯吉爾嘉大人，火車要開了。」
「是啊。」
「……啊，我們在城市的上面耶。」
「嗯，我們正在一條橫越整個城市的長橋上。感覺就像在飛行一樣，對吧？」
火車搖搖晃晃，車輪發出聲音。燈光從底下流瀉而過。
澤魯吉爾嘉閉上了眼睛……希望莉娜莉絲能始終保持微笑。她想讓莉娜莉絲常保笑容。
「對了，大小姐！機會難得！您要不要走到前頭去看看呢？這麼大的蒸汽機一定很不容易見到！而且火車搞不好其實不是靠蒸汽機移動，而是有許多小人努力地踩著踏板呢！」
「當然好呀！澤魯吉爾嘉大人也一起——」
「啊，那個……真抱歉！我現在有點生理狀況，其實我的體質很容易暈馬車，這個，該怎麼說呢……實在不太好講出來……」
「……在火車裡嗎？」
「對！那個樣子會很難看！所以想請您稍微離開一下！啊哈哈哈！」
莉娜莉絲擔心地握住澤魯吉爾嘉的手，靜靜地看著對方的眼睛。
她沒有多說什麼，只是皺著眉頭露出微笑。
她是個聰明的女孩。面對那雙金色眼瞳時，所有拙劣的謊言都會被看穿。
「那麼，我走了。」

「好的，請盡情享受。」

莉娜莉絲靜靜地消失在前頭的車廂。

車廂裡只剩下澤魯吉爾嘉，沒有其他的乘客。

她沒有回頭，只是開口說道：

「——好了。」

接著，另一群人從後方的車廂走了進來。

這十幾名穿著便服的男子應該是駒杜辛吉的士兵。

「……你們以為我沒有察覺嗎？你們以為可以瞞過地表上最大間諜網『黑曜之瞳』的五陣前衛……奈落巢網的澤魯吉爾嘉的眼睛嗎？」

所有人都抽出了武器。為了能夠偽裝成乘客搭上火車，他們帶的是短劍，或是小型十字弓。

「妳竟然報上自己的名字，澤魯吉爾嘉。了不起的決心。真希望『黑曜之瞳』的其他蟲子也能學學這點。」

領頭的那個人如此回答。他的嘴角扭曲成一種陰險的笑容。

「我會給妳充分的機會來證明妳的決心是不是真的。妳該高興自己還可以活上一段時間。」

「是你們拷問蕾赫姆的嗎？」

「發問權在我手上。另一個女孩是什麼人？不過話說回來，她那麼瘦弱，我很擔心她被玩弄個兩三次就會死掉呢。」

幾個士兵露出了嘲弄的笑容。

「就是你們了。」

她知道自己的語氣很冰冷，就像是其他人的聲音。

澤魯吉爾嘉早就明白了——為什麼自己從過去到現在都沒辦法過著這種平靜的夜晚。因為她已經是黑暗中的生物。

從商業區走到這個車站的路程中，澤魯吉爾嘉沒有一絲一毫的懈怠。

在對大小姐露出笑容的時候，也一直是如此。

「我都知道喔。蕾赫姆並沒有洩露任何情報吧。愚蠢至極的『駒柱』為了找出我們的基地，就只能等待其他人出現。真是愚蠢地無可救藥，根本不會有任何人洩露情報，因為我們是『黑曜之瞳』。」

「那就是妳的答案嗎。那麼就先砍掉左臂——」

「我再說一次。」

「嗡」的一聲響起。

兩個士兵的頭同時遭到劈開，並且被反射著光芒的某種東西纏起來懸掛在空中。

澤魯吉爾嘉甚至都沒有看向他們。她也沒有攜帶什麼顯眼的武器。

只有反射著夜裡的燈光，如同蜘蛛網般若隱若現的絲線。

「——愚蠢的傢伙。讓我告訴你們，是誰傳授鐵鎖術給搖曳藍玉的海涅吧。讓我告訴你們，在這種封閉空間裡挑戰絲線使用者是多麼愚蠢的事。還有——」

士兵們射出了箭。

但是澤魯吉爾嘉水平揮出手臂的動作更快。

在箭矢離弦之前，十字弓就像是有生命似地被改變方向，射向旁邊的士兵。

有人試圖用短劍發動攻擊。澤魯吉爾嘉微微彎曲了拇指。

掛在各處的絲線受到彈性的影響而彈開、飛馳，瞬間絞住了軌道上的所有人。

「嗚，咕喔……」

「噁……」

「咳咳……」

「最重要的是，你們用骯髒的腳打擾了大小姐的休息時間。這是你們該付出的代價。」

在不到三次眨眼的時間之中，整個部隊就被完全癱瘓。當敵人踏入化為蜘蛛網的這個車廂的那一刻，勝負就已經分曉了。

「啊……嘎……怎、怎麼可能……！」

澤魯吉爾嘉這時才將視線轉向敵人。她的眼中充滿了絕對不會讓莉娜莉絲看見的冰冷敵意。

「——我會用足以致死的痛苦告訴你們一件事：你們每個人都罪該萬死。」

從蜘獸(tarantula)的巢中取得的縱絲具有大鬼的強大力氣也無法割斷的堅韌強度。而橫絲則擁有能將鳥龍連骨帶肉一起砍斷的鋒利斷面。

澤魯吉爾嘉以動態方式操控這些絲線軌道和速度的技巧，是連蜘獸也辦不到高超技術。

「首先將絲線勾在甲狀軟骨的凹陷處。」

她把陷入士兵身體的絲線尾端掛在掛傘的鉤子上，再拉出一條絲線。

打從一開始這就不是戰鬥。對澤魯吉爾嘉而言，這不過是用來給予對方痛苦和死亡的處刑。

「如果往斜下方用力收緊，包覆氣管的軟骨就會變窄，讓人體會到地獄般的窒息痛苦。」

她一邊走過被束縛的士兵，一邊如此宣示。

這是為了讓他們更清楚地體會到致死的痛苦和恐懼。

「舌根會從內部被拉回喉嚨深處。即使呼吸道完全被堵住，頸動脈的血流仍然能保持暢通。大腦就會在維持意識的狀況下持續感受著痛苦，直到死前的那一刻。」

士兵們還活著。但是他們全身被束縛住，連痛苦的哀號都發不出來。一個接著一個，澤魯吉爾嘉絞緊他們的氣管。就像在進行工廠作業，不帶一絲情感。

「唔，唔！」

「救——」

士兵們像蟲子似地雙腿不停掙扎，凸起的眼球轉來轉去，在痙攣中死去。士兵們接二連三地以相似地令人毛骨悚然的反應死去。

他們簡直不像人族，而是給人那種毛骨悚然感受的生物。

「……」

澤魯吉爾嘉沒有笑。她只是一個一個，冷冷地看著走向死亡的士兵。

她決定最後要留下一個人。她已經找出這個部隊的指揮官了。

裝備和在陣形中的位置，受到攻擊時士兵稍微瞥過的視線。對於澤魯吉爾嘉而言——對於「黑曜之瞳」的任何人而言，這些資訊已經足夠了。

她稍微鬆開了唯一存活下來的指揮官的束縛，讓他能夠勉強發出聲音。

「你就是指揮官吧。」

「……妳，妳……要對我怎麼樣。是要報復，還是要拷問……我嗎……」

「不是。我要請你代為轉達。」

澤魯吉爾嘉跟著莉娜莉絲上街時，身邊帶著一個大包袱。

她打開了包袱，與裡面的東西對上了眼。

指揮官渾身充滿了恐懼。

「噫，噫……啊！」

「『我們一定會報復』。」

那是蕾赫姆的頭。

——以後就可以輕鬆地帶著妳走了。

「……你記好嘍？我們是『黑曜之瞳』。『我們一定會報復』。駒柱辛吉大概堅信做出誰都不敢做的殘忍惡行是一種優秀的戰術吧。那麼我們也要這麼做。我會把他打入痛苦的地獄，讓他覺得你們現在的狀況就像置身天堂。幫我轉達這些話。」

「唔，唔啊……啊啊。」

火車已經駛到運河的上面。站在吊掛著無數沉默人偶的車廂之中，澤魯吉爾嘉打開了行進中的火車的門。

「你們『沒有搭上』這輛火車。在大小姐這天晚上的回憶中，不需要你們的存在。」

她拉動絲線，任憑一具具的屍體從敞開的車門掉了出去。然而沒有人看到夜晚運河上的這副駭人景象。

指揮官被超乎想像的無情手段所震懾，連自尊都被粉碎的他屈服了。

「我、我、我知道了……奈落巢網的澤魯吉爾嘉。我會幫妳傳達。我會告訴辛吉參謀長……要他從此以後別再干涉『黑曜之瞳』——」

「你好像誤會了什麼喔？」

下一秒，指揮官被拋入黑暗之中。

火車的行進聲蓋過了他的恐懼尖叫。他的四肢在空中被全數砍斷。只有頭和軀幹在意識清晰的情況下沉入運河的水中。

「你要代我轉達的對象，是在另一個世界的蕾赫姆。」

澤魯吉爾嘉看完這一切之後，關上了車門。留在車廂內的，只有稍微濺出的血跡。

火車不知道發生在後方車廂裡的慘劇，繼續奔馳在軌道上。

◆

「……澤魯吉爾嘉大人！我去看了一下前面的車廂，司機先生真的很親切喔……！」

「喔喔！是嗎是嗎！那真是太好了！機器是很令人愉快的東西呢！啊哈哈哈哈哈哈哈，巴吉雷希耶和路克也都很喜歡那種東西呢！」

聽到回來的莉娜莉絲所說的話之後，澤魯吉爾嘉露出一如往常的笑容。

這不是謊言。她從未露出過虛假的笑容。

如今蕾赫姆已經死去，這將可能成為澤魯吉爾嘉的最後一夜。她做好了心理準備，同時深深感謝給自己留下回憶的大小姐。

「啊……這下我就放心了，大小姐。我很高興自己能讓您笑出來。」

「……澤魯吉爾嘉大人。」

她成功保護了莉娜莉絲。然而黑曜雷哈多是一個冷酷的男人。僅僅因為讓雷哈多的獨生女兒毫無意義地暴露在危險之中，就足以讓澤魯吉爾嘉遭到處決。

「哎呀……雖然現在說有點晚了，不過這確實不是什麼值得稱讚的事情呢！在這麼危險的時刻……我卻帶著領導人的千金跑出來，而且還只是在夜晚的城市裡遊玩！身為小丑，最不應該的就是開可能會傷害到客人的玩笑啊。啊哈哈哈哈……」

「澤魯吉爾嘉大人。」

一隻纖細的小手抓住了澤魯吉爾嘉的手，打斷她的笑聲。

寶石般的金色瞳孔就在眼前。

「我知道一件很棒的事喔。」

「哦？真有意思。這個世界上還有其他事物比大小姐的美更棒嗎，真是個新發現呢！那是什麼事呢？」

莉娜莉絲將手指放在唇上，露出微笑。

「——只要保守祕密，就不會有人知道了。」

莉娜莉絲應該知道這個行動有多麼危險。

即使如此，這個夜晚讓她的內心得到了多少拯救呢。

無論過了多久的時間……在火車中看到的那張美麗微笑，依然毫不褪色。

「今夜的事……就只有我們兩人知道，這是個祕密。我一直待宅邸裡，澤魯吉爾嘉大人也是這樣。什麼事情都沒有發生。對吧？」

「啊哈哈……哈哈哈，對不起，我笑得太用力，眼淚都被擠出來啦。」

「……沒關係。這樣一來就看不見臉了。」

莉娜莉絲抱緊了澤魯吉爾嘉。耳邊傳來微弱的心跳聲。

黑暗中的居民所居住的夜晚，是充滿了血和陰謀的修羅巷道。即使如此。

「大小姐……啊，真是的。實在太難堪了。無論我再怎麼想笑出來，都只能擺出這種樣子。在很久很久以前……我明明不知道什麼是戰鬥。但是我已經沒有其他生活方式了……」

「我知道。我……就是想守護那種生活方式。我一直都是這麼想的……」

「……大小姐，您這樣……」

「吶，請笑一笑吧。澤魯吉爾嘉大人。」

火車的燈光穿過了寬廣的夜色。

從那天開始的四個小月後。駒柱辛吉的消息突然間消失了。

那位以精明能幹出名的「客人」軍師從此杳無音信。

「真正的魔王」死後，在被視為魔王潛伏的薩卡歐耶大橋市裡發現了一具被繩索綑綁，暴露在戶外的慘死屍體。然而誰也不知道那具屍體的真實身分。

◆

在即將舉辦六合御覽的黃都之中，面對大馬路的廣場上，有一位每天都在做街頭表演的沙人小丑。

她是背叛了對人類構成威脅的「黑曜之瞳」，協助黃都摧毀該組織的重要人物。

那是一個無情、邪惡、強大——而且與過著普通生活的人毫無相干，充滿謎團的諜報公會。像駒柱辛吉那樣，各國在「真正的魔王」的瘋狂時代裡執行的大屠殺與殘殺自己人的行為，大部分都被視為是「黑曜之瞳」犯下的暴行。

消滅了恐怖的「黑曜之瞳」的澤魯吉爾嘉，有資格被稱為英雄。

「來喔來喔，大家快來看看！泡泡會排成整齊的隊伍行進在路上喔！」

澤魯吉爾嘉就像真正的街頭藝人一樣，在廣場上表演技藝。

她透過絲線操控人偶，讓水珠環繞著人偶，編織出美麗的幾何圖案。圍觀的小孩們紛紛發出了歡呼。

她還記得很久以前和家人一起去看馬戲表演時，自己曾衷心地開懷大笑。

「太棒了！那個人偶簡直就像是活的！」

「吶，澤魯吉爾嘉，還有什麼，還有什麼表演？」

「哎呀哎呀哎呀，別急，時間還很多！接下來想看飛在天空的車？還是讓兩個人偶進行決鬥呢？啊哈哈哈哈！在下是奈落巢網澤魯吉爾嘉，絕對不會吝嗇現出拿手絕活喔！」

那些因為她的表演而眼睛發亮的小孩們可能都沒有想到，自己竟然有機會與「黑曜之瞳」這種深不可測的生物有所接觸。

據說長期面對死亡恐懼的人，無論怎麼強裝笑臉，也絕對不可能在太陽光底下的世界生活。

誰也不會想要拯救曾經淪為那副德性的失敗者。

就像澤魯吉爾嘉那樣。嚐過同族血液的野獸，就已經是另一種生物了。

因為他們可能再次咬死同族。

（……再次為這世界帶來戰亂。）

澤魯吉爾嘉現在能讓人們開心地笑出來——即使她的技能是在血腥與殺戮中習得的。

也許，她可以過著不必殺死任何人的生活。

然而現在的她，已經變成了與她在故鄉生活時完全不同的生物。她始終沒有忘記那天的笑容，然而她已經回不去了。

（我們並非被他人遺棄……而是只能置身於那種充滿戰亂的世界。）

等在「黑曜之瞳」面前的，或許只有毀滅的未來。

——既然如此，澤魯吉爾嘉仍只有一個希望。

（大小姐。）

小丑用線操控著五彩繽紛的煙火，露出笑容。

孩子們發出歡呼聲，投出了在空中飛舞的銅幣。

無論過了多久的時間，依然毫不褪色。

（請露出笑容吧。我一定……會為您贏得勝利！）

六 黃都產業部

環繞黃都產業部中庭的走廊在面向庭院的牆壁處大大地敞開，讓這裡同時也是可在室內享受陽光與綠意的休閒設施。

然而擔任產業部部長的黃都第四卿，圓桌的凱特，從來都沒有感受過這種休閒設施的必要性。他在眾人面前從未休息過，也唾棄這種浪費時間的行為。

他的容貌端正，但總是帶著不耐煩的冷酷眼神。他以身為管理工業部門的文官，卻也是個激進好鬥派的人物出名。除了羅斯庫雷伊之外，在黃都二十九官之中，他或許是最接近萬能天才的一位官僚。

不僅有自己負責的工業部門知識，他也精通劍術、弓術、火器技術和詞術。由於他在「真正的魔王」的時代以部隊指揮官的身分立下戰功，因此凱特雖然是文官，卻擁有能動用部分軍隊的特別權力。

他天生具有英雄的資質，這一點毫無疑問。但仰慕圓桌的凱特的人卻相當少。這是因為他的性格過於激烈，甚至已經到了凶暴的地步。

「第四卿！請、請聽我們說句話！」

「……」

走在中庭走廊上的凱特一直忽視背後呼喚他的聲音。被忽視三次之後，照理來說對方也應該明白他對這種無藥可救的無禮行為採取了非常寬容的態度。然而，那些人似乎無法理解這一點。

他停下腳步，轉過身去。看到一位老人，兩位年輕人。他們應該是書記官僚吧。

凱特首先開口說道。

「斬首。」

「啊……？」

「你們應該有什麼事情要向我陳情。然而你們應該也有著自己沒有遵循正確的程序，平白浪費時間，造成我的損失的自覺吧。如果你們做好接受相應處罰的覺悟——我可以讓你們先付出代價，處以斬首之刑。」

他的眼神掃過三位書記。

聽到這種蠻橫不講理的宣布，他們雖然渾身顫抖，但還是緊握了拳頭。

看到他們這種滑稽的勇氣，凱特只是哼了一聲。

「處罰的日期將另行通知。至於你們那不值一提的請願，我會在給你們申辯機會時好好聆聽。」

不過他本來就沒打算去理會這些無禮的陳情者。這種愚蠢的傢伙就算按照程序陳情，也只能擠出不合道理的論點。

「……等、等一下……請等一下，第四卿！」

「給我滾。」

現在他有更重要的案件需要處理，他需要全神貫注在那件事上，也就是六合御覽。

但是，從前方的柱子後面緩緩走出了一個女人。

「喂～別那樣啦，凱特。不要那麼為難他們好嗎～？」

那是一位把灰白頭髮綁在腦袋後面的中年女性——黃都第二十一將，濃紫泡沫的此此莉。此此莉和凱特恰巧相反。她雖是武官，本身卻幾乎沒有戰鬥能力，是一位奇人。

「原來如此，這些傢伙——」

凱特立刻理解了眼前的情況所代表的意義。

「是妳出的主意嗎？別做這種無聊的事。」

「咦～但是他們真的很可憐嘛。我聽說他們都是從拿岡來的。你也知道，拿岡不是已經變成那個樣子嗎？……簡單來說，他們不滿的是輪軸的齊雅紫娜沒有給出道歉和解釋。聽聽他們的請求也不為過吧。」

「……哦？」

凱特臉上露出冷冷的笑容，轉向那三個男人。

「雖然我大概猜到你們的來歷……不過看來我似乎有點操之過急了。」

凱特露出皮笑肉不笑的表情。他的眼神變得更加冷酷，更加輕蔑。

「沒想到，你們的陳情比我想像得還要無聊。」

「你……你竟然說無聊！拿岡是我們的故鄉！我們失去了朋友和家人！我們……我們的悲憤無處發洩！為什麼你們沒有懲罰輪軸的齊雅紫娜，反而迎接她進入黃都！」

勉強壓抑恐懼的其中一人如此回嘴。在圓桌的凱特面前，能夠鼓起這樣的勇氣的人實在是很稀有。

雖然對凱特來說，他打從心底認為這種事一點也不重要。

「那種誤解簡直無可救藥。你的愚蠢足以讓你被抄家滅族。對了，你沒有家人了嘛。哼。」

「凱、凱特大人。我……我也和他一樣……」

「——閉嘴。我正在和第一個站出來的這個男人說話。所以我也只會回答他的問題。閉上你的嘴，去死吧。」

凱特的手已經放在劍柄上了。這不是恐嚇，他真的在考慮是否就此斬下對方的頭顱。愚蠢的人民太多了，只有死亡才能彌補他們的愚蠢。

第一個站出來的年輕人似乎已經用盡了所有的勇氣。即使給他發言的機會，他也無法繼續說下去。

「……首先，關於應該做出賠償的主體，你們從一開始就認知錯誤。」

凱特惱怒地告訴他們一個大家都應該明白的道理。

「該對迷宮機魔事件進行賠償的是拿岡的市民，也就是你們。」

「什、什麼……怎麼會？」

「有異議嗎？難道你們以為輪軸的齊雅紫娜——是為了讓你們這些烏合之眾居住，才建造了拿岡？那是在人煙稀少的地方建造，屬於個人的巨大財產。如果你們全體都接受了王國的正式破壞和調查的委託，那就姑且不論。然而你們卻擅自稱之為迷宮，企圖盜掘技術，甚至還開始建立住所和學校。這種行為該如何解釋？現在就告訴我。」

「但、但是……拿岡迷宮都市從我出生的時候就已經……」

「哈，你這不就理解了嗎？你們不過是一群天生的土匪罷了。不對喔……？在毫無自覺的這點上，你們甚至不如土匪。」

凱特將臉靠向那個年輕人說：

「——但是你應該感到高興。當輪軸的齊雅紫娜被解除魔王自稱者的身分時，我剛才所說的那些問題就已經是過去式了。你們拿岡的人民將不會被問罪。如果你對這結果有什麼不滿，我們隨時可以重新討論喔——審議你們這些傢伙的罪狀。」

「嗚……嗚嗚……咕、嗚嗚……」

「真是難看。你連被斬首的價值都沒有。給我滾吧。」

凱特將拿岡的人民留在原地，轉身再次走向辦公室。

此此莉加快腳步，從凱特的身後探出了頭。

「所以我就說，別再用斬首或磔刑嚇人啦。我不會說那是壞事，但如果你說得這麼極端，聽起來反而很沒有真實感耶？」

「我一直都是很認真的……妳也給我差不多一點，此此莉。難道妳就那麼喜歡無所事事到處亂晃，妨礙其他官僚執行公務嗎？給我去工作。」

「哎呀～我也算是有工作要做喔？只是還沒到時候而已啦～凱特，就陪我玩一下嘛～」

「……」

濃紫泡沫的此此莉並非像靜寂的哈魯甘特或暮鐘的諾伏托庫那樣無能。儘管凱特不忌諱稱呼受其統治的民眾為愚民，但他並沒有忽視優秀人才的動向。

「……妳不是羅斯庫雷伊派的人吧，那麼是誰指示妳進行所謂的工作？妳到底在準備什麼，又在企圖什麼？」

「嘿嘿嘿嘿～」

六合御覽。在左右未來世界局勢的政爭中，無法想像此此莉這種精明的女性不會加入任何勢力。也許她之所以煽動拿岡的人，為的就是讓凱特說出輕率的言論或承諾，陷害凱特失勢。

不過以此此莉的性格而言，也很難說那會不會只是個單純的惡作劇。

「如果妳不打算回答，那就滾吧。」

「……既然你都說到這個地步，那我就去其他地方消磨時間吧。再見嘍。」

此此莉搖搖擺擺地走了。看著她的背影，凱特不悅地咂了咂嘴。

……有人說，舊王國主義者和歐卡夫自由都市的威脅已經消失，黃都長期以來的戰爭狀態結束了。這是那些看不清本質的人才會有的想法。

（——如果不是羅斯庫雷伊或傑魯奇的指使，那麼在黃都裡能使喚那傢伙的人就沒幾個了。掌控軍部的哈迪。或者是……已經退休的前第五卿伊利歐德仍在幕後操縱一切。無論是哪種情況，我該做的事情都不會改變。）

世界唯一的王國，黃都。在和平的表象底下，他們的戰爭早已開打。

◆

凱特打開辦公室的門，然後愣住了。

「……這是什麼狀況？」

本來應該整齊地排列在書架上的書籍如今散落一地。在這個文字普及率不高的世界裡，以貴族文字寫成的學術書籍是極其稀有的資料。

此外，還有一些不知名的實驗器具整齊地排列在牆邊。現場明顯有使用過強酸和烈性藥品的痕跡。高級地毯被飛濺的液體燒出了許多破洞。

窗戶則是大大地敞開，從外面拉進了大量不知名的導線。

室內甚至還生了火。不知是用來加熱藥瓶還是加工金屬的火焰此刻正光明正大地在圓桌的凱特的辦公室內燃燒著。

「哦，你來得真晚呢。」

而且造成這片混亂的元凶竟然還毫無顧忌地坐在房間的正中央。

「看來以化學加工星深瀝鋼果然是不可能的事啊。雖然大致上我已經猜到了……凱特，這些文獻是假的。以那個時代的技術水準根本不可能做到嘛。」

此人名為輪軸的齊雅紫娜。她對王國毫無恭順之意，專注於研究魔族的創造，甚至還建造了那個被稱為拿岡的迷宮都市，是個無比凶惡的魔王。

同時，她也是勇者候選人美斯特魯艾庫西魯的創造者。

「……喂。」

凱特立刻關上了身後的門。

「——婆婆！我不是說過只能讓妳看看文獻嗎！我可不記得我有允許妳做這種實驗！」

「如果現在不做的話，我可能會忘記剛才研究的東西啊。也不要叫我婆婆。」

齊雅紫娜看也不看凱特一眼，她正在用顯微鏡觀察某種結晶結構。

「如果被人誤會你和我有血緣關係怎麼辦？你既不是我的孫子之類的，更不是『孩子』。」

「妳做出這種……引人注意的行為，困擾的是我啊。還有請妳別再帶著美斯特魯艾庫西魯到處散步了。」

凱特只能先把被亂丟的書籍放回書架上原本的位置。

在一片極其雜亂的房間裡，這似乎是一項極其空虛的工作。

「今天拿岡的人來找我抗議了喔。而且在二十九官之中，有動機想殺婆婆的人多得跟山一樣。妳大概沒想過我為了婆婆吃了多少苦吧。」

「哼！這就是我為何要幫你的理由不是嗎？籌錢啦、調整輿論啦，這些……該怎麼說呢，過去一點一滴欠你的小人情，我這次打算幹一筆大的來一次付清。在六合御覽中打敗其他派系，征服黃都！只要宰掉所有反抗的傢伙，你就能過一輩子的安逸生活。這不是很好嗎？是不是啊？」

「婆婆好像認為我有無盡的權力似的……說到底，我的派系規模完全比不上羅斯庫雷伊或哈迪。如果給多數派找到一個消滅我方的藉口，我方將在數量上輸給他們。之前我已經解釋過很多次了，在爆發全面衝突之前，我們非常需要快速增加兵器的產量。沒有時間讓美斯特魯艾庫西魯玩樂……！」

「哼……美斯特魯艾庫西魯才不是你的工具。一個流著鼻涕的臭小鬼，竟然敢大言不慚地學起政治家說話。十多年都不來見我，在黃都渾渾噩噩過日子之後就會長成你這副德性嗎？」

「事先聲明一下。我之所以去王國……！是因為有血肉之軀的人若是跟著婆婆，無論有多少條命都不夠用啊！」

第四卿凱特領導著居於第二將羅斯庫雷伊、第二十七將哈迪之後的黃都第三勢力。

不過，鮮少有人知道他的學術導師正是魔王自稱者齊雅紫娜。

憑藉出眾的能力獲得二十九官席位的他早在推舉美斯特魯艾庫西魯之前，就已經在幕後支援齊雅紫娜的活動，以避免王國的討伐目標轉向她。

凱特已經好幾次被齊雅紫娜的恣意行動嚇出一身冷汗。他能隱瞞雙方的關係，讓齊雅紫娜進入黃都，可以說是一種奇蹟也不為過。若非凱特利用了微塵暴事件，想讓齊雅紫娜建立功績也是很困難的事。

「真是的……反正到頭來，只要打贏就好了對吧。我可是有美斯特魯艾庫西魯呢。」

齊雅紫娜一臉不悅地躺在地板上。這個導師的年紀雖大，卻一點也不懂事。

（婆婆製造的美斯特魯艾庫西魯是無敵的。這點無庸置疑。）

雖然凱特為了不破壞導師的心情而沒有把心聲說出口。然而他完全無法樂觀看待六合御覽的結果。

（但是……即使美斯特魯艾庫西魯「沒有輸」，我們能一路「打贏」六合御覽直到最後的機會恐怕也很小。）

推舉勇者候選人這件事本身並不是無意義的。就像歐卡夫自由都市所做的那樣……只要擁立勇者候選人的陣營是「暫定的」勇者，只要勇者候選人不被淘汰，陣營的存在就有保障。

但因為凱特強行取消齊雅紫娜的魔王認定，凱特和齊雅紫娜的關係已經形同半公開的事實。如果六合御覽進行下去，美斯特魯艾庫西魯晉級到妨礙羅斯庫雷伊派系的位置。到那時，他們將會利用所有的政治力量，讓美斯特魯艾庫西魯連同其陣營一同被淘汰吧。

（因此我們真正應該應付的戰爭，是在那個時間點爆發的衝突。前提是……必須保有在數量上壓倒性超越羅斯庫雷伊的武力，否則我們不能「打贏」六合御覽。）

從某種意義上來說，圓桌的凱特在這場戰鬥中恐怕處在比任何人都更危險的位置。

他們的盟友非常少。凱特、齊雅紫娜，還有……

「喂喂喂喂……」

一道非常響亮又非常低沉的聲音響起。原本應該鎖上的門打開了。

「這裡連腳都沒地方踩耶。真是亂七八糟啊……」

出現的是一個臉上掛著嘲諷笑容的壯年男子。

黃都第十五將，淵藪的海澤斯塔。他之所以能夠闖進房間，並非因為他有開鎖的技術。

「……別硬撬開鎖。我的陣營不需要沒禮貌的無賴。」

「呵呵呵。只因為稍微進出一下房間就被開除，這也太好笑了吧。」

他手上有一個裝有顯示器和搖桿的機器。是以這個世界的技術水準絕對不可能出現的器物。

「我已經調查過我們的對戰對手……澤魯吉爾嘉。她好像並沒有和其他人進行聯絡……她背叛『黑曜之瞳』的事也許是真的呢……」

那是稱為「偵察用無人機」這種兵器的控制器。

小型又安靜。重要的是，這是這個世界的人們「陌生」的技術。就算澤魯吉爾嘉是「黑曜之瞳」的特務，她也應該無法躲過打從一開始就料想不到的監視手段，與「黑曜之瞳」取得聯繫。

「知道這點又怎麼樣，你這個章魚小鬼。」

在圓桌的凱特開口之前，齊雅紫娜搶先一步譴責了海澤斯塔。

「如果有時間做這種小孩子的工作，你為什麼不去對澤魯吉爾嘉或埃努下瀉藥呢。奪取托洛亞魔劍的作戰原本也是說好由你指揮的吧。」

「呵呵呵呵。那種不考慮後果的策略很不錯喔～……我愈來愈中意妳這個女人了……」

「那還真是糟透了。」

嫌惡感讓齊雅紫娜已經滿是皺紋的臉皺得更嚴重。

「……如果要吵那種無聊的架，請在我看不到的地方吵。況且那個駭人的托洛亞終究是個戰敗者。沒有必須對他執著到那種程度的理由。」

「啊？如果放著不管的話，那傢伙不就會被其他人利用嗎。你對我的作戰有什麼意見？」

「婆婆妳只是想要找個人當窮知之箱美斯特魯艾庫西魯的玩具吧……至少在黃都這邊，現在應該已經沒有人敢再去招惹他了。大家都徹底明白與駭人的托洛亞對上有多麼危險。所以別再隨便慫恿我的部下了。」

——雖說如此，也不能說搶奪駭人的托洛亞魔劍的行動完全是個失算。考慮到羅斯庫雷伊陣營想要排除黃都的潛在威脅的意圖，掌握了魔劍，就有可能可以當成有利於談判的籌碼。無論如何，在圓桌的凱特陣營和羅斯庫雷伊陣營正式開戰前，有必要讓士兵獲得在實戰中使用「彼端」武器的機會。

「回歸正題。我們要籌劃第六戰的計畫。」

「哼，這很簡單吧。直接打死澤魯吉爾嘉不就贏了。」

「就說別用那種武斷的手段。比起澤魯吉爾嘉，她的擁立者埃努才是問題。那傢伙的部隊正開始對城中劇場庭園進行測量，他們或許打算設下什麼陷阱。」

「哦……？那裡除了對決期間以外是禁止進入的，他們是怎麼測量的？」

「他們並不是在劇場庭園內部測量，而是劇場庭園周邊。埃努動用了他的都市計畫管理權限——以改善將會隨著六合御覽到來的交通狀況為名。他們測量了周圍建築物的距離，仔細記錄方位。在對決前做這種事根本就是承認他們另有所圖。」

「哼。他們是打算對對決場地進行狙擊嗎？」

齊雅紫娜傻眼地說道。

「……這種事在六合御覽舉行前就已經料想到了。無論是塔或是高台，四周都沒有可以直接射擊劇場庭園內部的狙擊點。」

除非會對戰鬥雙方造成什麼問題，或是誰提出了特殊要求，否則六合御覽的比賽都被規定在城中劇場庭園進行。這是為了確保觀眾的容納人數與戰場的公平性。但也有防止作弊的用意，由高牆包圍的城中劇場庭園裡頭很難受到外部的干擾。

這座城中劇場庭園由不屬於勇者候選人派系力量的劇場庭園附屬士兵看守。基本上擁立者只在對決進行的時候有讓手下的人進入的機會。

「無論是在裡面還是外面，只要敵人展開了行動，我方也不能坐視不管。反正我們的對決也是……呵呵呵呵。至於我們討論的這個城中劇場庭園。對決使用的場地不是早就已經達成共識了嗎？」

「閉嘴，海澤斯塔。假設埃努正在籌劃什麼詭計，到頭來還是有可能從城中劇場庭園的外面做些什麼……」

即使澤魯吉爾嘉曾是「黑曜之瞳」的特務，也不可能有能力正面擊敗無敵的美斯特魯艾庫西魯。換句話說，為了讓澤魯吉爾嘉贏得第六戰，對方必定會事前擬定一些策略。

「全部打爛不就好了。」

輪軸的齊雅紫娜淡然地說道。

「就算不知道對方在想什麼也無妨。如果他們要在劇場庭園設下什麼詭計，那就把對方連同那些詭計一起打爛不就好了嗎？」

「婆婆！妳又在說那種……」

凱特本來想反駁，但又閉上了嘴。

「……不，就是這樣。現在還不遲，只要改變現況就好了。」

「你說什麼？現在？」

海澤斯塔一臉疑惑地問道。距離第六戰還剩三天。

「我們的最終勝利條件是讓美斯特魯艾庫西魯生產大量武器，利用六合御覽來爭取時間。沒有必要浪費多餘的精力在埃努那種人身上。如果只靠我自己行動就能處理，那會比動用士兵或無人機更有效率。」

放眼所有黃都二十九官，千里鏡埃努也是個獨特的奇人。恐怕很少有人能理解他在這場六合御覽裡有什麼目的，還有他到底想不想獲勝。

羅斯庫雷伊陣營之所以避開與澤魯吉爾嘉對上也是因為這個原因。羅斯庫雷伊將「黑曜之瞳」和千里鏡埃努這種不確定因素的複合體視為威脅。

既然如此，在令羅斯庫雷伊陣營不安的凱特和埃努進行對戰時，做出有點強硬的行動應該也在容許範圍之內。畢竟對於那些想要坐收漁翁之利的人來說，沒有什麼比需要處理的勢力自相殘殺更好的情況了。

「嘻嘻，看來你有什麼好點子呢。」

「只要由我重新指定戰場和條件就好了。我不會讓埃努稱心如意。」

「哎呀哎呀，真是個和齊雅紫娜一樣粗暴的傢伙……呵呵呵……那麼我就去打探埃努的動向吧。」

「隨便你。不過如果你玩過了頭，婆婆可是會在我砍下你的頭之前先把你變成魔族。你也不會希望那樣吧。」

「呵呵呵……只要動手的是好女人～我就算被變成魔族也無所謂喔……」

「真是的，你這傢伙真是太噁心了～誰會特地用肉製造魔族啊。」

就在齊雅紫娜打個呵欠的時候，走廊外傳來沉重的金屬聲。

放在牆壁邊的實驗器具被震動搖得撞來撞去。

「凱，凱特！」

一個體型巨大、覆蓋著深藍色裝甲的機魔鑽過了損壞的門。那是圓桌的凱特最大且最強的王牌——窮知之箱美斯特魯艾庫西魯。

「今天的部分完成了！我可、可、可以去玩了吧！」

美斯特魯艾庫西魯雙手抱著大量的自動步槍——那是被稱為ＡＫ47的「彼端」兵器。

看到遭到美斯特魯艾庫西魯的巨大身軀進一步蹂躪的辦公室，凱特露出厭煩不已的表情。

「……太少了，這數量絕對太少了。你這傢伙是在偷懶吧。」

「沒，沒有這回事喔！哈哈哈哈哈！」

「你這混帳是在批評美斯特魯艾庫西魯的工作態度嗎！」

「呵呵呵呵……哎呀，氣氛真是熱鬧呢。」

「可惡，這些傢伙真是夠了……」

凱特掩面嘆息。

他接下來還得去處理令人提不起勁的工作，現在卻必須先做一件事。

「得先收拾一下我的房間啊……」

他們正是這場黃都政爭中的第三陣營。

既邪惡又強大——而且難以控制。

圓桌的凱特。輪軸的齊雅紫娜。淵藪的海澤斯塔。窮知之箱美斯特魯艾庫西魯。

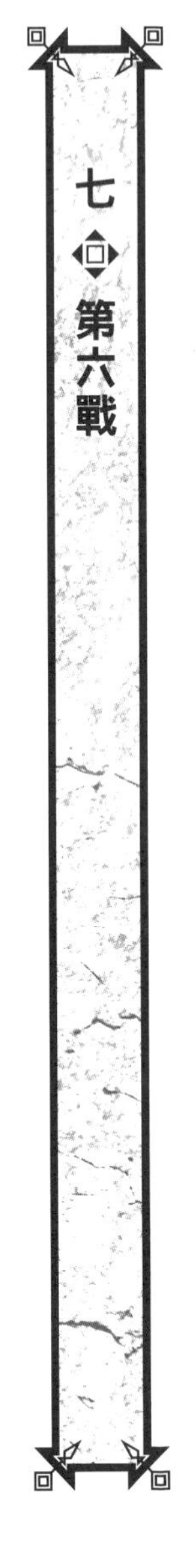

七 第六戰

在六合御覽進行激戰的，並不只有戰場上的勇者候選人。為了引導他們取得勝利，包括對決場地、對決日程在內的各種條件協商，對於擁立者來說，都是足以左右其政治生命的重要問題。

在舉辦六合御覽時，黃都也設置了用來進行這種談判，被稱為協調室的會議設施。協調室受到嚴格的保護，擁立者之間可以在安全的環境下進行一對一的談判。在設施內除了會議室外，還設有休息室之類的房間。每次的交涉都已經設想會耗費超過一整天的時間。

——第六戰的前一天。五彩繽紛的氣球點綴著天空。煙火的聲音從白天起就一直沒有停過。

「回歸正題，凱特。我認為現在沒有調整對決條件的必要。市民們都在期待明天的對決。既然如此，我們的義務就是讓對決順利進行。」

「……期待？哼。愚民的期待算什麼東西。」

在協調室內面對面進行商談的兩位擁立者是即將參加第六戰的人。推舉窮知之箱美斯特魯艾庫西魯的黃都第四卿，圓桌的凱特。推舉奈落巢網澤魯吉爾嘉的黃都第十三卿，千里鏡埃努。

凱特態度高傲地翹著二郎腿，而埃努則是一如往常地不帶表情。

「那些傢伙與一群無知的野獸沒有任何差別。他們恐懼、逃避，卻又在內心渴望看到下一場悲劇。那副狂歡的模樣不過是另一種宣洩恐懼的手段罷了。」

在圓桌的凱特眼中，除了他自己之外，似乎沒有任何一個人理解這件事的本質——或是他們不想去理解。即使「真正的魔王」已經死去，許多愚笨的人仍在追求自我毀滅。

利其亞新公國被焚毀了。無論是黃都和利其亞，雙方原本都應該可以採取其他的解決手段。邊境發生了阿立末列村那種慘無人道的屠殺事件。市民中有人不斷對「教團」施加迫害。舊王國主義者甚至還利用微塵暴發動戰爭。

在第四戰中，原本應該象徵了希望的絕對的羅斯庫雷伊，在眾目睽睽之下變成了一副慘不忍睹的模樣。那正是黃都的民眾所期待看到的景象。

這個世界一直陷於瘋狂之中。

「透過讓勇者候選人公開相互殘殺，我們將愚民的殺戮衝動導向了那些代替用的對象——到頭來，讓死亡和暴力的薪火持續燃燒下去就是這場六合御覽的目的。」

「從統治人民的層面來看，這似乎是個很有趣的話題呢。你在某種程度上點出了本質。」

埃努只是微微點頭。沒辦法從他那對貓頭鷹般圓睜的雙眼讀出任何情緒。

「……這次談判的主要議題是什麼？」

「第六戰的場地『改了』。」

「……什麼？」

「如果你沒有聽到，我再說一遍。第六戰不會在城中劇場庭園舉行。而是和第一戰一樣，在舊城區廣場進行。」

凱特的口氣簡直就像這件事已經確定了。

即使聽到凱特如此蠻橫的通知，埃努也毫無動搖，他仍然平淡、冷靜地回答。

「關於對決場地，我們在兩大月前的會談中已經達成共識。是我和你的會談。議會也已經受理。無論我們哪一方希望改變對決場地，現在也已經不可能再做變更。還是說，這是你新想出的笑話嗎，凱特？」

「——你那種虛偽的演技才叫笑話。你以為我不會知道測量城中劇場庭園的那件事嗎？」

「唔？沒有什麼知道不知道的問題，我只是提交都市測量計畫給議會，按照計畫進行作業罷了。這是我身為二十九官的正式業務。如果連這點都不知道，那才有問題。」

「真是無聊的藉口呢。」

埃努以幾米那市發生的交通中斷狀況為由，緊急排入他這項測量計畫。在六合御覽舉辦期間，城中劇場庭園周圍將會聚集極為大量的人流。測量作業與交通狀況的調查是提昇該地交通效率方案的其中一個環節。

「原來如此，議會確實有可能接受這樣的理由。那麼我就來幫你省去那項業務吧。你的部下……目前正在測量城中劇場庭園，沒錯吧？」

一陣震動響起。

雖然那是從遠處傳來的微小聲音，但是就連這間協調室的牆壁也因此持續發出低頻的晃動。

「……」

「好了，我再問一次。你的部下到底做了什麼？」

協調室裡沒有窗戶。不過城中劇場庭園的方向此刻升起了細小的黑煙。

調查人員應該會根據爆炸規模，推測出該地被引爆了至少有一個倉庫分量炸藥的結論。那種危險物質的分量多到完全不可能由一兩個侵入者攜帶，因此凱特的陣營不可能被放入嫌疑人名單之中。

（——C4炸藥。）

不過，那是以這個世界的科技水準而言。

那是一種可以從遠距離遙控引爆，「彼端」的高性能塑膠炸藥。

「…………凱特，你知道自己做了什麼嗎？」

「不對，『是你』做了什麼。假設現在劇場庭園周圍發生了什麼事故……負責調查工作的人找不到異常，甚至無法提出犯人存在的證據。那麼會是誰最有嫌疑，你應該不會不知道吧。」

距離第六戰還有一天。

雖然埃努的測量作業確實很可疑，但是凱特已經沒有時間揪出他做了什麼違規行為。

不過，只要他處於在多數人眼中看起來很可疑的立場，那麼幫他製造出違規行為就可以了。

「這次事件的調查至少需要三天。根據調查的情況更新劇場庭園的警衛體系需要兩天。那麼，就讓我來考驗一下你口中的義務吧。你究竟能不能讓對決順利地進行呢？」

「……」

在對決前一天改變對決場地。這種亂來的行為在常識上是不可能做到的。

然而圓桌的凱特是個暴君。他知道爆炸事故有可能牽連市民，卻仍然強行執行這種幾近魯莽的策略。應該說若是造成一些犧牲，對他來說反而更為有利。

群眾終究只是一群被六合御覽這種恐懼引來的野獸。既然如此，如果把另一種恐懼擺在他們的眼前，他們應該就會主動希望改變對決場地吧。

「所以呢，我們從現在開始就有調整對決條件的必要了。延後第六戰的開始時間，將對決場地改為舊城區廣場。千里鏡埃努，如果你有任何替代方案，直說無妨。」

「……看來我別無選擇。當然，我也會請人調查這起爆炸事件。應該很快就能找出是誰的指使吧。」

「嗯，我也希望如此。」

圓桌的凱特是個暴君，但是他深知愚民會因為愚蠢而做出什麼樣的行為。

就算想遵守協議，在有可能發生爆炸的劇場庭園強行進行對決，也不可能壓過民眾的反對聲音。此刻，在城中劇場庭園舉行對決才是真正不可能實現的魯莽行為。無論千里鏡埃努在城中劇場庭園策劃了什麼，這一步棋都會讓他白忙一場。

只要處於謀略毫無意義的直接戰鬥之中……窮知之箱美斯特魯艾庫西魯就是真正意義上的無敵勇者候選人。

唯一需要擔心的是——

「埃努，我有問題要問你。」

在即將離開房間的前一刻，凱特停下來腳步問道。

「你似乎消滅了『黑曜之瞳』。不過你真的接種了抗血清嗎？」

「當然啦。你和我應該都是在同一時期接種的。」

「……」

沒錯，這沒有任何需要懷疑的餘地。即使澤魯吉爾嘉暗中維持與「黑曜之瞳」的關係，她也不可能操控擁立者埃努。

「……埃努，你……為什麼要參加六合御覽？」

「必須要用恐懼以外的方法來統治民眾。」

埃努以平靜、和緩的語氣回答。

「如果你有這樣的想法，那我也感受到強烈的認同。雖然我可能會成為你的敵人，但在這點上，我和你有共鳴。」

凱特沒有回頭看埃努，然而他的話讓凱特聽了感到毛骨悚然。

這個男人究竟有什麼目的——

「我不在乎你怎麼想。反正你會輸掉這場戰鬥。」

◆

結束了在協調室的會議後，凱特在途中與海澤斯塔會合。

雖然兩人同為二十九官，不過一副嚴謹官員打扮的凱特與長滿邋遢鬍子的海澤斯塔走在一起的畫面看起來十分怪異。

「爆破工作成功了。」

淵藪的海澤斯塔的任務是在高處觀察人群的動向，並且遙控引爆城中劇場庭園附近的食品倉庫裡頭的高性能炸藥。

「約有三人受了輕傷。算是造成了一定損害，但又沒有造成死亡……呵呵呵呵。其中一人是個年紀不小的女性……我送些花探望她好了。呵呵……」

「別多此一舉。小心我砍了你的頭。」

「開個玩笑而已。我知道這次的作戰不能留下任何證據啦……不過真的不用那個什麼無人機嗎？我好不容易終於學會怎麼操作了耶……」

「偵察無人機的優點只在於能夠即時透過顯示器接收影像。要讓那東西運作，每次都需要發電後進行充電，還要有人持續操作。如果只是需要一個能自由活動的機器，輪軸的齊雅紫娜的機魔優秀太多了。」

「哦～那還真是了不起呢。」

那個瞞過正在周圍進行調查的埃努手下士兵，引發爆炸事件的伎倆非常簡單。就是使用齊雅紫娜的小型飛行機魔從空中穿過監視網，投下高性能炸藥。

在未來，也許能用這種轟炸戰術在無人傷亡的情況下壓制敵軍。

「總之你可以放心啦。我不會讓埃努找到藉口逃避責任……不只是他的部下，連市民也目擊了這場爆炸。呵呵呵呵……想要洗清嫌疑，可是得花一筆不小的工夫呢……」

「但願如此。」

凱特並不是想要把埃努踢下位子，也不是想阻止他的目的。

他只是想暫時清除礙眼的障礙，以準備未來與羅斯庫雷伊陣營的對決。

「你的工作進行得如何了？」

「已經取得了埃努的口頭認可。我本來料想他會有暗算我這個擁立者的可能性……哼。看來期望落空了呢。」

凱特取出藏在衣服裡的小型機械。那不是「彼端」的武器，而是齊雅紫娜創造的感知專用的機魔。如果有凱特和埃努之外的人闖入設施，它將透過聲納機制偵測到對方，並且做好下一步的準備。

「有必要那麼怕嗎。根本沒有刺客能潛入協調室吧。」

「無能的傢伙。所謂黃都士兵嚴格把守，阻擋外人的進入……代表著有能力欺騙黃都士兵的人，將有機會『單方面發動攻擊』。如果埃努真的與『黑曜之瞳』聯手，當時就是最好的機會。這麼簡單的事你都不懂嗎？」

協調室被視為為了交涉而設立的安全區域。但是在這場六合御覽之中完全不存在真正的安全區域。這是這場戰爭的基本前提。

「……然而敵人仍然沒有發動攻擊……這樣一來，應該就可以認定澤魯吉爾嘉是清白的……如果說有人心懷不軌，那就是埃努了。」

「誰也不清楚他在想什麼。那傢伙從以前就是個詭異的人。」

說到底——凱特心想。

為什麼埃努這個管理都市規劃部門的人會主動討伐「黑曜之瞳」的餘黨？當黃都成立之初，進行區域重劃的時期，埃努曾經在執行都市防疫計畫時與醫療部門合作。據說就是因為這層關係，讓他在不知不覺間成為了消滅血鬼的負責人。

儘管埃努是文官，他但卻擁有訓練有素的野戰作業部隊。簡直就像在六合御覽開始之前，他就已經準備好討伐「黑曜之瞳」——

「……哈。」

凱特自嘲地笑了。

（只因為他這傢伙很詭異嗎？我在想什麼啊？）

到頭來還是海澤斯塔說得對。沒必要刻意深究那種事，平白讓自己感到不安。

即使按照原定行程，在城中劇場庭園進行對決，美斯特魯艾庫西魯也應該能順利取得勝利。畢竟，世上沒有超越美斯特魯艾庫西魯不死之身的手段。

至少，齊雅紫娜和海澤斯塔一直都是這麼主張的。也許凱特只是在與看不見的敵人進行無意義的戰鬥，無謂地消耗自己的精力罷了。

（但是凡事總有意外。任何時候都一樣。）

那個羅斯庫雷伊選擇避開與澤魯吉爾嘉的對戰。如果黃都最強的男人也直覺地從那個人的身上感受到「某種東西」──就算是不起眼的第一輪比賽的對手，也可能是不能被忽視的存在──凱特的直覺似乎在對他如此說著。

（……如果有我所不知道的某種事情正在進行的話──）

◆

夜晚。在湖畔某間別墅的一個房間裡，剛返回的特務正在進行報告。

「對決場地改了。」

「黑曜之瞳」的七陣後衛，變動的維瑟。其骨骼天生就是扭曲的，讓他只能以四隻腳著地的方式在地上爬行。不過他極為擅長潛入狹小的空間或高處進行偵察。

「第六戰日期將延後兩天，在舊城區廣場進行。議會或官方單位會在明天早上公布此事。」

「……我明白了。」

相對之下，聽取報告的那位千金大小姐則是擁有完美無瑕的外貌。水嫩的白皙肌膚，纖瘦但呈現出優美曲線的身體。她是統率「黑曜之瞳」的少女，名為莉娜莉絲。

「我們來思考一下往後的行動方針。請幫忙整理一下想法，維瑟大人。」

「當然沒問題。」

考慮到圓桌的凱特的脾氣，可以預料到他一定會對埃努的測量計畫找麻煩。況且測量計畫之所以能順利通過，不難想像是基於黃都主流派煽動這種對立局面的意圖。

然而，敵方的行動卻是出乎預料地強硬、充滿破壞性。沒想到他們竟然自己製造爆炸事件，讓城中劇場庭園變得無法使用。

「黃都的人有辦法找出爆炸事件的犯人嗎？」

「沒辦法。我們竊取了搜查情報，但爆炸的原因似乎不可能是單純的火藥或油料。而且他們也同樣搞不清楚設置那種燃燒物的手段。但既然造成規模如此巨大的爆炸，只能猜想那是我們不知道的高性能炸藥……」

「……如果那是現代科學無法解釋的物質，那麼就無法以其存在為前提進行調查。你是這個意思吧？」

「至少可以視為圓桌的凱特在對決開始之前都不會被抓到把柄。若只是對決場地改變也就算了……但劇場庭園變得無法使用倒是出乎我們的意料。」

雖然現在有必要採取對策，無奈莉娜莉絲能動用的資源並不多。「黑曜之瞳」的士兵固然精銳，但終究是一群還不到十人的集團。況且要讓潛伏於各組織內部的從鬼展開組織性的行動也還太早了。

莉娜莉絲將纖細的指頭放在自己的唇上。

「……應該還是有辦法證明劇場庭園的安全性。那就是控制凱特大人的士兵，讓他們承認自己是爆炸事件的犯人。只要犯人被捕，公布犯罪動機，這場混亂也應該能提早結束。」

「原來如此。就像敵人做出犯規行為一樣，我們也能製造出真正的犯人。以回擊手段來說，確實沒有比這更好的方法。」

「呵呵呵，我沒有這種打算就是了。」

莉娜莉絲苦笑道。

「至少，我們需要讓美斯特魯艾庫西魯大人在大眾面前以對決的方式進行戰鬥。我們真正應該擔心的反倒是凱特大人以外的陣營……如果羅斯庫雷伊大人或者基其塔．索奇大人在第六戰開始之前就擊垮凱特大人，我們就會失去大好的良機。」

「……對決延期兩天。希望在這段期間裡不會出現節外生枝的狀況。」

「我們先聯繫澤魯吉爾嘉大人，請她提防其他陣營的介入吧。畢竟在這場戰鬥中，最賣命工作的人是澤魯吉爾嘉大人啊。」

——奈落巢網澤魯吉爾嘉每天都在進行街頭表演，看起來與組織沒有任何聯繫。即使使用意識範圍之外的無人機進行監視，也無法捕捉到澤魯吉爾嘉的可疑舉動。

然而，只要他們仍是世上最大的間諜公會「黑曜之瞳」，他們就一直都有聯絡的手段。不同表演方式的組合、取出的氣球顏色順序、紙花的些微形狀差異。澤魯吉爾嘉一直在透過街頭表演發送暗號——在眾目睽睽之下，公開地這麼做。看得見卻看不出所以然。這種能夠自由操控意識的技術，正是奈落巢網澤魯吉爾嘉這位小丑的力量。

維持與「黑曜之瞳」的聯繫，並以勇者候選人的身分在公眾面前活動。這是除了澤魯吉爾嘉之外，任何人都做不到的事。

「澤魯吉爾嘉……能夠打敗那個美斯特魯艾庫西魯嗎？」

「不一定要贏。只要能活下來就好。」

莉娜莉絲露出微笑。

她之所以讓澤魯吉爾嘉參加六合御覽，絕對不是為了讓澤魯吉爾嘉贏得勝利。如果「黑曜之瞳」只要獲勝就好，那麼最佳手段會是一一暗殺候選人，使對手不戰而敗。

「謝謝你，我了解了，維瑟大人。您可以開始執行任務了。」

「好的，在下這就先告退了，大小姐。」

維瑟離開了客廳。

「……」

這次的爆炸事件雖然出乎意料，但仍在可接受的範圍內。「黑曜之瞳」會如常迅速執行大小姐的意志。第六戰也將順利舉行。

（再過幾天……澤魯吉爾嘉大人就要賭上生命，與那個美斯特魯艾庫西魯大人戰鬥了。）

每當意識到這個現實，莉娜莉絲就會感到讓背脊發涼的恐懼。

她害怕澤魯吉爾嘉可能會死。

而指揮那場作戰的，不是別人，就是她自己。

——她必須下決定。不是讓魯吉爾嘉賭上性命參加六合御覽，就是毫無作為，讓她們所有人最後都成為時代的幽靈而死。

（……沒問題的。我可以像父親一樣做到。每當我冷靜地將一切當作棋子操縱時……我就會知道最佳的方案是什麼……一直都是如此。）

莉娜莉絲掩住了嘴。誰也沒有看見她。維瑟已經離開了，寬敞的客廳只剩下她一人。

（不讓任何人犧牲，不讓任何人揭穿我們的真面目……我要造就父親所追求的那種戰亂時代。我……像我這樣的女孩，「至少」得做到這一點。）

莉娜莉絲擁有籌劃計謀的卓越才能。然而就是因為如此，她深知謀略之力的不確定性。

就像她無法預測到城中劇場庭園的爆炸事件，未來一定會發生莉娜莉絲意料之外的狀況。而她就是在這種不確定的基礎之上，賭上了被她視為心愛家人的澤魯吉爾嘉的生命。

（——大家都做過「這種事」。無論是父親，或是再前一任的統帥……所以我也一定可以辦到。）

◆

第六戰的行程在開幕前一刻被迫做出重大變更。

對決將不會在發生爆炸事件的城中劇場庭園舉行，而是改在舉行過第一戰的舊城區廣場，由窮知之箱美斯特魯艾庫西魯與奈落巢網澤魯吉爾嘉進行對決。

黃都補助代售觀戰席位的商店的補償金數字非常龐大。不過黃都第三卿，速墨傑魯奇展現出驚人的手腕，對各地進行了妥善的指示和調度，證明這樣的意外也只是他預料中的狀況之一。

美斯特魯艾庫西魯的擁立者，圓桌的凱特從擁立者專用的觀戰席上瞪著會場。輪軸的齊雅紫娜也在他身旁的位子上。

「……場地的條件不算好啊。」

藍天中飄著五彩繽紛的氣球，飛舞著紙花。展現出市民們歡欣鼓舞的景象。

「我原本以為觀眾席的數量會因為場地的突然變更再稍微減少一點……這樣一來美斯特魯艾庫西魯可能就無法發揮它的真正價值了。畢竟若是使用毒氣或火箭彈，很可能波及到市民。」

身為勇者候選人的大前提，就是必須不斷證明自己站在人族那邊。

雖然對凱特個人而言，就算炸死十個或上千個黃都的民眾也無所謂。不過他也不想因此被判定為魔王自稱者，成為所有其他勇者候選人的討伐對象。

「你是笨蛋嗎?打從一開始就根本沒必要做那種事啦。對付澤魯吉爾嘉那種傢伙,只要稍微撞一下就行了。她的腦漿會飛出來喔!嘻嘻嘻嘻!」

「我不想給澤魯吉爾嘉動什麼手腳的機會。最好是在對決一開始時,第一擊就確實了結她的性命。」

「那太容易啦。」

齊雅紫娜正啃著從商店買來的餅乾。她實在太過享受黃都的生活了。

「柳之劍宗次朗似乎用一把劍就擋住了威力形同格林機槍的飛刀。還有戒心的庫烏洛的那件事。誰也說不准對決開始時一定就能立刻射殺對方喔,婆婆。」

「我說過了~那很容易啦。你以為我沒有考慮到那種程度的問題嗎?」

美斯特魯艾庫西魯站在賽場上,雙肩裝了兩個薄薄的箱型裝置。

「『LRAD2000X』,那是一種可以選擇性鎮壓前方目標的指向性聲波武器。聲音沒有射線,不需要預備動作,也不能用盾牌防禦。就算被直接擊中,也頂多失去聽覺而已——但是美斯特魯艾庫西魯身上的東西性能遠不止於如此。它可以讓人瞬間失去意識喔。只要一開始打出那招。對決就結束了。」

「……真的啊?『彼端』實在是什麼樣的東西都有呢。」

輪軸的齊雅紫娜這個人乍看之下很隨便,但同時行事也很謹慎。

在漫長人生中的大半時間都在戰鬥中度過的魔王自稱者,必定會成為無與倫比的戰鬥高手。

「若是澤魯吉爾嘉那傢伙先被嚇跑，那就好笑了。」

就在齊雅紫娜如此嘀咕的時候，一個沙人出現在對決場地的另一側。此人就是奈落巢網澤魯吉爾嘉。

她抱著用在街頭表演之中，高度約五十公分的鳥頭人偶──「摩夫」。

「哎啊哎啊哎啊！看見各位如此愉快，我也很高興！不過呢，大家等一下可以露出更多笑容喔！請務必欣賞在下今天將會表演的各項絕技！」

在對她送上的歡呼聲中，以孩子的聲音最多。

「澤魯吉爾嘉！」

「澤魯吉爾嘉來了！」

「感謝大家，感謝大家！摩夫也很高興能見到各位喔！」

澤魯吉爾嘉向觀眾揮手致意，並且拿出氣球轉來轉去。即使這是一場賭上生命的真業對決，她也不忘做出表演。這大概是身為小丑的堅持吧。

「……妳怎麼看，婆婆。」

「啊？」

「我從來沒聽說過有人用操縱人偶來戰鬥。」

「哦，那大概就是武器吧。裡面絕對不可能是空的啦。反正不管怎麼樣，美斯特魯艾庫西魯的X光感測器都可以清楚看透塞在裡面的東西。那種偽裝一點意義也沒有。」

六合御覽乃是一對一的真業對決。就如同駭人的托洛亞的魔劍，或是美斯特魯艾庫西魯的聲波武器，只要是參賽者以自己的力量帶上場的武器，就不會有禁止攜帶或使用的規定。無論是槍砲還是人偶。

「澤、澤魯吉爾嘉！」

美斯特魯艾庫西魯喊了出來。它差點要衝向剛進場的澤魯吉爾嘉。

「妳、妳會再表演魔術給我看嗎？」

「會啊！我會表演最棒的把戲給你看喔！所以了，美斯特魯艾庫西魯，還請稍微手下留情……最好是讓我贏得這場勝利吧？」

「哈哈哈哈哈！我要為了媽媽獲得勝利！所以我不會手下留情的！」

「有想要獻上勝利的對象存在是很不錯的事呢。」

澤魯吉爾嘉瞇起了眼。

第六戰。窮知之箱美斯特魯艾庫西魯，對決，奈落巢網澤魯吉爾嘉。

「兩位，請肅靜。」

一名高大的女子走到面對面的兩人之間。

黃都第二十六卿，低語的米卡。她給人一種如鋼鐵般嚴格的印象。

「候選人不得做出與對決無關的表演。澤魯吉爾嘉，妳明白了嗎？」

「……咳！這……啊～不好意思。」

「另一位候選人也沒有問題吧？」

「哈哈哈哈哈哈！沒、沒問題！」

「——這場對決與之前一樣，按照真業對決的規則進行。其中一方倒下無法再起身，或是其中一方親口承認敗北。以這兩種狀況分出勝負！至於其他事項，將會由我低語的米卡賭上自身的名譽做出嚴正的判決。兩位同意這些條件嗎？」

「啊哈哈哈哈！……當然同意！在下澤魯吉爾嘉願意堂堂正正一戰！」

「我、我、我是！哈哈哈哈哈！我是最強的！」

「美斯特魯艾庫西魯，我視你的回答為同意！當儀隊的砲聲一響，對決就此開始！」

米卡轉身走下擂台，回到石階上的審判席。

一切都將在儀隊的砲聲中開始——就在所有人聚精會神的前一刻。

「哈哈——」

美斯特魯艾庫西魯做出令人出乎意料的舉動。它轉向後方，朝空中開火。

其動作似乎早了對決開始的信號一步。

「什麼！」

凱特看見了美斯特魯艾庫西魯剛才射擊的目標——一顆氣球。那顆高度低得異常的氣球就在凱特的頭頂上。

儀隊的砲聲響起。對決開始。澤魯吉爾嘉展開了行動。

（不妙。美斯特魯艾庫西魯它——）

被擊中的氣球燒了起來，隨即發生爆炸。

（……會對婆婆遭遇的危險「先產生反應」！）

從氣球中漫出的白煙落到觀眾席上。白煙與澤魯吉爾嘉在對決開始時灑出的煙霧型煙火混合在一起，完全阻隔了觀眾們的視線。

「啊哇！」

「這是什麼？」

「是爆炸！」

凱特的危機感是正確的。他受到搶先一步的攻擊。

「……該死！婆婆，妳還好嗎！」

幸好美斯特魯艾庫西魯剛才的攻擊沒有被認定為犯規。

它本來打算發動致命攻擊的，卻被迫用這招來擊落氣球。

「雕蟲小技，沒什麼大不了的！美斯特魯艾庫西魯！別管那麼多，開槍宰了她！」

「哈哈哈哈哈哈哈哈！」

宛如金屬尖嘯聲的槍聲響起。雖然煙霧阻擋了可見光，但對美斯特魯艾庫西魯的感測器卻沒有意義。格林機槍的彈痕打穿舊城區的廢墟，幾乎摧毀了建築。

然而澤魯吉爾嘉的身影並不在煙霧之中——只有她操縱的人偶跳了出來。

它以普通人偶絕對做不到的超高速度衝鋒。美斯特魯艾庫西魯則是以手臂擋了下來。

儘管被擋下，它卻沒有被彈開，而是不停地轉動，不停地在尖銳的聲音中爆出火花。其速度和威力凌駕於子彈之上。

「……摩夫！」

◆

澤魯吉爾嘉以氣球墜落的混亂和煙霧騙過了觀眾的眼睛，躲進鄰接舊城區廣場的無人廢墟。至此為止，一切都按照計畫進行。

為了將舊城區廣場改建成六合御覽的對決場地，周圍區域的居民已經被遷走了。因為參賽者有可能像第一戰中的托洛亞和賽阿諾瀑一樣，在戰鬥中撞進建築物之中——雖說如此，那終究是利用了對決場地定義的漏洞而造成的例外判例。

她利用帶有鏡子的裝置，找到了遠處美斯特魯艾庫西魯的身影。

（……先發動第一擊。）

澤魯吉爾嘉透過指尖上的絲線，操控著正以超乎常軌的出力飛行於遠處的機魔人偶。摩夫人偶開始詠唱詞術。

「『以鋼玉之棘填滿的地平線的繫結分出根莖葉的塵世乃是黃金的』（amieneaor sharbardhor nes tortsind gert zept merticst）。」

「『——封閉的黃昏。刨挖吧』（saknamop lustarmokg）。」

美斯特魯艾庫西魯進行詠唱後追了上去，它將右手臂重新構築成了散彈槍。人偶發射出眩目的炙熱光線，幾乎燒斷對方的右臂和胸部後與其錯身而過。胸部裝甲被高溫融化的美斯特魯艾庫西魯一度找不到高速飛行的人偶。高溫讓它的感知系統出現了錯誤。

——這個人偶的真實身分為二代改進型雷西卜托。是專門進行突擊鑽孔的衝鋒攻擊用機魔。「黑曜之瞳」將這隻機魔藏在發生墜落事故的氣球內部。澤魯吉爾嘉一開始帶上場的人偶，也是用來與之進行調換以發動奇襲的手段。

（這就是棺木布告的米魯吉的王牌。雖然和美斯特魯艾庫西魯相比，那東西的性能低得可笑就是了。）

即使如此，就像雷西卜托和內梅魯賀爾加……它們在部分機能上還是能與美斯特魯艾庫西魯相比。這個二代改進型雷西卜托更是特別強化單一機能的類型。

澤魯吉爾嘉必須透過蜘獸的絲持續控制二代改進型雷西卜托的高速移動方向，因為二代改進型雷西卜托本身並未具備這種機能。

「咕，嗚……這真是太折騰人了……！」

她將高速亂甩的絲線前端勾住釘在地上的棒子上以分散力量，並且時而以手指，時而以腳或牙齒同時進行複雜的控制。每次拉動絲線時，驚人的加速度和負荷都會作用在她的指頭上，讓澤魯吉爾嘉的手指滲出鮮血。她手指的骨頭發出嘎吱聲，扭曲到幾乎快要折斷的地步。

二代改進型雷西卜托以閃光般的速度在對決場上飛了半圈，繞到美斯特魯艾庫西魯背後。

另一方面，美斯特魯艾庫西魯卻在對決場地的正中央一動也不動。

「不、不是摩夫！那是什麼啊？」

不過他全身上下都伸出了槍口。

（……糟了！）

澤魯吉爾嘉立刻放開手中的絲線。高速飛行中的二代改進型雷西卜托被精準的預判射擊命中三次。之所以只被擊中三槍，是因為澤魯吉爾嘉放開部分絲線，讓其飛行軌道變得不規則。

被子彈打亂軌道的二代改進型雷西卜托墜入瓦礫堆中，停了下來。

（它竟然可以立刻應對那種速度……還擊落了機魔！）

二代改進型雷西卜托的本體受到前方的傾斜裝甲保護，並沒有陷入致命的機能不全狀態。但機關的部分出現了些許的變形。澤魯吉爾嘉可以透過絲線感覺出這點。

「喂，美斯特魯艾庫西魯！那個破爛東西只是用來拖延時間的！找出澤魯吉爾嘉殺了她！」

齊雅紫娜從觀眾席高聲發出指示。

澤魯吉爾嘉抓住這個機會，拉動連接到二代改進型雷西卜托的絲線。

「我、我、我知道了！媽……」

（再次突擊。）

機魔猛然從瓦礫堆中飛出。它的推進力並沒有消失。其目標並非美斯特魯艾庫西魯。方向沒有受到控制的二代改進型雷西卜托瞬間加速，貫穿了廢棄住宅的二樓部分。瓦礫之雨傾盆而下，阻礙美斯特魯艾庫西魯的下一步行動。

（剩下五根。不，六根……沒想到只是操控第一次的攻擊，蜘獸的控制絲就已經斷成這樣。恐怕只能再發動一次衝鋒攻擊了。哎呀哎呀，真是的……）

「咚」，一陣微小的聲音響起。

左上臂傳來疼痛。

「……！」

一枝箭插進了手臂。

敵人到底何時靠近的？連一點氣息都沒有。

在澤魯吉爾嘉的背後……無數台有如鳥骨架的機器，一聲不響地漂浮在空中。

「機魔……！」

它們能自主驅動、飛行。即使美斯特魯艾庫西魯自己不動，這些機魔仍然可以負責偵查的工作。當美斯特魯艾庫西魯迎擊二代改進型雷西卜托的同時，它也在生產這群機魔。

澤魯吉爾嘉應該已經從美斯特魯艾庫西魯與微塵暴戰鬥的情報中，得知它那無限的能力中的其中一項。

能製造機魔的機魔。

「啊哈哈……就算知道又能怎麼樣呢。」

機魔群同時射出箭矢。澤魯吉爾嘉的絲線在大部分的機魔射擊之前就纏住它們，或是翻起瓦礫閃開攻擊，讓她撐過這場致命的風暴。

身體被刺穿了。左膝、腰部、腹部、左腳尖。

她必須避免受到致命傷——以及避免表演小丑把戲的兩隻手臂受傷。

攻擊並未就此結束。因為專門搜索敵人的機魔已經發現了這個潛伏地點。

（……來了！）

澤魯吉爾嘉立刻以沒有受傷的右腿從窗戶一躍而下。爆炸。

就像被彷彿能打碎骨頭的衝擊波與氣流推了出來，澤魯吉爾嘉滾到了對決場地上。

澤魯吉爾嘉剛才躲藏的廢墟已經少掉一半以上的體積。

「——『ＳＭＡＷ火箭發射器』。」

美斯特魯艾庫西魯喃喃說著，並把從腰部展開的砲管以重新建構的方式收了起來。

她的傷勢很嚴重。而且還必須應付接下來的攻擊。

要怎麼應付，又該應付什麼樣的東西呢。

美斯特魯艾庫西魯的獨眼對準了澤魯吉爾嘉。其背上有一個箱型的設備。

「啊……哈，真是……好久不見了。」

某種看不見的巨大力量擊中了澤魯吉爾嘉的身體。

她彷彿被空氣死死地壓住。由於超出了知覺的容許範圍，她甚至無法識別出那個攻擊是聲音。

——指向性聲波武器。

「『LRAD 2000X』。」

澤魯吉爾嘉失去了意識。

◆

「哼，贏了呢。」

坐在凱特旁邊的齊雅紫娜反而有點不悅地如此說道。

身為其弟子的凱特知道，此時的她無法接受自己的兒子受到傷害的事實，即使那是一點點的小傷。

因為圓桌的凱特也懷有同樣的憤怒。

「……剛才氣球的那件事明顯是有意的事故。雖然我極力讓對決場地不被動手腳……但空中對我來說也是個死角。我應該事先考慮到才對。」

儘管他以直覺正確地察覺到危機，卻沒有做好應有的準備。

雖然美斯特魯艾庫西魯當然地取得勝利，然而凱特本身可說是已經輸了。

「沒什麼大不了的。真要說的話，那也不是大問題。」

「美斯特魯艾庫西魯寫入了半自動迎擊的邏輯。因此對方沒有使用爆裂物之類的手段，而是讓場地瀰漫比空氣重的煙霧。就算是做成了人偶，沒想到埃努竟然有辦法透過關係準備那種高完成度的機魔……」

「不對，那是米魯吉的機魔。」

「……妳說什麼？」

齊雅紫娜依然擺出一隻手扶著臉的姿勢，望著戰場。還是說，她正在警戒現場呢。

——棺木布告的米魯吉。這個世界的蒸汽機開發者。在「真正的魔王」時代的後期被認定為魔王自稱者，之後行蹤成謎。在機魔的完成度上，這個男人被譽為可與輪軸的齊雅紫娜相匹敵。

「機魔的構造會反映出製作者的個性。那個人偶毫無疑問是由米魯吉製作的。但是……米魯吉不會製作出『那種東西』。不太對勁。」

「啊？我完全聽不懂……！」

「那東西的設計理念不像他的風格。簡直就像被其他人強迫製作出來的……」

齊雅紫娜沒有說下去。

因為賽場上出現了異常狀況。澤魯吉爾嘉站了起來。

「喂，婆婆。」

「不對，不對不對……從物理角度來看，那是不可能的事。」

世上確實存在著失去意識的戰士沒有倒下，無意識地繼續站著的情況。然而被聲波武器正面擊中後昏倒的人，有可能「從倒下的狀態中站起來」嗎？

「繼續。」

裁判米卡簡短地如此宣布。

◆

（啊啊，有趣，真有趣。地面搖搖晃晃的……不，不對。）

澤魯吉爾嘉察覺到自己的腳站了起來，她努力維持著這樣的意識。

如果不站起來，她可能就永遠醒不過來了。

就在剛才，她落入了連夢都不會作的黑暗之中。

（在搖晃的是我。我……我正在戰鬥。）

澤魯吉爾嘉扳動手指。一根、兩根、三根。她從練習操控絲線的習慣性動作中，漸漸找回自我。

「咦？還要打嗎？那麼，只、只要再一次……打倒她的話，就是我贏了吧！」

裁判米卡似乎正在對美斯特魯艾庫西魯說明對決重新開始的情況。

——太好了。現在這短短的幾秒具有勝過十年時間的價值。

（真是難堪啊，澤魯吉爾嘉。美斯特魯艾庫西魯是不死之身的無敵機魔。這種事……我應該早已經知道才對。）

她剛才之所以能站起身，靠的不是澤魯吉爾嘉自己的力量——是有人幫忙活動身體，讓她站了起來。

為了以防萬一，她們兩人已經做好約定。

澤魯吉爾嘉，是莉娜莉絲的從鬼。

（謝謝您，大小姐。）

澤魯吉爾嘉志願成為六合御覽的勇者候選人。那是很簡單的任務。那種自願踏上生死邊緣的任務對她而言……對過去的「黑曜之瞳」而言，不過是家常便飯。

莉娜莉絲一定對此感到很煎熬吧。正因為如此，澤魯吉爾嘉的臉上才會掛著笑容。

「……啊哈。」

「澤魯吉爾嘉，米卡告、告訴了我一個好消息！」

美斯特魯艾庫西魯的獨眼興奮地轉來轉去。

「她說澤魯吉爾嘉，妳、妳可以投降！這樣一來……就算不殺掉澤魯吉爾嘉也沒有關係！哈哈哈哈哈哈！畢竟澤魯吉爾嘉，是我的，朋友嘛！」

「是啊，是啊……說得沒錯……真是的，就是那樣。」

經常看著孩子們為自己的表演而開心的澤魯吉爾嘉明白一點。美斯特魯艾庫西魯是無敵的武器。但同時也是個幼小的孩子。

然而在這個世界上，有的人狠得下心殺害一度和自己成為朋友的對象。

澤魯吉爾嘉就是這樣的生物。美斯特魯艾庫西魯恐怕也是。

——那是絕對無法在和平的世界裡生存的戰鬥生物。

美斯特魯艾庫西魯裝甲上的些微刮傷早已修復。

煙霧已經散去，也無處可躲。渾身是傷的澤魯吉爾嘉如今正與美斯特魯艾庫西魯正面對峙。

只要美斯特魯艾庫西魯稍微動了槍口，她很可能會在那個瞬間從世上消失。雙方的實力差距就是如此巨大。

（我們不需要獲勝。）

「黑曜之瞳」的真正本領並不在於戰鬥。在陷入必須和窮知之箱美斯特魯艾庫西魯戰鬥的情況下，那種行為本身就可以說是象徵著敗北。

「奈落巢網的澤魯吉爾嘉，妳有投降的意願嗎？」

（不過，我們也「沒有必要輸」吧。）

面對低語的米卡的詢問，澤魯吉爾嘉搖了搖頭，回答道：

「啊哈哈……可是在戰敗之前，我還有一件事得做。畢竟，美斯特魯艾庫西魯是我的朋友嘛……」

喘著大氣的澤魯吉爾嘉取出了她的最後武器。

「這個送給你。」

「糖果——」

那只不過是一顆普通的糖果。

這時，美斯特魯艾庫西魯轉過頭望向齊雅紫娜的方向。當其意識從澤魯吉爾嘉身上移開的那一剎那，她放開了一直握在手裡的最後兩根絲線。

「再……再次突擊！」

解除所有拴絲的二代改進型雷西卜托猛然飛進面對面的兩人之間。就像彈頭一樣猛烈撞向美斯特魯艾庫西魯的胸部，深深地鑽了進去。

「『雷西卜托號令於哈勒賽卜托之眼（resipkt io halese）。土中之齒（win haltelk），花瓣為金色之膜（nertak mamert）——』」

旋轉。鑽孔。詠唱。

「奇，奇怪。」

「『——封閉的黃昏（saknamop）。刨挖吧（lustarmokg）』。」

二代改進型雷西卜托，從完全接觸的距離發射出高熱光線。以最大限度驅動內藏魔具而製造的熱術照射。二代改進型雷西卜托帶著連自己都會被融化的高熱，繼續穿透、前進。直到達到美斯特魯艾庫西魯的生命核心——造人。

「哈哈哈哈！好癢喔！」

然後碎裂成粉塵。

美斯特魯艾庫西魯根本沒必要改變武裝。只要憑藉凌駕於所有機魔之上的自身輸出力量，用拳頭打碎刺進他裝甲的二代改進型雷西卜托就行了。

無論是承受槍砲的防禦力，還是擊穿裝甲的攻擊力，它的性能都不及美斯特魯艾庫西魯。

然而。

「——大小姐。」

奈落巢網的澤魯吉爾嘉，不可能錯過機魔被擊毀的那個瞬間。

必須仔細觀察才能看見的細絲已經伸入機魔胸部的裂縫裡。

二代改進型雷西卜托，是澤魯吉爾嘉絲線的引導者。

「奈落巢網的澤魯吉爾嘉回應您的信任——完成了一項表演。」

有一種技藝是讓水珠在絲線上滑動，看起來就像下雨後的蜘蛛網。

那可能只是在戰鬥中毫無用處，微不足道的街頭戲法。

——然而一小滴的血液病原卻感染了形同於其生命核心的造人。

「……」

「美斯特魯艾庫西魯。這一招……」

看似毫不起眼的糖果落在了地上。

……澤魯吉爾嘉與美斯特魯艾庫西魯初次相遇的那一天。她在刺殺齊雅紫娜的前一刻拿出了糖果。美斯特魯艾庫西魯之所以瞬間轉頭望向齊雅紫娜，正是因為她把那種威脅烙印在機魔的意識中。

「要不是因為你是我的朋友，我就做不到了呢。」

地表最強的武器當場失去力量，倒下。再也沒有站起來。

「發生……發生了什麼事？」

圓桌的凱特明明就在不遠處觀看這場戰鬥，卻無法理解這場對決的結果。

美斯特魯艾庫西魯是擁有不死之身的魔族。如果機魔死亡，造人就會再生機魔。如果造人死亡，機魔就會再生造人。誰也無法同時摧毀兩者。

就算美斯特魯艾庫西魯有那麼一點敗退的可能性，也不該以這種方式輸掉。

「喂！美斯特魯艾庫西魯！你在做什麼，快站起來！你要輸了啊！」

齊雅紫娜站起身，眼看著就要衝入對決場地了。凱特不得不阻止她的失控舉動。然而他卻有種更糟糕的不祥預感。

（從空中來的奇襲——那點程度的攻擊真的是我的預感的真面目嗎？在原本城中劇場庭園的那個對決場地裡，根本無法利用氣球攻擊。為什麼米魯吉的機魔會突然出現在這裡？不僅僅是氣球的問題……我試圖變更對決場地，甚至是美斯特魯艾庫西魯出現在這場六合御覽之中的事。該不會都是受人操控……若是如此——）

「美斯特魯艾庫西魯！喂！」

「……婆婆，快躲開！」

凱特瞬間抓住了齊雅紫娜的手。突然站起身的美斯特魯艾庫西魯朝著凱特等人所在的觀眾席衝去。它直接穿過舊城區，一路撞倒、破壞了觀眾席。

低語的米卡大喊著：

「第四卿，圓桌的凱特！立即捉住美斯特魯艾庫西魯！擁立者必須控制住勇者候選人！否則我會判決這是逃離對決場地的行為！」

「妳這個混帳，竟敢命令我……！」

然而他不得不瞬間壓抑平時那種烈火般的憤怒。

齊雅紫娜已經一聲不吭地衝了出去。凱特只能追在後面。

即使想解釋目前這種異常狀態有多嚴重，除了凱特陣營的成員之外，可能沒有任何人可以理解吧。因為講到控制這方面，這個世界上應該不存在其他比輪軸的齊雅紫娜更能控制美斯特魯艾庫西魯的人才對。

「這不是那傢伙的意志。」

齊雅紫娜一邊奔跑一邊低聲說道：

「如果它主動背叛也就算了，但那是完全不同的狀況！」

「那麼或許是奪取控制權的技術吧……！就算是機魔，它也應該還是機械！」

「不對。非法入侵或者偽裝權限之類的手段只對『彼端』的機器才有效。機魔是詞術的生物，沒有什麼控制權限——」

在即將到達舊城區的巷弄時，齊雅紫娜停下了腳步。

由兩個意志控制，地上僅此一例的魔族。如果說，它因為這樣的特色而有其他機魔不存在的脆弱之處的話……

「……有，好像有，就是共有的詛咒……！雖然美斯特魯與艾庫西魯的生命等值，但擁有『彼端』知識的艾庫西魯的權限更高！如果讓同樣的權限進行判斷，就會發生命令系統的衝突！凱特，你明白我所說的道理嗎！」

「大概能明白！但是就算對造人下手……！」

「那個混帳人偶從一開始的目標就是艾庫西魯所在的胸部裝甲！不是有個對上具有肉體的生物時，就可以插入更高權限的傢伙在嗎！」

「……血鬼……！難道澤魯吉爾嘉真的與『黑曜之瞳』有聯繫？」

這是難以令人接受的結論。因為凱特已經仔細確認過，這種可能性是「不存在」的。

千里鏡埃努是否知道這起事情？陰謀的源頭到底是從哪裡展開的？

「還有其他人在！混帳傢伙……我要把所有人都宰了！開戰啦！」

「就叫妳冷靜下來啦！婆婆可能有所不知，讓人變成血鬼並不是只需要製造傷口就行了。還需要注入大量的親體體液……妳不覺得在那種戰鬥中的傷口感染很不自然嗎？就算用一滴血或微粒子程度的血液——嗚！」

凱特的領口遭到拉住，被拖倒在地上。

他感覺到某種東西似乎以高速掠過鼻尖。圓月輪。

「一定要這麼急嗎！對方已經來殺我們了！」

齊雅紫娜盯著道路盡頭的屋頂。那裡站著一名四隻腳著地的怪異人類。凱特如彈簧般從地上跳起來，瞬間抽出了劍。

「——婆婆！」

如影子般現身的狼鬼用巨大的爪子接住了凱特的劍。

他們直到前一刻都沒有察覺到對方的接近。照理來說，那種巨大的身軀不可能做到毫無聲息的移動。

「嗷嗷、嗷。」

狼鬼低吼一聲，凱特的劍刃被強大的握力扭彎了，握著它的凱特也被差點被壓制。凱特連忙放開了劍。然而他卻優先塞住耳朵，而不是進行防禦。

狼鬼舉起爪子，遠處的狙擊手再次拿起兩個新的圓盤。

「擋得好，凱特！」

光芒爆炸了。猛烈的巨響震撼了狼鬼的五感，而狙擊手也因為相當於直視太陽的強烈光線而丟失目標。

齊雅紫娜擲出的六角柱形兵器是M84閃光手榴彈。

「好，我們撤退！」

「我完全聽不見妳在說什麼！」

在閃光與巨響消散的同時，兩人已經不見蹤影。

◆

困惑與不安的低語開始充斥舊城區廣場。

在對決中敗退的窮知之箱美斯特魯艾庫西魯突然抓狂失控，消失得無影無蹤。這是過去的五場對決裡未曾出現過的情況。

然而，有位少女卻在這種情況下如釋重負地吐了口氣。

她用黑色的面紗遮住臉，隱藏了引人注目的美貌。

（……太好了，太好了。真的……太好了。）

有個人操縱了理應失去意識的澤魯吉爾嘉的肉體，以及才剛受其控制的美斯特魯艾庫西魯。

身為親體血鬼的莉娜莉絲必須親自來到現場。

莉娜莉絲並沒有做出任何引人注目的動作，她只是在觀眾席上透過思考命令從鬼。

（我成功讓澤魯吉爾嘉大人活下來了。一切都照著……預料進行。）

「黑曜之瞳」從一開始就打算將對決場地變更至這個舊城區廣場。

他們可以利用觀眾和廢墟等障礙物，限制美斯特魯艾庫西魯能使用的武器，並且以氣球從空中進行干擾。而且由於對決場地的突然改變，除了凱特陣營以外的陣營都沒有時間對這場對決動太大的手腳。

圓桌的凱特是個自信滿滿的傲慢男子。即使面對他自己統治的人民，只要凱特認為那些人的能力太差，他就會毫無顧忌地稱其為愚民。但在另一方面，他對自己認定能力優秀的人的動向相當敏銳——甚至可以說他有著可被稱作重度疑心病的心理傾向。

無論採用什麼策略，澤魯吉爾嘉的絲線攻擊都不可能打敗美斯特魯艾庫西魯。所以圓桌的凱特相信，對方一定準備了某種「其他策略」。

埃努開始進行測量調查的行動就像證實了他的疑慮。凱特認定敵人在劇場庭園動了什麼手腳。他試圖搜索對方用了什麼詭計。因為只靠澤魯吉爾嘉無法贏得勝利，所以對方只能利用對決場地來打敗美斯特魯艾庫西魯。

然而，事實上什麼也沒有。埃努就只是在那裡進行測量而已。

他一定動了「某種手腳」，然而「什麼也沒有」。

為了逃離這種疑慮，他只剩下一種辦法。

那就是根本地改變對決場地。

然後，正如莉娜莉絲所預期的。凱特提出變更場地的要求，讓對決在對「黑曜之瞳」極其有利的條件下展開。

「黑曜之瞳」的情報收集工作早在六合御覽揭幕之前就已經開始了。讓修羅集結於一地的那場微塵暴之戰，就是莉娜莉絲藉由控制微塵暴亞托拉澤庫而安排的。

她的目的是從將來必定會齊聚一堂的那些超越人類智慧的怪物們之中，找出最有用的棋子。

——那顆棋子就是窮知之箱美斯特魯艾庫西魯。

（這樣一來，我們就「沒有必要」繼續參與六合御覽了。）

黑曜莉娜莉絲以空氣感染強行控制他人的異能雖是無與倫比，但不是無敵的。

像黃都二十九官或女王等重要人物，可能大多已經接種過抗血清。她對沒有血液的魔族也無能為力。雖然那是可以無限制地支配士兵和民眾的力量，但面對勇者候選人那種非凡強者時，又有多少效果呢？脆弱的莉娜莉絲必須親自接近、感染他們。或是利用具備同等或更強力量的人物來對抗。

六合御覽是一場對這些強者施加名為王城比武的限制，要他們依照對決條件進行戰鬥的活動。

（現在，我們已經得到了……能正面擊敗非凡強者的戰力。）

美斯特魯艾庫西魯如今已成為「黑曜之瞳」的一份子。

它既是機魔，又是造人，也是從鬼。

它是生產「彼端」兵器的工廠，也是無法被消滅的不死士兵。

「——而這一切，都會被埋藏於祕密之中。」

這位千金大小姐混入人群裡，悄悄地把手指抵在嘴唇上。

◆

第六戰結束後已經過了大約半天的時間。現在是傍晚時分。

凱特和齊雅紫娜至今還無法脫離舊城區。

「……不妙啊。這邊的出口也被封鎖了。」

齊雅紫娜收回偵查用的機魔，咂了咂嘴。

狼鬼游擊兵，四腳狙擊兵。最應該警戒的是這兩個人。兩者身手的高強程度都讓人難以置信，只靠齊雅紫娜臨時製造的機魔，應該很難從正面突破封鎖。

「看來對方八成就是『黑曜之瞳』。美斯特魯艾庫西魯是從什麼時候開始被盯上的？他們有什麼目的……難道他們打算組織性地接管這場六合御覽嗎……！」

「可惡，竟然沒有人為這種情況事先在地下準備祕道！」

「就算有那種東西，在這種情況下也一定會先被占領啦……！畢竟情報已經被洩漏出去了！」

「不然要怎麼辦，難道得一直悶在這裡等到變成鹹菜嗎！」

「……也只能這樣了。」

除了那兩個人以外，還有其他應該是敵人的存在正在巡邏巷道與下水道。可以用來逃跑的所有路徑都被封鎖了。

不過在另一方面，躲藏起來的兩人仍然還活著。他們的下一步動作是……

「那些傢伙的行動方式與其說是要找出我們，比較像讓我們無法逃跑喔……？會不會是要切斷我們與外界的聯繫，等到我們受不了自行現身。也許是對方擔心我們使用『彼端』的武器反過來伏擊他們。既然他們還無法完全掌握我們有哪些『彼端』的手段可用，他們可能就會徹底根據我方的行動進行反應。」

「哼……簡單來說就是一群膽小的混帳傢伙。那麼我們該怎麼做？」

「如果我們一直待在這裡沒有回去，我的部隊或尤加的維安部隊遲早會來找我。如果能與那些部隊會合後逃走，敵人也就無法輕易發動襲擊。」

對決的判定以澤魯吉爾嘉獲勝作收。但是凱特還沒放棄勝利。

即使在六合御覽被淘汰，只要能奪回美斯特魯艾庫西魯，就還是有充分的勝算。他可以對羅斯庫雷伊和哈迪發動戰爭，推翻包含六合御覽在內的所有一切。無論美斯特魯艾庫西魯的勝敗結果為何，他的那個計畫都不會有任何改變。

「總而言之，婆婆，請妳繼續量產機魔。無論再怎麼趕工，如果在下次遭遇敵人前沒有備妥基本的戰力，終究還是沒辦法殺出重圍。」

「嘖，黃都的土壤太差了……！如果能回到實驗室，要準備多少稀有材料都不是問題。」

「……！等一下。」

外面市區傳來的聲音讓凱特停下了動作。

那毫無疑問是在尋找凱特的聲音……然而。

「前第四卿，圓桌的凱特就潛伏在這個市區的附近！其罪名是在六合御覽做出嚴重的違規行為，以及製造前幾天在城中劇場的爆炸事件！接受凱特的指示，犯下爆炸案的犯人已經向議會自首——」

「胡……！」

正在高聲呼喊的是黃都士兵。那是發布通緝的通告。

「胡說八道……！胡說八道！混帳，那是在搞什麼……！」

「嘻嘻嘻嘻嘻嘻！都是因為你老是在做壞事，才會搞成這樣啦。」

「這一定是哪裡搞錯了！那些傢伙到底是什麼意思！」

「前」第四卿。

若是失去了他領導的陣營，那麼即使奪回美斯特魯艾庫西魯，不就沒有任何意義了嗎。

「看來只能使用這個了。」

齊雅紫娜拿出了一個器具。

那個器具裝有顯示螢幕，簡單地連接一下電池之後，上面浮現出兩個微弱的光點。

「該死……那是……什麼東西，婆婆？」

「既然對手是血鬼，那麼我們就只有兩種選擇。不是宰了親體，就是宰了艾庫西魯，讓它從頭再生。」

「……如果讓它重新再生，就能恢復到感染前的狀態嗎？」

「正確來說，是刪除壓制美斯特魯的高等權限。無論艾庫西魯中了什麼毒或疾病，原本應該都能夠立即用美斯特魯的生術治療——之所以沒有那麼做，是因為高等權限的命令抑制了那項恢復機能。」

「不能從婆婆這邊用遠端指令讓它自毀嗎？既然它是魔族兵器，這應該是必要的功能吧。」

「啊？為什麼要在自己的孩子身上裝自毀功能？你是傻瓜嗎？」

「這……算了，繼續說下去吧。所以，現在就只剩下殺死裡面的東西這種手段了……那要怎麼破壞美斯特魯艾庫西魯的裝甲，殺死裡面的東西呢？無論對誰來說，這都不是容易的事喔。」

「傻瓜，難度更高啦。艾庫西魯的保存羊水應該也被血鬼的病原感染了。如果只是殺死艾庫西魯，當再生一開始就會再次感染。除非是能把裡面的羊水全都轟掉的攻擊，否則是沒用的。」

美斯特魯艾庫西魯的完美構造如今卻對他們露出了獠牙。

精銳無比的「黑曜之瞳」包圍了他們，黃都的一切現在都成為了敵人。

「……再困難也得做。我知道美斯特魯艾庫西魯在哪裡。原本是為了避免它迷路呢……如果只要追蹤，我勉強能辦到。」

「追蹤……那個螢幕是發信器啊……！」

「雖然在這邊的世界裡沒辦法使用GNSS——畢竟那得把人工衛星射上到星空。而且因為是以LORAN的格式輸出座標，完全不夠準確。靠這東西只能大概知道距離和方向而已。」

「喂，等一下，為什麼追蹤美斯特魯艾庫西魯的話題說到一半變成在講星星？那東西真的可靠嗎？」

「哼，我什麼時候搞錯過了？你到底要不要來？」

不知道為什麼，齊雅紫娜看起來比剛才有活力。

——在輪軸的齊雅紫娜的人生裡，周圍一直都是敵人。

——她是天生的惡人。凱特一定也是如此。

「……要。」

即使所有的結論都已經出爐，惡人也絕對不會放棄。

「就是這樣。事情可不會就這麼結束。我會奪回美斯特魯艾庫西魯。無論是六合御覽，還是這場陣營鬥爭，我都將顛覆所有的勝負……！我——圓桌的凱特，絕對不會放棄！」

第六戰。勝利者，奈落巢網的澤魯吉爾嘉。

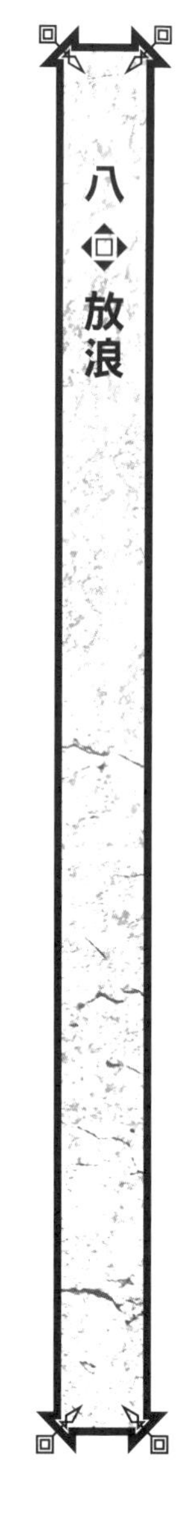

八 放浪

將時間往回倒退。六合御覽的第三戰結束時，遠方鉤爪的悠諾已經無處可去了。

正確來說，是她自願放棄了歸宿。她原本可以當第二十七將哈迪的祕書，在黃都這裡生活下去。然而她又一次在衝動之下選擇了走向毀滅的道路。

（……我背叛了信任。我既不是討厭哈迪大人，也不是想給那個人帶來麻煩……卻還是背叛了他。）

僅僅出於個人的情緒，她擅自離開自己的崗位，幫助偶然間遇到，名為莉諾蕾的少女。還得知了哈迪陣營最重要的機密。如果悠諾解讀那份文件的事情被人發現，她一定會被殺掉。

所以她已經無家可歸了。只能和莉諾蕾一同在黃都郊區的森林中徘徊。

「……妳要去哪裡？」

悠諾用顫抖的聲音呼喚著莉諾蕾的背影。她只能跟著對方。

「妳打算去哪裡？如果要離開黃都，我們剛才已經錯過那條路了。」

道路兩側的茂密樹林阻擋了前方的道路。悠諾回頭確認了好幾次。如果有人追趕她們，那麼成功逃脫的機會應該非常低。

「……請不用擔心，我們應該沒有被跟蹤。」

即使同樣知道了關係到性命的祕密，但莉諾蕾卻與悠諾不同，一直保持著冷靜。她的表情看起來甚至像在不斷思考著什麼。

那張臉龐猶如夜晚的幻影般美麗，讓人不禁為之著迷。

「可是，如果真的有人在跟蹤，我們也不會知道……」

話還沒說完，一陣馬蹄聲就逐漸接近，讓悠諾屏住了呼吸。她可能還稍微輕叫了一聲。莉諾蕾則是靜靜地站在原地，等待馬車追上她們。

馬車停在她們的旁邊。

「大小姐，我來接您了。」

「——嗯。」

駕駛對莉諾蕾鞠了一躬。她看起來像個女性森人，不過雙眼卻包著繃帶。但如果她真的蒙著眼，那又怎麼可能駕駛馬車呢。

「咦，那個，呃？」

「那位是？」

「她是……遠方鉤爪的悠諾……呃——」

不知道為什麼，莉諾蕾此時卻有點不知所措地微微皺起她的柳眉。

「她是我的……朋友。」

「原來如此？您打算邀請她到家裡嗎？」

駕駛從座位上探出半個身體，投出了視線。

一股莫名的寒意竄過悠諾的背脊。

那就像柳之劍宗次朗在展開行動之前的感覺。

「那個……」

「等一下，我完全搞不懂怎麼回事……前面有屋子嗎？還有她說的大小姐是什麼意思……」

「請您聽我說，悠諾大人。如果您之後沒有地方可以回去的話……在一段時間之內，那個，我也許可以讓您躲在我的屋子裡……」

「……」

「……」

莉諾蕾露出害羞的微笑，偏過了頭。

「……您意下如何？」

「呃，我……我……明白了……？」

悠諾輪流看了看駕駛與莉諾蕾一眼，然後點了點頭。

反正不管怎麼樣，現在的她也沒地方可去。

◆

悠諾往後一倒，躺上了又大又軟的床鋪。

她將手伸到眼前，思考著這天快得讓人目不暇接的變化，隨後嘆了口氣。

無論是悠諾的內心深處還是外在的環境，都發生了太多讓人難以置信的事情。

（我要復仇。）

她在心裡低語著自己一開始想做的事——影積莉諾蕾。哈迪的計畫。柳之劍宗次朗那場她沒能親眼看到結果的第三戰。還有悠諾自己的未來。

儘管她現在必須擔憂許多事情，但絕對不能搞錯最應該優先進行的事。

那就是對那些頭也不回踐踏一切的強者進行復仇。

而在那些強者中，她第一個要殺的就是輪軸的齊雅紫娜。

（我要復仇。我要復仇。我要復仇。我要復仇。）

她必須心懷憎恨才行。過去的悠諾一直無法維持那樣的情緒。

或許像悠諾這樣的少女，永遠也無法得到殺死輪軸的齊雅紫娜所需的力量。即使如此，如果連內心的真實感受也丟失了，那麼她還有什麼東西能依靠呢。

悠諾換成趴在床上的姿勢，將臉埋入了白色的枕頭。

（……所以我不能安心，不能滿足，不能感到幸福。我不應該有那樣的心情。只要還沒有忘記憎恨，我就能維持真正的自己……）

門的方向傳來了輕輕的敲門聲。

沉浸在鬱悶之中的悠諾坐起身體，向門外回答。

「請進。」

「——打擾了。」

是莉諾蕾。她身穿一件純白的睡衣，看來已經洗過了澡，及肩的整齊黑髮有些濕潤。

「我打擾到您了嗎？」

「沒、沒有。」

悠諾立刻移開了視線。即使同樣身為女性，莉諾蕾卻擁有讓人不由自主地將視線移開的魅力。那對金色的眼睛，晶瑩剔透的白皙肌膚……

（原來……）

輕薄的睡衣讓她的身體曲線清晰可見。

（原來人的胸部……可以長得這麼大呀……）

「悠諾大人。我要再次感謝您今天所做的事。也很抱歉……當我邀請您來到這個屋子時……讓您感到不安了。」

「沒有……關係喔。反正我們各自都有祕密吧？」

「不能那麼說。悠諾大人報上了名字，我卻隱瞞自己的名字。我真正的名字是莉娜莉絲。」

「……莉娜莉絲。」

偷偷潛入六合御覽的對決場地，竊取重要文件，還使用了假名。

可以確定她不是擁有正當目的的人。但就算如此，莉諾蕾——莉娜莉絲她打算至少對不小心被自己變成共犯的悠諾保持誠實。

「妳們的目的是什麼？妳們是……與黃都敵對的人吧？雖然哈迪大人有許多敵對派系，妳們也可能是黃都的人就是了……」

「關於這點，我也會告訴您。我們是『黑曜之瞳』。」

「……！」

悠諾不由自主地望向莉娜莉絲的臉。她的眼神十分堅定，看不出在說謊。

「黑曜之瞳」。那是「被認定為」活躍於魔王戰爭檯面下的諜報公會。

像悠諾這樣的普通人就只聽過如此的傳聞。而這種傳聞本身也可能是用來欺騙各國諜報部隊的流言。雖然偶爾會有傭兵自稱是「黑曜之瞳」的前成員，然而大部分的說法聽起來都是不足採信的自稱。

「所以妳們是受到歐卡夫自由都市……或是舊王國主義者僱用，企圖打倒黃都嗎？但就算是這樣，像妳這樣的孩子竟然也得做潛入的工作……」

「……請原諒我無法透漏更進一步的情報。如果知道得太多，可能會對悠諾小姐的人身安全造成威脅。」

悠諾撇開視線，望向地板。

「那麼，為什麼……莉娜莉絲會為了『黑曜之瞳』而戰鬥呢？像今天那種情況，如果稍有差錯，妳可能會當場被殺啊。」

「這個嘛……」

強盜或暗殺組織會讓他們綁架的孩子們工作，這種事自古以來就存在。

莉娜莉絲的年紀和悠諾相同，是個擁有良好教養的少女。至少，她身上應該有某種隱情。就像悠諾為了對自己的人生復仇而戰鬥那樣。

「為什麼呢……」

莉娜莉絲將手放在胸前，像是勉強擠出聲音似地喃喃說著。

「因為必須那麼做才行……如果不那麼做……我就會覺得沒辦法踏出人生的第一步。所以，也許我只是想找件事來完成而已。悠諾大人……悠諾大人，您又為什麼要做那樣的事呢？」

「……沒辦法踏出人生的第一步。」

是的。那句話彷彿就像在陳述悠諾自己的心境。

悠諾探出身體，說道：

「吶，莉娜莉絲。我想復仇。」

「……您在劇場庭園時也那麼說了。您是想對柳之劍宗次朗大人復仇嗎？」

「我想……不只是那樣。我是被摧毀的拿岡市倖存者……那天，宗次朗殺了迷宮機魔。所以我現在……才會活著。」

死掉就太可惜了——宗次朗曾這麼說過。

他還說，失去一切之後事情才會開始變得有趣。

「我不希望我的人生被踐踏得就像從未存在過。無論是失去一切之前，還是之後。所以我的復仇對象，並不只是宗次朗或者是製造迷宮機魔的輪軸的齊雅紫娜。而是某種更龐大的東西。」

她坐在床邊抱著枕頭，嘆了口氣。

悠諾很弱小。不只是力量和才幹，她連在精神方面都缺乏秩序、不夠穩定。她覺得自己似乎無法實現任何想要完成的事情。即使是這樣——

「我想要戰勝強者。」

自己的口氣簡直就像宗次朗——她這麼想著。

「您一定經歷過很多痛苦吧。」

莉娜莉絲把手放在悠諾的手上。

「……呵呵。您不覺得我們之間有那麼一點相似嗎？」

「這——」

柔順細長的指尖撫摸著悠諾的手背。

那張臉美得不得了。光是在近距離看著她，就差點讓人胡思亂想。

「我怎麼知道。我又不了解莉娜莉絲。」

「那麼來聊一聊吧？」

「不用了……我也沒有打算要那麼深入了解妳……」

畢竟現在的悠諾已自顧不暇。就算想認識莉娜莉絲，她也不能再涉入更加複雜的問題了。

「悠諾大人……您是不是討厭我？」

「……如果妳指的是哈迪大人的事，我們已經扯平了。」

「那、那麼——」

莉娜莉絲有些尷尬地用手指梳著自己的側髮。

「我們……可以做朋友嗎？」

「……這個嘛。」

朋友。在她天真無知地生活於拿岡時，悠諾也曾有過朋友。

如今……自從在黃都生活之後，她就再也沒有交到同世代的朋友。

「也許可以吧。」

「啊啊，謝謝您。」

莉娜莉絲安心地笑了。

莉娜莉絲……這位宛如故事裡的天使般，擁有絕世美貌的漂亮少女，此時看起來就像一個與其年齡相符的少女。

（是一樣的。）

就像琉賽露絲那樣。

（為什麼——為什麼這個女孩……）

悠諾拉住莉娜莉絲的手腕，她的內心充滿了自己也無法理解的憤怒衝動。

「嗯！」

莉娜莉絲突然被拉了過去，整個人被扯倒在床上。

悠諾抓住她的兩隻手腕，將一邊的膝蓋壓在她的肚子上。

「咦……」

「妳為什麼放心了？」

「悠、悠諾、大人。」

——我必須不斷專注於復仇才行。

「我是……！彈火源哈迪的祕書！我的工作可能就是就像這樣潛入敵營收集情報。妳難道沒有想過這點嗎？」

「咳咳，這——」

被她壓在身下的那具身體好纖細。

即使是很難說有什麼力氣的悠諾，也能將她按住。也許，她可以就這麼扭斷對方的脖子也說不定。

「如果妳的目的……是『無論如何都要動手』，那麼妳應該立刻就殺了我這個知道妳們祕密的人才對……！換作是我，絕對會那麼做……我才不會感到放心，不會鬆懈……！因為我……」

「嗚、啊……」

悠諾看到那對含著淚水的眼睛正仰望著自己。

「……！」

如果這名少女真的是「黑曜之瞳」，那麼像悠諾這樣的女孩根本沒有能夠殺掉她的道理。暗器就不用說了，還有當時弄暈警衛的毒物或藥品。她不可能有什麼抵抗的手段。

如果這位莉娜莉絲像悠諾一樣，是帶著覺悟上戰場的。那麼她現在立刻就可以——

「我……我只是……太高興了……」

「……」

「一想到……可以交到朋友……」

「……對不起。」

悠諾放開了手。她又一次失控了。

她並非想傷害莉娜莉絲。不僅如此，她可能甚至還希望與對方成為朋友。

搞不好悠諾永遠都會一直破壞自己的安寧生活——

「對不起。我本來沒有要……做這種事。都已經看過那份文件，不可能再回到哈迪大人那裡了……所以妳才會信任我，告訴我真實的身分。我也知道這點。但是我……我常常會做出連自己都覺得莫名其妙的舉動。」

莉娜莉絲的領口一片凌亂，露出白皙的鎖骨。

她的心中只有強烈的罪惡感。

「……咳咳。不必在意……是啊，您之所以會感到混亂也是無可厚非的事。今晚……就先好好休息，然後……請悠諾大人為自己想一想吧。」

悠諾想要說些什麼，卻說不出口。

莉娜莉絲回過頭，露出微弱的笑容。

「晚安。」

◆

一名人類青年靜靜地站在悠諾寢室的門口旁邊。

這位沒有什麼特徵的男子帶著一把沒有劍鞘的長劍。他是「黑曜之瞳」成員，塔之霞庫萊。

「——大、大小姐。您沒事吧？」

「嗯。」

走出寢室的莉娜莉絲有些害羞地低下了頭。

「不好意思，讓你看到這麼難堪的場面。」

「那、那個遠方鉤爪的悠諾……應該解決掉她才對。過分……她瘋了。剛、剛才的時候，如果她稍微對大小姐多施了點力……我……即使沒有命令，我也會砍掉她的頭。大小姐就不會受到那種暴力對待了……我、我應該早點阻止她才對。」

「……或許，應該那麼做吧。對不起，讓你擔心了。」

雖然悠諾沒有自覺，然而她已經變成莉娜莉絲的從鬼。

在血鬼的歷史之中，唯一一例能以空氣傳染的變異種。這與莉娜莉絲的意願無關，只要曾經接近過黑曜莉娜莉絲，任何人都會變成這樣。只要親體莉娜莉絲的一個指令，她就可以封鎖對方的一切動作，甚至能讓對方主動停止呼吸，直到死去。受到血鬼的支配就是這麼一回事。

（……還是可以。）

莉娜莉絲輕觸自己的頸部。

（在一段時間之內，我們也許還是能當朋友——）

就像六分儀的希洛克、棺木布告的米魯吉，或是天眼的庫烏洛那樣仍然有著可能性。

「大、大小姐……您太心軟了。那種人渣一定會背叛……就算她現在沒有那個意思，也可能會因為一時的心血來潮而改變想法。因、因為她的意志很薄弱。我……很熟悉那種人。」

「或許是吧。但就算如此……在真正被她背叛的那一刻之前。」

他們是「黑曜之瞳」。為了解救同伴，對於同伴以外的人冷酷無情的黑暗之徒。

正因為如此，他們應該害怕拋棄同伴這種事。莉娜莉絲是這麼相信的。

「悠諾大人仍然是我的朋友。」

那是否只是個有違父親期望的自私願望呢？

九◇歐卡夫招待所黃都分處

除了借住丹妥的集合住宅之外，逆理的廣人在黃都的高級住宅區還擁有專屬的辦公室。最高級的長椅，不致於讓人造成反感的高級裝潢，以及提供充足茶水與點心的——會客室。這是他參與這場六合御覽之後第一個準備的地方。

「灰髮小孩」。逆理的廣人的強項在於只在自己擅長的領域進行戰鬥。只要有一個可以自由使用，並且不會洩漏對話的交涉用房間。對於廣人來說，那就能成為比軍隊或情報更為有效的力量。

雖然荒野轍跡丹妥一直在監視他，不過廣人已經邀請過從官僚到商店老闆等各種人物到這個招待所，並持續擴展著各種形式的交友關係。

就連在六合御覽的對決進行時，也有使用這個招待所的機會。

當柳之劍宗次朗與善變的歐索涅茲瑪正在對戰時，宗次朗的擁立者——黃都第二十七將，彈火源哈迪，要求與丹妥會面。

「我已經知道你們第一輪比賽的目的。」

哈迪開頭第一句話就這麼說。

「如果歐索涅茲瑪獲勝，你們就會趁早吸收戰敗的我方陣營，然後在你們的主導之下來整合反羅斯庫雷伊派系。這是你們的打算吧？」

雖然彈火源哈迪的年紀幾乎是黃都二十九官之中最年長的，他卻是在整個軍部中都具有巨大影響力的重要人物。他是僅次於致力於廢除國王制度，被稱為改革派的羅斯庫雷伊的第二大派系——軍部派的領導人。

而在廣人這一邊的是有與歐卡夫自由都市有連繫的逆理的廣人，屬於最小派系的女王派成員，第二十四將丹妥，以及小鬼戰術家，第一千零一隻的基其塔．索奇。

「歐索涅茲瑪從一開始就是你們陣營的人，沒錯吧？」

「沒有錯，善變的歐索涅茲瑪確實屬於我方勢力。」

「……喂，基其塔．索奇。」

基其塔．索奇回答了這個問題。他不在意丹妥的斥責，繼續說道：

「別擔心，丹妥大人。事到如今，再隱瞞下去也沒有意義。既然歐索涅茲瑪大人全力排除了規模如此龐大的阻礙，會被猜到受到他人的支援也是理所當然的事。再說了，這個話題應該由我們提起才對，而不是麻煩歐索涅茲瑪大人。」

身為宗次朗擁立者的哈迪在目前這場第三戰開始之前，為了獲得勝利使用了好幾個在交通上拖延歐索涅茲瑪到達對決場地的策略。但這些策略都被在歐索涅茲瑪背後活動的基其塔．索奇瓦解了。

「所以說，歐索涅茲瑪和基其塔．索奇之所以聯手，背後是你在運作啊。」
接著，哈迪將眼神移向廣人。
「『灰髮小孩』……我常常聽到關於你的傳聞喔。雖然不全是好話。」
「即使如此，能讓您記住名字仍然是我的榮幸，哈迪閣下。我是逆理的廣人。在第二十四將的手下負責擔任這類交涉窗口的職務。讓我們來聊一聊吧。」
廣人伸出右手，哈迪也握了握他的手。
在外觀上看起來只有十三歲的廣人的手，遠比哈迪的手還要小。
「你果然是『客人』吧。手很年輕。就算是小人或森人，手的年齡也不會說謊。」
「正如您的觀察。要不要來聊聊『彼端』世界的事呢？比方說，黃都現在雖然路上有蒸汽火車行駛——」
「……感謝你的好意，但我時間有限。我就開門見山直接說了。前陣子，歐卡夫那邊死了幾個傭兵——似乎有人混入各個組織搞破壞。我希望歐卡夫自由都市能以六合御覽協助者的身分把那些傢伙揪出來。簡單來說，我希望歐卡夫提供情報。」
「這是當然的。如果是哈迪閣下親自提出要求，我們也非常樂意協助。這可以視為我們能分享黃都的搜查情報嗎？」
「很遺憾，這倒是不行。既然還不清楚對手的真面目，最好儘可能地減少資訊外洩的途徑。因此我將提出另一個交換條件。雖然不是以黃都的名義……」

哈迪帶著非常認真的表情說道：

「我可以和你們成立反羅斯庫雷伊的聯合陣線。反正若是宗次朗在這場對決中輸掉，要從政治方面擊敗那傢伙就會變得很困難了。所以我希望與你們的勢力合併。」

廣人維持著完美的微笑，仔細觀察哈迪。

可以吸收黃都第二大勢力哈迪陣營。對於遲早會與羅斯庫雷伊陣營對決的廣人陣營來說，這是再好不過的事了。

正因為因此，他必須看清話中的虛與實。必須找到對方追求的事物、對方畏懼的事物。

（正好相反。）

他不動聲色地在回答的前一刻追蹤對方的思考模式。

（那是哈迪陣營、凱特陣營，或是伊利歐魯德陣營呢。某個陣營毫無疑問地正在這場六合御覽的檯面底下進行著大規模的祕密行動。對方單方面地要求我方提供那項搜查的情報。哈迪懷疑的對象恐怕就是歐卡夫吧。他試圖依據這個問題的回答來確認歐卡夫的涉入程度。看不出他真心打算實行這個要求。既然如此，他真正的要求是什麼呢。剛開始時，哈迪試圖確認我們在第三戰之中的目的。如果宗次朗輸了，他希望與我方聯手——那麼我們這邊的交換條件，實際上可能就是包裝成交換條件的要求。首先得考慮的可能性是，他擁有確實吸收我方陣營的策略。另一個可能性則是……哈迪想要不擇手段贏得第一輪比賽。如果可以達到那樣的結果，候選人就不一定非得是宗次朗不可……）

腦海中羅列著大量的想法——但仍然缺乏情報。

必須讓哈迪自己說出進一步的答案。

「——身分不明的間諜。我們稱呼那股勢力為『匿形軍』。由於在歐卡夫內部也有被我們認為已經遭到『匿形軍』滲透的人，因此我們也正在進行內部調查。如果有其他人願意一起對付這個共同的敵人，我們打算一開始就提供這些情報。而為了防止黃都的調查情報外洩，最好還是不要合併勢力。畢竟如同我剛才所說的，在歐卡夫內部也發現了潛伏的間諜。」

廣人使出最單純的擾亂戰術。他只拒絕了應該是對方真正的要求。

「那真是太好了。不過我們也必須打贏六合御覽才行。畢竟若是我們只顧著對付那個所謂的『匿形軍』，結果卻讓羅斯庫雷伊獨自獲勝，那會是最糟糕的結果。如果歐索涅茲瑪在第三戰中獲勝，下一輪比賽就會對上羅斯庫雷伊。到時候你們打算怎麼應戰？那傢伙會一路贏下去喔。」

「……呵呵呵。的確，如果在第二輪比賽中對上他，那將等同於與整個黃都為敵。如果您就是考慮到這點而提出剛才的條件，那確實讓我非常感謝。」

「哈迪閣下。其實呢……除了在六合御覽中的協助之外，我方還打算額外提供一些調查情報當作回報。」

基其塔．索奇打了個岔。廣人明白，他是為了避免哈迪逼自己就勢力合併的議題說出明確的回應，才會刻意打斷這段對話。

哈迪吐了一口雪茄的煙。

「說說看吧。什麼情報？」

「那麼我就直接問了。哈迪閣下，您對於『匿形軍』的真實身分有何猜想？」

「前第五卿，異相之冊伊利歐魯德。」

哈迪立刻回答，這也是廣人他們曾經考慮過最有可能的嫌疑人選。

「那傢伙是從中央王國時代就掌控著這個國家貴族階級的怪物。那時候無論在哪個部門都有他的人。他連中央王國裡有幾隻老鼠都知道。搞不好到現在仍然是如此。」

「這麼有權勢的人竟然會退隱山林，沒有參與六合御覽呀。」

「正好相反，是傑魯奇和羅斯庫雷伊為了防止伊利歐魯德涉入六合御覽而徹底搞垮了那個傢伙。用的是收賄嫌疑或不正當的人事安排之類的罪名──反正那個老頭子身上的這種骯髒事多的是，可以說他咎由自取。不過這樣一來伊利歐魯德就有找黃都議會麻煩的動機了。」

「……原來如此。不過呢，我對『匿形軍』的真面目有另一種見解。我認為這個敵人可能是由多名血鬼控制的從鬼集團。」

「……血鬼？」

「前第五卿確實擁有極為強大的影響力，他可能在許多陣營中都有檯面下的盟友。但這也僅限於黃都。而『匿形軍』甚至滲透到我們歐卡夫內部。就連與黃都或中央王國無關的傭兵中也有他們的身影。歐卡夫以外的組織也傳出有人做出可疑的行動後失蹤的消息。將這些名字進行比對之後，會發現那些人彼此並無關連──不對，『這種毫無關連的關連太強烈了』。也就是說……

可以看作敵人擁有將隨機目標轉變為間諜的手段。」

「說到血鬼，最近的例子就是『黑曜之瞳』了。你覺得像奈羅巢網的澤魯吉爾嘉這樣的人，有辦法進行如此大規模的行動嗎？而且她還一邊做街頭表演喔？」

「不，我不認為。」

「那麼就是千里鏡埃努沒有清除乾淨的餘黨之中還存在著強大的親體？」

「是有那種可能性。然而根據目前所知的血鬼生態，要在短時間內創造出這麼多的從鬼，顯然不合理。因此，『對方擁有複數親體』是目前最有說服力的假設。」

「這個話題很有趣。那麼，你想要的回報也與這件事有關吧。」

「是的。為了深入調查這個敵人，我們希望獲得血鬼的抗血清。」

「……這樣啊？」

在「真正的魔王」的時代之前，這片大陸上曾經有過一段人們與血鬼爆發戰爭的歷史。血鬼抗血清的製作方法就是在那個時代發明的。那是無法在基其塔．索奇他們這些小鬼生活的新大陸上出現的技術。

「我也很想分給你們，但老實說，這很困難。我也不清楚詳情，不過抗血清的製作原料非常特殊，每次能夠製造的數量相當有限。我想現在應該還剩下中央王國時代的幾瓶血清。但在二十九官之中，還有半數以上的人尚未接種血清。如果要跳過那些傢伙給你們方便，在我的權限內頂多只能提供一瓶。」

「……一瓶。」

廣人代替基其塔・索奇回答。

「這已經足夠了。只要基其塔・索奇接種血清，即使遭遇最壞的情況，我們的組織也能繼續運作下去——我們就以一瓶抗血清作為交換的條件吧。」

廣人也很清楚血鬼抗血清的稀有性。雖然僅能獲得一瓶的條件實在不讓人放心，但那終究是不易獲得的物品。他不能錯過這個機會。

「對付『匿形軍』的方針就這樣決定了。回到原來的話題，你們要如何處理六合御覽？」

「您問的是——我們會怎麼打第二輪的比賽嗎？」

廣人陷入思考。他真的應該在這裡回答哈迪，表示願意與其合作嗎？對方不可能天真到讓他保持模稜兩可的立場。

如果對方單純只是想要對抗羅斯庫雷伊的力量，那麼廣人絕對會接受。但如果並非如此——他必須先確認對方是否另有盤算。

「順帶一提，我有個疑問，哈迪閣下。」

「什麼疑問？」

廣人並沒有完全看透哈迪。但是他能提出直指核心的問題。

「您打算如何打準決賽？」

短暫的寂靜。

廣人清楚感受到現場的氣氛瞬間驟變。

哈迪睜開了一隻眼，緩緩吐出雪茄的煙……然後將雪茄在煙灰缸裡壓了壓，熄掉了雪茄。

「……那個問題，不也應該問你們嗎？」

「呵呵呵。也許吧。」

就在此時，會客室的門開了。一名年長的女參謀走進來對哈迪耳語了幾句。他皺著眉頭站起來，披起掛在牆上的披風。

「發生了一點麻煩的情況。有人企圖在劇場庭園搶奪我的信件。雖然那傢伙似乎被劇場庭園的士兵殺了，但士兵也因為對方的抵抗被砍掉手臂。雖然這次是我主動來訪，但很抱歉我得去聽取事件的說明。之後我會彌補各位。」

「搶信？……間諜也滲透到你的部下之中了？」

「是啊，丹妥。他們似乎能滲透進任何地方。『匿形軍』這個詞形容得很好。在舉辦六合御覽的這段期間，你也要多加小心。」

哈迪帶著參謀離開了會客室。

基其塔・索奇一邊嚼著烤餅乾，一邊望著窗外急速駛去的馬車。他自言自語般地說道：

「剛才那個參謀應該是預先安排好的。」

「的確。我感覺只差一步就能挖出重要的情報了……真是精明。」

「什麼意思？你是說他假裝發生事件，強行結束對話？」

直到這個時候，丹妥才插嘴說出了疑問。

在名義上，這是一場丹妥和哈迪的會談。然而在一連串的會談過程中，丹妥始終抱著雙臂，保持沉默。也許他認為，在逆理的廣人發揮本事進行交涉時，自己不應該多嘴。

「事件本身應該是真的吧——否則之後若是有人調查那起事件的真實性，他的面子會掛不住。但就算沒有發生那起事件，他也應該提前準備了一些需要緊急討論的議題。那位參謀進入房間的舉動是為了在萬一的情況下預先準備的手段。他可以用手指敲擊口袋裡的小型無線電來給出指示。」

「……你怎麼知道的。我沒看到他那麼做啊。」

「我就是知道。」

對於這個問題，廣人回答道：

「在離席之前，哈迪在煙灰缸裡捻熄了雪茄。雪茄與香菸不同，通常不會用那種方式滅掉。抽雪茄的人會把它直立在煙灰缸裡，讓它自然熄滅……如此一來就算雪茄的火熄了，只要重新點燃就能繼續抽。哈迪不可能不知道這一點——換句話說，在參謀進門之前，他就沒有再抽雪茄的意願了。這意味著他已經知道自己即將離開。」

「……原來如此。確實有可能是這樣。看來我也該了解一下抽雪茄的方法。那麼這是不是表示，準決賽對哈迪而言是個不方便談論的話題？」

「還不能斷定就是如此。」

——他感覺到了徵兆。廣人是這麼認為的。

對方應該也準備了幾種敷衍過去的回答吧。但是哈迪害怕受到進一步的追問。

「總之呢，在直接面對面交涉的狀況下，無論是誰都無法勝過廣人閣下。他應該明白了這點。然而他卻只是拋出雙方有合作的可能性後就離開了……雖然我們這邊獲得的情報比較多，但對方也完成了最基礎的目標。儘管他的態度很小心，但行動時也不會帶有任何遲疑。如果彈火源哈迪打算在第二輪比賽中擊敗羅斯庫雷伊，我認為他可能會在這方面準備什麼大規模的策略。」

「……大規模策略啊。」

丹妥苦澀地嘀咕著。

「巨大的野心，遠大的目的，強大的勇者。怎麼每個人都在說這種話——」

◆

在那之後，善變的歐索涅茲瑪輸了。歐索涅茲瑪的那個連對廣人陣營都隱瞞不提的最強最可怕的招式，是牠自己被詛咒的過去。身為知曉真正勇者身分的人，牠要根絕所有冒名頂替其功績者——然而當牠知道自己賭上性命也要完成的目的是錯誤的之後，牠選擇退出了對決。

當丹妥來到位於集合住宅三樓的廣人房間，向他傳達整件事的發展時。時間已經是深夜了。

「歐索涅茲瑪輸了喔。」

「……是啊。」

「我有個問題。你原本認為歐索涅茲瑪會贏嗎？」

「機率很高。老實說，我很難相信會有這樣的結果。」

廣人露出近似苦笑的笑容。

「『灰髮小孩』也有判斷失誤的時候嗎。」

「是啊，很遺憾。」

對丹妥來說，那是個複雜的事實。

廣人並沒有每次都能事先做出預測，做好準備的能力。這比較像身為戰術家的基其塔·索奇擅長的領域。即使有廣人撐腰，也不能保證每次都能獲勝。

不過，看到他因為歐索涅茲瑪敗退的事實而顯得有些動搖的樣子之後，丹妥終於從這位名為廣人的男子身上感受到一絲人性。

「……我之前就一直想問。」

丹妥坐在椅子上。

基其塔·索奇目前不在這個房間。據說他出門為明天的第五戰做調查了。

「你本人的真正目的是什麼？」

「就如同我說過的。在這個大陸上復興小鬼這個種族，讓他們與人族和平共存。」

「你沒有回答我的問題呢。那是基其塔‧索奇的目的吧。」

這個勢力的主要戰力——無論是歐卡夫自由都市的傭兵，還是獲得勇者候選人名額的歐索涅茲瑪，全都是根據基其塔‧索奇的戰術行動。被視為近代最大幕後黑手的「灰髮小孩」實際上並未領導任何陣營，看起來只像專注於協助基其塔‧索奇的計畫。

「如果我回答是出於自私自利，不知道您能不能接受？只要在社會系統發生變革的時代關鍵點上掌握權力的寶座，從長遠來看，就能創造出巨大的既得利益。」

「不對吧。如果你是那種庸俗的人，我們彼此就不用那麼辛苦了。我好歹能明白這點。」

「這就讓人傷腦筋了……我本來不打算在選民的面前說出這些話。」

「……」

廣人茫然地凝視著窗外，眼神追著有如星星的瓦斯燈。

一時之間，現場只剩下沉默。

然後他說出了一個可怕的答案。

「完全沒有。」

「……你說什麼？」

廣人就像在嘆氣般，淡淡地笑了。

「這是真的。我沒有目的。我之所以為基其塔‧索奇鋪設小鬼的種族復興之路，為歐索涅茲瑪提供討伐勇者候選人的機會，請丹妥閣下拿到參賽名額，僅僅是為了實現我想協助那些人完成各自目的而許下的承諾。我本人不打算為了踰越支持者意志的目的而行動。」

「…………」

「所以我很小心，避免自己說出這件事。畢竟這些話『聽起來像謊言吧』？選民是很有趣的生物，他們嘴上說想要看到無欲無求的清廉政治家，內心卻堅信根本不可能有那種人。所以我這種目的愈是說出口，就愈不會有人相信。」

「怎麼可能……」

丹妥壓抑著頭暈目眩的感覺。這不可能。真的有人可以毫無目的、不求回報地做出等同於竊據世上最後一個巨大國家的行動嗎？

但是丹妥明白。他並沒有說謊。

丹妥很希望廣人只是使用說服他人的話術，所以自己才會有這樣的感覺。

「也就是說……也就是說，他們之所以參與六合御覽，純粹你是對支持者的回報……而這本身就是你所期望的結果？」

「……是的，丹妥閣下。你認為政治家應該是什麼樣的存在？」

廣人從仍然攤在地板的戰術圖上拿起了棋子。

「假設這裡存在著一個名叫『A』的個人。他有自己想要達成的目標，但是只靠他一個人很難做到……而在另一邊有個與他毫無交集，名叫『B』的個人。他也另有其他目標。但同樣的，那是無法獨自完成的難事。」

「等一下。什麼『A』呀『B』的，那是什麼意思？」

「……啊，這個嘛……你可以當作是『彼端』的符號。總而言之，兩個人在這個時點互不相識。他們無法在這種情況下達成自己的目標——這時，『C』出現了。」

他在並放的兩個棋子之間放了另一顆小棋子。

「『C』什麼也做不到。他沒有任何可以幫助『A』或『B』的力量。他甚至可能對那些人的目標缺乏正確的知識。他是最弱的。」

「你的意思是，即使『A』與『C』聯手，或是『B』與『C』聯手，他們也無法發揮出超出一個人的力量？」

「是的。然而『C』卻擁有『A』或『B』所沒有的力量。在這種情況下，最弱的他與『A』和『B』的交情都很好。於是『A』和『B』就透過『C』的仲介，成功建立合作關係，達成各自的目標。而『C』也許能獲得一點點回報。以結果來說，這三位登場人物都獲得了幸福。」

「……」

「這個『C』，就是政治家。」

遠處隱約可聽見馬車駛過街道的聲音。這是個安靜的夜晚。

在別人看不到的集合住宅小房間裡，他正單獨對著一個人發表演說。

「有人主張，政治家必須具備吸引人的領袖魅力，具備正確的知識和戰略眼光，具備絕不會失言的話術技巧，以及對偉大未來的願景。我認為那是錯誤的理解。那些工作應該交給能夠做到的專家。我認為政治家必要的能力，就只有『與任何人都能成為朋友』的能力。透過人脈，將為了目標而盼望得到力量的人，以及為了目標而能夠提供力量的人連結在一起——這裡並不需要政治家自身的意志，無論那是什麼樣的目標都不重要。目標應該由那個政治家的支持者來決定。」

「所以，逆理的廣人……你的意思是這樣嗎：只有你才是天生的政治家。身為政治家的你毫無任何異常之處。」

「如果人民尋求一位無欲無求、清廉潔白的政治家。我就變成那樣的人。」

逆理的廣人看上去很年輕。但他毫無疑問活得比丹妥還要久。

「客人」的年齡就是他被逐出「彼端」世界時的年齡。

他在十幾歲的時候就是以這樣的觀點認識這個社會結構嗎？

「——那不過是極端的民粹主義。如果只是毫無秩序地滿足支持者的希望，社會永遠無法前進。如果你沒有說謊，那麼我認為你就是一個宛如惡夢的政治家。」

「也許吧。但我也可以選擇接受誰的支持。」

「……」

丹妥所屬的女王派在黃都中是最弱小的。在這場六合御覽中，這個派系原本應該是第一個被消滅。

然而……無論實際情況為何，丹妥都仍然正在戰鬥。他借助了小鬼、傭兵，以及那位來歷不明的「客人」政治家的力量。
那是因為廣人自己決定了結盟的對象嗎。
「……逆理的廣人。你好像建立了一個小鬼的國家。」
「是的。」
「為什麼你想站在小鬼的那邊？」
廣人毫無疑問是個人類。他從「彼端」來到這個世界時，首次接觸的也應該是當時的人族社會。會選擇站在吃人的鬼族那一邊，甚至還為智慧明顯不足的小鬼提供指引。那是擁有正常情感的人不可能做出的判斷。
「這個嘛……我自己也不太清楚。」
廣人看著自己的手，露出了些許微笑。
還沒有人知道逆理的廣人這位「客人」在什麼地方超脫了常軌。是他的辯才？是他的交涉能力？還是那種不具有自身願望的心理？
「——我只是認為，『那麼做能讓他們變好』。」
或者，那是某種更為根本的其他能力？
「變好？當時的小鬼有那種改進的空間嗎？」
「嗯，這點是肯定的……丹妥閣下。您可知道小鬼為何被逐出這片大陸？」
「別問答案那麼明顯的問題。因為他們會危害人族，會吃人。」

「那麼，如果有不會吃人的小鬼呢？」

「……什麼意思？」

鬼族會吃人族。只要這個大原則仍然存在，基其塔・索奇和廣人所追求的那種雙方共存的新社會就不可能出現。

然而，只要廣人對基其塔・索奇的承諾不變，那個手段就確實存在。

「——是的。他們『變好』了。」

他在暗影中笑了。

「那個問題已經解決了。」

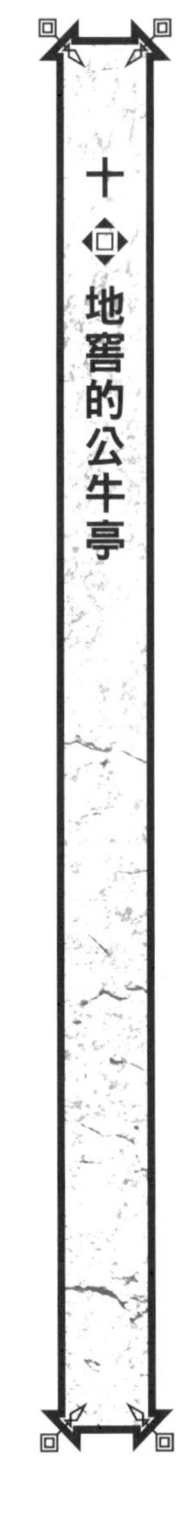

十 地窖的公牛亭

在黃都破落的水路街上，有一家名為「地窖的公牛亭」的酒館。

這是一間沒有光鮮亮麗的樂師，只有供應廉價酒水的酒館。直到一年前，店主的女兒還會在這裡彈奏著生疏的鋼琴，不過她嫁到了托吉耶市，客人的數量也比以往減少了許多。

即使如此，還是有些人喜歡這種昏暗又充滿灰塵的半地下店面。坐在那裡聊天的流氓正是這種人。

「這才不是箭頭呢！我知道喔。這個叫『紅心』的花樣……呵呵，你覺得是什麼意思？是心臟啊。」

「心臟不是這種形狀吧。真的嗎？」

「上面圓圓的部分代表心房？『客人』到底是怎麼想的啊。」

「不過多虧了我，你才能知道這件事吧？我弟弟開的店有在和『客人』做生意喔。不會錯的。那是『紅心』。」

「知道了知道了。就把『紅心』當成心臟吧。那麼『梅花』是樹的標誌吧。『方塊』是寶石。那麼『黑桃』又是什麼？」

「比起『紅心』，這個還比較像箭頭吧？」

「你真笨啊。這和其他三個一樣，也是根據某種物體畫出的形狀。才不是箭頭。」

「不是樹嗎？」

「那不就跟『梅花』重複了嗎。我還是覺得喔，在那個世界裡真的有這種形狀的『黑桃』存在。」

某個人打斷了這種毫無營養的對話。

「大家玩得很開心嘛。」

三人停下了對話，看向新來的客人，然後發現對方是熟面孔。

那是一位衣衫襤褸的魔族。

「……唷，『斬音』。」

「有什麼有趣的消息嗎，『斬音』？」

「不好說。那是『彼端』的遊戲嗎？」

白色的手指捏起了卡片。那隻手連關節的連接處都露了出來，是如字面所述的一片純白。

他的名字是斬音夏魯庫。是一具失去生命和記憶，卻還繼續活著的空洞骨架，骸魔(skeleton)。

「今天早上工作的時候找到的。我打算用這個來玩一種新的賭博方式。」

「要賭的話，色牌還比較好玩吧。畢竟『彼端』的娛樂水準有點難恭維啊。」

「我當然本來想玩那個，不過偶爾也想換換口味嘛。」

「你有什麼事？」

夏魯庫從旁邊的桌子拉過一張椅子坐下。

「我的對決也快要到了。現在正在打探其他候選人的資訊。有誰看過前四戰嗎？」

「那就是我啦。我看過第一戰、第二戰、第四戰。」

「我只看了第三戰和第四戰。」

「我看了第二戰、第四戰……啊～不過我還買了第五戰的座位，連馬子的位子也買了。」

「哈哈，真倒楣！」

「錢有退給你嗎？」

「完全沒有。艾魯普寇沙旅行商人公會實在太差勁了。我絕對不會再買他們的東西。」

為了找出十六名勇者候補者的能力和弱點，有些人會設下複雜離奇的陰謀。

不過斬音夏魯庫卻選擇了更簡單、更確實的方式。在這座寬廣的黃都裡，有無數的觀眾親眼見過六合御覽。還有不少人就是為了這場王城比賽而買下黃都的市民權。只要直接向這些人打聽就行了。

這也是他選擇在這樣的酒吧到處打轉的原因。像他們這樣的無賴跟夏魯庫這個魔族傭兵的工作階級相近，也很少會排斥其他種族。除此之外，他們之中也有人能夠以戰士的角度觀看比賽。

自從在「藍甲蟲亭」接觸到魔法的慈之後，夏魯庫也開始投入這種實在的資訊收集工作。當然，對於「精明的」候選人來說，夏魯庫的動向已經是一目了然——但就算夏魯庫自身的資訊洩漏出去，也不算是大問題。

他並沒有家人或朋友那種會讓他擔心對方被盯上的對象。就算有敵人試圖在對決想要暗殺或妨礙他，他也認為到時候再應對就行了。反正對方展開行動後，他仍能及時反應。這就是斬音夏魯庫的強項。

「像『斬音』你這樣的人也會買位子看對決？你不是勇者候選人嗎？」

「除了第二戰之外，我全都看過了。包括第五戰在內。」

「第二戰呢？」

「……我沒抽中馬車的籤。也許是對方因為不想被誤認為是運送屍體的靈柩車吧。再說，第二戰的時間安排太緊湊了。」

「在這點上，我就很佩服自己了。」

一個高大的無賴漢得意洋洋地拍了拍他的胸膛。

「我在第一戰之前就已經安排好車，看完對決後立刻就能搭上下一班車。我在這裡應該是最大的贏家吧。」

「……我記得第二戰不是在途中就疏散觀眾了嗎？而且還要加上馬車的手續費，你這是虧大了。」

「哈，你這種斤斤計較的價值觀不行啦！那可是冬之露庫諾卡耶！我從沒看過那麼驚人的吐息（breathe）……而且我還看到了星馳阿魯斯的寶物。」

店員送上了三個玻璃杯。那是夏魯庫點的酒。

夏魯庫請眼前的三人喝酒之後，繼續問下去：

「如果你不像我這樣有眼無珠的話，我或許就應該從你那裡聽聽看第二戰的內容。不過在那之前，你對第一戰有何看法？」

「啊，那場對決喔？駭人的托洛亞的魔劍確實是真的。但即使他有那麼多的魔劍，結果卻敗給了一隻黏獸（ooze）──」

「嗯。」

「……有些人是這麼說的。接下來是我的意見。我可是看得一清二楚。那種技術不是靠一般的劍術訓練就能得到的。你覺得有辦法看穿他在眼前換劍的動作嗎？說真的，我快被嚇死了。」

「我也有同樣的看法。在那場對決裡，賽阿諾瀑的預測能力準確到驚人的地步。無論托洛亞換上哪把魔劍，它都似乎能完全應對其性質與使出的招式。這應該就是它的強大之處吧。」

夏魯庫提高了這名高大男子的評價。如果他能夠用語言表達出托洛亞在那場對決中的強大之處，那麼他也許就能從這個男人身上獲得關於第二戰的有用情報。

夏魯庫將話題轉向了坐在他旁邊的陰沉男子。

「看過第三戰的只有你嗎？」

「我不太喜歡這種節慶活動……但是我欠第十四將一個人情，所以才看了對決。」

「那就說來聽聽吧，那場對決的情況是……」

「…………」

「……每次提起那場對決，似乎就會感覺怪怪的。不只是你，還有我今晚遇到的其他人，連我自己也一樣。那場戰鬥應該不是沒看頭的對決才對。到底是怎麼回事？」

「……我不想細想太多。」

「問題在於善變的歐索涅茲瑪吧。」

比起善變的歐索涅茲瑪，夏魯庫當初在第三戰中特別注意的反而是柳之劍宗次朗。他曾在利其亞戰爭中與這位超脫常軌的「客人」交手過一次。無論是過去還是未來，能與斬音夏魯庫正面「交鋒」的劍士就僅此一位。

他也認為這是再次觀摩其技術的好機會——至少在對決開始之前是如此。

宗次朗的對手，善變的歐索涅茲瑪是地表最強的混獸(chimera)。這點無庸置疑。

無數猶如褻瀆人體的手臂。將刀刃如光線般射出的投擲技術。肉體的分離。

……然而——斬音夏魯庫心中想著。

（我都已經是個死人了，還會懼怕那點程度的東西嗎？）

夏魯庫試圖找出那種恐懼的真正源頭，然而他還沒有遇到能正確說中原因的人。

無論如何，歐索涅茲瑪都已經輸了。對於剩下的勇者候選人而言，這個結果應該不算壞。

也許是看不下去這股讓氣氛驟變的沉默，小個子的男人開口插話。

「我們來聊聊第四戰吧。」

「啊啊，我等這個時候很久了！羅斯庫雷伊果然是最棒的男人。他能堅持到那麼久，真的很了不起。」

「哎呀～我已經說過很多次。他應該在腿斷掉之前先殺了祈雅才對。雖然我不知道她是被哪個人渣利用，但是共犯就是共犯。羅斯庫雷伊真是個笨蛋。」

「啊？你這種垃圾在胡說什麼？拯救小孩的性命有什麼不對的，你說說看啊？」

「我就說啦～敵人就是計算到了這點，才會把祈雅那種孩子推上舞台！他沒辦法殺死祈雅，結果就是掉進了陷阱！」

「……慢著慢著。我還是很在意犯人到底是誰。」

「雖然我不清楚，說起可以使用那種怪物般詞術的人物，伊茲諾庫學校裡……應該也找不到那種人吧？議會不是也沒有正式公布嗎？」

「隨便啦。重點是羅斯庫雷伊成功撐過那種怪物般的攻擊，直到最後都沒有傷害那孩子。那傢伙知道他真正該打倒的敵人是誰。那是真正的英雄啊。那麼，剛才是哪個自以為是的下三濫不講這些，卻說他是笨蛋啊？」

「好啦……我知道了我知道了。我道歉。羅斯庫雷伊大人是偉大的英雄。我請你吃豬腸，別生氣了。」

「嘖……那只是你想吃而已吧。」

（……真是無聊。）

對於第四戰，斬音夏魯庫沒什麼好說的。關於羅斯庫雷伊的戰鬥，夏魯庫認為那不過是對方勉強努力後的結果。

夏魯庫不清楚那個名叫祈雅的小女孩是用了什麼伎倆使出那些攻擊。因此那兩人之中打贏第四戰會讓夏魯庫感到棘手的，毫無疑問是祈雅。

羅斯庫雷伊以蠻橫的方式強行扭轉了理應底定的勝負，而且還在自己受了重傷的情況下勝出。這個對決結果可以說非常好。

（對輸掉的那一方……目前應該還不用在意吧？）

如果是祈雅自身擁有那種強大的詞術——雖然斬音夏魯庫實在無法相信這點——她可能存在於黃都某處的這個事實恐怕是非常危險的事。

然後是接下來的第五戰。他對魔法的慈也有些想法。他曾在「藍甲蟲亭」與對方稍微交談過。那天的慈看起來就像具有無敵的肉體與精神。

然而據說慈害怕進行真業對決，退出了第五戰。斬音夏魯庫無法得知實際上發生了什麼事。

（……而我是第七戰。）

這可能純粹只是運氣好吧。賽程較晚的斬音夏魯庫得到了看清楚六合御覽全貌的機會。

這場戰鬥不僅僅是戰鬥能力的對決。如果賽程時間比較早，斬音夏魯庫搞不好會在什麼也沒搞懂的情況下就遭到淘汰了。

（……我可能應該多思考一下再行動。）

◆

當夏魯庫走出店裡時，一名男子正在通往一樓的樓梯口等著他。那名男子撐著傘。看得出在夏魯庫進入店裡的這段時間，外頭開始下起毛毛雨。

那是一位矮胖的男子，脖子上掛著一個奇妙的器具。

「什麼人？」

夏魯庫沒有魯莽到不分青紅皂白直接出手攻擊，他只是不耐煩地詢問。

「啊，可以聊一下嗎？你有沒有時間？」

「我只是問你是『什麼人』。」

「呃～那麼我們先從打招呼開始吧？我是黃昏潛客雪晴。如果你要問起我是什麼人，我是個記者。不過我該怎麼回答才好呢？」

「……我換個說法。你有什麼事？」

黃昏潛客雪晴。如果對方報出的名字屬實，那麼此人在歐卡夫之中也非常知名，是這個時代最頂尖的情報商。據說他有異常優秀的生存能力，能夠踏入各種險境並掌握情報，甚至有傳聞說他可能是來自「彼端」的「客人」。

「斬音夏魯庫先生，有人想僱用你。」

「視對象和內容而定。什麼工作？」

「委託者是『灰髮小孩』。工作內容是調查潛伏於此地的血鬼與從鬼。」

「……血鬼？在這個時代竟然還有那種傢伙，而且就在黃都？」

「血鬼那東西經常給人一種邊境疾病的印象。但我所說的是十分認真的事情。血鬼的感染源正在這個黃都活動，甚至還有可能已經讓從鬼滲透到包含黃都軍的各種組織之中。」

「酬勞呢？」

「關於『真正的勇者』的情報。」

「……」

「……那麼，您意下如何？」

夏魯庫停下了腳步，首次回頭望向雪晴。對方的臉上帶著人畜無害的笑容。除了掛在脖子上的器具外，這個人看起來就像隨處可見的矮胖男子。

「你……好像仔細調查過我了嘛。」

「從利其亞新公國到歐卡夫自由都市。您一直在魔王自稱者的國家之間穿梭，是在尋找『最後之地』是否有勇者的蹤跡吧？」

斬音夏魯庫不知道自己是什麼人。

據說人們還沒有找到那個殺了「真正的魔王」的勇者。連他的屍體都找不到。

自從他以骸魔之身開始這段生命之後，每當聽到勇者這個詞時，恐懼和焦躁就會在夏魯庫空洞的胸口翻騰。

「我拒絕。」

「……可以告訴我原因嗎？」

「因為我是六合御覽的參賽者。我已經接受了我的擁立者要我在這場戰鬥中取勝的工作。我並不想接受兩個委託。」

「原來如此。好吧。我並沒有預期你會馬上接受我的提議。」

雪晴隨意地揮揮手。

彷彿他已經預料到夏魯庫會這麼回答。

「……如果你真的是黃昏潛客雪晴，機會正好。我想問你一個問題。」

夏魯庫抬頭望向被厚厚的雲層覆蓋的天空。

不知是不是受到下雨的影響，照亮小巷的瓦斯燈光閃爍不定。

「你有……試過尋找勇者的身分嗎？」

「……在『最後之地』之外的話，有。但是『真正的魔王』的死亡時間很模糊。就連當時有誰出發前往『最後之地』的目擊證詞都收集不到。不過這是當然的。畢竟『最後之地』的附近根本沒有什麼理智正常的人。」

「既然如此，即使是推測也可以。如果真正的勇者存在的話……身為世界最優秀的情報商黃昏潛客雪晴，你認為那個傢伙會是什麼樣的人？」

「……夏魯庫先生。無論在利其亞或是在歐卡夫，你都是最後才領取『最後之地』情報的報酬。而且你應該也曾自行探索『最後之地』吧。在我看來，你好像是以『很確定一定找不到勇者』的前提在尋找勇者。」

「……我看來像那樣嗎。」

確實如此。雖然夏魯庫應該比誰都更渴望真相，但同時也希望得到相反的結果。

雪晴露出嘲諷的笑容。

「哈哈。不僅僅是夏魯庫先生。其實大家都已經明白了……只是裝作不知道而已。因為事實就是如此吧？愈是知道『真正的魔王』的恐怖……就愈能肯定是『那麼一回事』。」

據說人們還沒有找到那個殺了「真正的魔王」的勇者。連他的屍體都找不到。

或許那並不是因為誰也找不到他——

「『真正的勇者』，『很可怕』。」

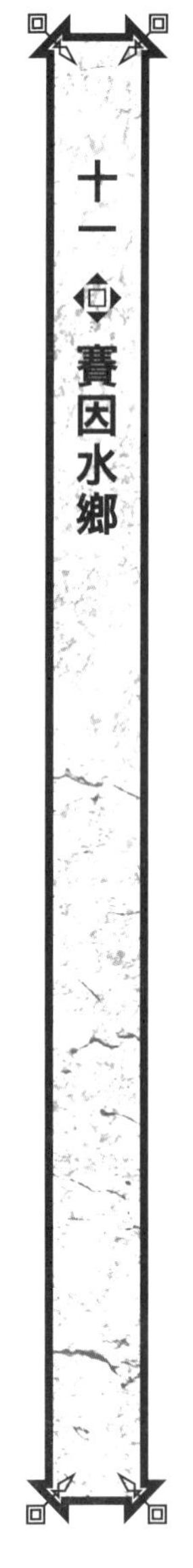

十一 賽因水鄉

那已是十多年前的事了。

賽因水鄉有一處自古以來就被稱為「針林」的地方。像森林一般的許多粗大鐵柱插在山丘上。從村莊遠遠望去，看起來就像一座針山。

地平咆梅雷，總是待在這座「針林」裡。他可以隨心所欲地睡到自己想醒的時間，躺著欣賞雲朵的形狀。如果有村民來訪，儘管他會顯得有些不耐煩，但還是會與他們往來。

那天，有個孩子來找梅雷。

「你在睡什麼覺啊？」

他叫米斯那。米斯那似乎並不像其他孩子那麼愛交朋友，總是一個人行動。

他戴著有如玻璃塊削成的厚重眼鏡，腋下夾著教團文字的文法表。聽說他是村裡所有孩子中最聰明的一個，不過梅雷不會認真去記住那種事。

「我想什麼時候睡覺，什麼時候起床都是我自己的事。啊——已經中午了嗎？」

其實，梅雷早就醒了。他只是嫌起身太麻煩，想多看一會天空的色彩變化而已。

自從魔王軍經過賽因水鄉後，這樣的日子已經持續了一段時間。

「……梅雷，為什麼你沒有去戰鬥呢？」

「……」

梅雷不明白這句話的用意，只好抓了抓自己的脖子。

米斯那說的話和其他小孩子不同，總是很難理解，讓梅雷不知該如何應對。

「大家都說，梅雷你是保衛村莊的英雄。但是我一點也不這麼認為。」

「哦～這樣啊。不過我完全不在意像你這樣的小孩怎麼看待我就是了。」

——直到一個小月前，這個村莊還處於滅亡的危機之中。

「真正的魔王」與其帶來的魔王軍聚集到了村莊的邊界附近。森林中的野獸開始陷入瘋狂。人們還發現了兔子和鳥兒互相吞食，糾纏在一起的屍體。大量的鹿跳河自殺，村民們為了不讓孩子看到魔王軍，從白天開始就把門窗全部關上。

賽因水鄉的居民受到瘋狂的波及也只是時間的問題。

梅雷能做的事情很少。他只是站在山丘上，持續緊盯著魔王軍。

這位躺著過了兩百五十年的巨人握著巨大的黑弓，以便隨時都能拉弓射箭。從太陽升起之前到落日之後，他一直站在那裡。

這種情況持續了好幾天。梅雷不吃不喝，甚至連玩笑話也不再說了。村民都非常擔心他，然而他們也對逼近的恐懼無能為力。

村莊本身也充滿了緊繃欲裂的緊張氣氛。

……然後，他們就這麼過去了。

魔王軍只是路過這個小村莊，朝著另一個方向前進。

「好了，你也回去睡覺吧。我也是想睡得不得了。」

「……每年的洪水，真的都是由梅雷你阻止的嗎？」

「不知道啦。我只是在練習射箭。」

「那些飛來村莊的鳥龍全被你射下，這也是真的嗎？」

「那是我的食物。才不會給你們。」

米斯那的眼中充滿淚水，抬頭望向梅雷。

儘管他的語氣很平淡，但是他的臉上卻流露出混合了憤怒和不甘心的情緒。

「……既然你那麼強，為什麼不放箭呢？」

「啊？」

「『真正的魔王』原本就在附近。你本來可以打倒他的。只要梅雷你放箭，大家都會得救……這個世界的所有人都會得救。」

梅雷只是躺在那裡，迷迷糊糊地伸出右手，握住再張開。

「真正的魔王」已經來到了鄰村。只要他放箭，就可以射中對方。

梅雷的箭是不可防禦，單方面的巨大破壞。即使不知道「真正的魔王」的確切位置，他也可以將對象連同整個地形一起摧毀。

他不可能沒有想到這麼簡單的事情。

——為什麼不放箭呢？

「哈，我射箭射到累啦……麻煩死了，所以我不幹。」

「不對。你是在逃避，梅雷。」

「……」

「你、你是因為懼怕『真正的魔王』，所以才沒有放箭。你明明可以拯救大家，但是你卻沒有那個勇氣！」

——「真正的魔王」已經摧毀了北方正統王國。

為了對抗這種威脅世界的恐懼，剩下的兩個國家從全世界招募人才，不斷地思考如何消滅「真正的魔王」。

即使面對無法戰勝的敵人，人類應該還有許多可以做的事。

把他引到山間的都市，然後燒掉整座山怎麼樣？

建造「真正的魔王」無法跨越的壕溝或城牆，將他孤立起來怎麼樣？

在其侵略路線上的井裡投毒，斷絕其食物供應，讓他餓死怎麼樣？

利用人為疾病或者用魔族的大軍攻擊他怎麼樣？

也許這次真的可以打敗「真正的魔王」。也許，世界上仍然有希望存在。

然而，這些嘗試全都無疾而終。

有些情況是作戰指揮官發瘋了。也有些情況是執行作戰的士兵在最後一刻逃走。還有民眾出於人道主義而反對的狀況。又或者不屬於上述任何一者……作戰就這麼自然消失了。

——不知道為什麼，誰也沒有扣下消滅所有敵人的扳機。

所有人都被奪去了反抗的意志。他們不做該做的事，卻做出不該做的事。

就算沒有與其正面交鋒，無論距離他多麼遙遠，無論是世界上的哪個人，全都得被迫面對那股恐懼。那就是「真正的魔王」。

（我應該放箭才對。）

事實上，在米斯那來訪之前，梅雷就已經醒了。

躺在地上的他一直在思考同一件事。

即使魔王軍已經通過了賽因水鄉，他仍然念念不忘。

（我就只能握著弓而已。）

「村子得救了。但是魔王軍……魔王軍穿過這個村莊，摧毀了吉拉諾森林。我的朋友尤倫就在那裡。」

「……我哪知道。我一點也不在乎。我只需要保護我自己的地方就好。其他地方都跟我無關。」

「但是……大、大人們都……太、太殘忍了……！他們把沒有射出箭的梅雷當成英雄！你明明就最明白這一點！這樣好嗎！你不會感到難受嗎？」

村民們說，梅雷贏了。賽因水鄉的守護神趕走了魔王軍。

——錯了。梅雷輸給了恐懼。他打從一開始就沒有對自己應該打倒的敵人射出箭。

如果我的勇氣再多一點。如果我再強一些。

也許過去的梅雷就能射殺「真正的魔王」。他這麼想著。

「我就說我不知道了……！我已經受夠你了，快回家吧……我想要趕快睡個回籠覺。」

「我……我……我相信我們的梅雷可以成為真正的勇者……」

「…………」

米斯那沒有再說下去，他那小小的背影走下了山丘。

從那時起，梅雷就沒有再看到米斯那的身影。

聽說，他在來找我的隔天就搭馬車離開了村子。他決定到村外去學習，然後親自與「真正的魔王」戰鬥。

但也就只是這樣了。

因為「真正的魔王」並沒有被英雄擊敗。

◆

多年過去。

他還記得有一天，某隻鳥龍飛到了「針林」。

鳥龍出現在賽因水鄉是有些罕見。但是對於梅雷而言，這並不是一個值得留在記憶中的事件。他如往常一般，將箭搭在黑弓上。

像這樣消滅鳥龍時，梅雷不會使用鐵柱而是用工術製造的土箭。

（…………）

然而，當時的梅雷卻一直搭著箭，等待那頭鳥龍降落於插在山丘的鐵柱上。因為他知道以對方的實力，若是展開戰鬥，雙方都不會平安無事。

——那隻鳥龍長著三隻手臂。

「……你就是地平咆梅雷……？」

牠名叫星馳阿魯斯。是篡奪地面上所有傳說寶藏，蹂躪英雄的最強鳥龍。牠的來到，往往意味著當地傳說的結束。

「如果是的話又如何。這裡除了我以外，什麼也沒有喔。」

梅雷無所畏懼地笑了，然後低聲回答。

星馳阿魯斯之所以出現在這裡，或許代表著順序輪到梅雷了。

這個世界的許許多多傳說人物都無法打敗這頭鳥龍，不過地平咆梅雷或許可以做到。

賽因水鄉是個和平的地方——在超過二百五十年的時間裡，從未出現過值得他全力以赴的敵人。

（——你終於要來對付我啦。真開心啊，星馳阿魯斯。）

握著黑弓的手力道增強。要動手就快點。看我用足以削去山丘的一箭把砂土揚到空中，奪去牠自由飛翔的能力。如果對方以低空飛行閃避，那就改用把牠打落至田野的軌道——

「…………」

梅雷，沒有放箭。

儘管對手已經進入了弓箭的射程，但是星馳阿魯斯仍然靜靜地停在柱子上，仔細觀察著梅雷。

「…………那個。那把弓，很強嗎……」

「哦，你對這個有興趣呀？雖然我不知道是誰在哪個世界用什麼材料做出它的，不過這東西絕對不會毀壞。來搶看看啊，鳥骨頭。」

「……我才不要……要帶著走太麻煩了。」

對於這位冒險者來說，那種程度的事情就足夠讓牠放棄收集了。換句話說，如果黑弓是阿魯斯能夠使用的武器，牠就會毫不猶豫地奪走。

「而且，你真正的寶物……不是那個吧。」

阿魯斯轉頭望向賽因水鄉的方向。

「……感覺如何呀？」

「你又懂我什麼……你到底是來做什麼的，『星馳』？」

梅雷的手指沒有從箭上離開。

梅雷是古代的巨人戰士。他不只曾經和洪水、鳥龍群戰鬥，甚至還與深獸（kraken）和龍（dragon）戰鬥過。他很自豪於自己贏得了所有勝利。和強者戰鬥應該是他最大的喜悅。

然而——如果現在射出箭，會發生什麼事呢？

他就得在這賽因水鄉戰鬥了。

求之不得。

（如果你有那個打算，我樂意奉陪。）

一道和魔王軍直撲而來時相同的自我詢問在耳邊低語著。

你在怕什麼呢。

過去的梅雷沒有需要保護的東西。為了獲得戰鬥的興奮，他甚至可以笑著捨棄自己的生命。

當時的他既強大，又勇敢。

直到他「扎根於」這個賽因水鄉。

（……什麼啊。關我什麼事。一切都不關我的事。）

他花費了巨人不可能做到的時間在戰鬥技巧的鑽研上。手中有一把能破壞一切，命中一切的終極之弓。

但如果地平咆梅雷出盡全力戰鬥，賽因水鄉會變成什麼樣子？

這個小村莊承受不住他全力的戰鬥。這裡是體型大小與自己差距太大，難以與自己共同生活的矮小人類的村莊。若是箭的軌道掠過地表，整個村莊就會被連根拔起。如果他的巨大軀體疾馳而過，田地和房子都將被踏毀。

這與當年面對魔王軍的那天是一模一樣的。

就連他原本很期待的事，如今也做不了了。

這位比任何人都還要強大的巨人明明只要放開手指就能如願。

地平咆梅雷卻在害怕。

「………」

阿魯斯不為所動。難道牠覺得梅雷不會射出箭嗎？

或者，見過地面上所有寶藏的星馳阿魯斯……早已看穿了梅雷必須保護的寶物是什麼？

「我再問一次。你……有什麼事？」

「…………沒什麼。」

阿魯斯似乎並不在意梅雷的存在，牠將頭撇開了。

牠似乎根本就對自己不感興趣的事物毫不在意。

……打從一開始，牠就不是為了戰鬥而來。

「我只是想問你……你有什麼樣的感覺……」

「什麼？」

「有自己的故鄉……有自己的國家是什麼樣的感覺。」

「……這只是個小村莊，才不是那樣的地方。」

梅雷真正的寶物不是從詞神時代遺留下的黑弓，也不是插在山丘上的鐵柱，甚至也不是他自認為地表最強的自傲。現在已經不是了。

活在渺小弱者的生活尺度之中，是否讓古老的巨人也變小變弱了呢？

──他開始害怕失去這個村莊。

「感覺不差喔。」

梅雷笑著帶過。

對他來說，賽因水鄉是個枷鎖。梅雷待在這座「針林」中，年復一年地保護村莊不受洪水侵襲。只要他還在這裡，他可能無法真正地戰鬥。

「有自己的棲身之處，感覺不差。」

即使如此，他並不想把自己變得軟弱的問題歸咎於村民。

這並不是賽因水鄉的錯。活得愈久，本來就愈有可能發生這樣的事。

不差。能夠按照自己的意願去戰鬥，比起摧毀那個小村莊要好得多。

他是這麼相信的。

「……是嗎。」

阿魯斯大大地揮動翅膀。牠之所以來到這座「針林」，僅僅是出於一個微不足道的理由：詢問這個問題。

「——吶，阿魯斯！」

梅雷對正要離開的阿魯斯大聲地呼喊。

他要問的問題，就像從前那個孩子問的一樣。

「你為什麼不戰鬥！如果你要打倒世界上所有的傳說，最大的那個傢伙還活在這個世界上！還沒有人能夠打倒他，那可是這個世界上最強的傢伙啊！」

「……？……哦，你說的是『真正的魔王』……」

那隻打倒了無數傳說的鳥龍，應該也有能力成為打倒那個存在的勇者。或許有許多人將他們自私的希望寄託在星馳阿魯斯身上。

然而阿魯斯並不會為了任何人去戰鬥。牠總是隨性地過著自由自在的生活。

選擇為了保護村民而承受不自由束縛的梅雷，與牠的生活方式正好相反。

「魔王身上什麼都沒有吧……無論是寶物也好……棲身之地也好。打倒他也沒有意義……」

牠的話應該是正確的吧。「真正的魔王」一定很孤獨，他一定沒有任何需要守護的事物。

那對翅膀消失在黃昏將近的黃綠色天空之中。

在兩百五十年的時間裡，只有這麼一次的機會。

傳說，與傳說剋星，雙方並未交戰就各自分開了。

「……哼，只會找藉口。」

被留在原地的巨人沒有戰鬥的對手，只能孤身站在山丘上。

持有百發百中神弓的地平咆梅雷，在他的一生中，兩度錯失了目標。

◆

「喂！你怎麼可以睡超過中午啊！」

然後，時間來到現在。一個尖銳的聲音在黃都的巨人街響起。

黃都第二十五將，空雷卡庸。他是地平咆梅雷的擁立者。

「已經傍晚了耶！」

「你太吵啦～」

地平咆梅雷在屋簷下醒來。雖說這是間房屋，但也不過是簡單地設置了牆壁和天花板，像巨大箱子的地方。與其他住在巨人街的巨人相比，地平咆梅雷占用的面積隨隨便便就超過他們的四倍。

「嘿嘿嘿。」

「嘿什麼嘿啊。根本睡迷糊了……你在夢中看到了什麼？」

對，他剛剛作了一個夢。那是一段和平，充滿了對戰鬥渴望的幸福日子。

「沒有啦……該怎麼說呢，我只是開心起來了。」

這裡不是賽因水鄉。沒有需要他保護的小小的脆弱朋友。

他可以無所畏懼地，做回過去強大的那個他。這是所有人的期望。

據說在第七戰之中，賽因水鄉的巨大英雄將會現身。那是與冬之露庫諾卡齊名的真正傳說。

地平咆梅雷。

這個機會，他等了二百五十年。

「有個棲身之地，其實也不差呢。」

強者雲集於此。

十二　第七戰

黃都第十九卿，遊糸的西亞卡有時會被稱為一位青年才俊。

如果只看事情的一面，應該會做出如此的解釋吧。

遊糸的西亞卡並不像鐵貫羽影的米吉亞魯或紅紙籤的愛蕾雅那麼年輕，也沒有像鍋釘西多勿或半月的庫埃外那樣出色的頭腦，更不具有蠟花的庫薇兒那樣卓越的身體能力。

——西亞卡能得到這個地位，全賴一次的好運。

過去，曾經有一個名為朝露的路易莎的「客人」。那是一位透過推廣一種具有極高抗病蟲害能力的新品種小麥，改變了東部農地的生態系統，並且帶領農夫們脫離黃都，引發了大規模糧食危機的魔王自稱者。

路易莎主張對農地所有權制度進行激進的改革。黃都與其多次談判破裂，武力衝突幾乎不可避免。在這種情勢之下，西亞卡這個男人被選為外交官。雖然這時黃都議會的方針已經確定好了，但對於起用經驗較少的西亞卡這件事，有人懷疑是前第十九卿為了逃避開戰責任的安排。

然而，在已淪為形式的和平交涉會議上，情況發生了一百八十度的轉變。

朝露的路易莎似乎單方面地中意西亞卡的性格，或是他的發言內容。就這樣，雙方的和談出奇地順利……由於西亞卡帶來了連他自己也無法理解的巨大成就，這種「優秀的實務能力」受到賞識，最終竟成為了掌管農業部門的第十九卿。

（我只是運氣好罷了。）

做出這樣的自我警惕成了西亞卡的習慣。

黃都二十九官的環境，是由比他更有能力的官僚左右人族政治的世界。他不可能連續兩次遇到這麼幸運的狀況。

因此——下一次的成功需要由自己去爭取。他是這麼相信的。

而這樣的機會也的確出現了。六合御覽。

他獨力找到了那位打敗了漆黑音色的香月的無名骸魔傭兵。

而黃都與歐卡夫自由都市很巧地在此時結束戰爭狀態，也幫了他不少忙。這使得他可以推舉前歐卡夫傭兵，斬音夏魯庫為勇者候選人。

然而。

「——斬音夏魯庫！」

就在推開門的同時，他大喊著自己的勇者候選人名字。

這裡是黃都中央市區的一間高級旅館的客房。斬音夏魯庫正靠著裡頭的牆壁，眺望著窗外的夜景。

西亞卡端正了姿勢，讓自己抬頭看著比自己高的夏魯庫，然後說道：

「我聽說了！你似乎人在藍甲蟲亭的暴力騷動現場吧？為什麼你沒有立刻呈報這件事！我這位擁立者竟然得從其他官僚那裡得知自己的勇者候選人發生的事，這有道理嗎？」

「……騷動？如果你們的說法把那程度的事情形容成騷動，那就是吧。」

斬音夏魯庫那張骷髏臉上沒有表情，就算在挖苦人或說笑話時也是如此。

「下次我可以多注意一點，不過我該把路上可能會絆倒自己的石頭，或是點的酒快喝完的事也『立刻呈報』上去嗎？」

「別……別對我開玩笑！」

西亞卡坐在屋內中央桌子旁的椅子上，自己倒了酒，然後雙手握住杯子喝了一口。

這間房間也是由西亞卡租來的。他查詢了周邊區域的治安情況和對住客的服務完善程度，選擇了警衛制度萬全的旅館。然而這些努力對那位每晚都會外出的客人毫無作用。

「酒別喝得那麼猛。」

「你明明就沒辦法喝酒，就不要一直跑去酒吧啦！尤其是還特地選那種下流混混的聚集場所！難道你想要拉低勇者候選人的格調嗎！」

「我有我的想法。再說了，根據經驗，我對這種旅館沒什麼好印象。」

夏魯庫從來都沒有對旅館每晚提供的高級酒瓶表現過興趣。

這是當然的。畢竟骸魔不需要飲食，也許連安全的住居都不用。西亞卡只能用人類的生活尺度為他安排住所。

「如果只是小偷程度的傢伙，我還能趕走，但如果有人真的想要暗殺你，他們絕對不會猶豫。如果你還珍視自己的性命，就不要過度頻繁地來到這個房間。」

西亞卡默默地一口氣喝掉另一杯酒。

對他來說，如果勇者候選人只是工具就好了。

但現實卻過於理所當然……一個遠遠超越自己力量的人，怎麼可能像工具一樣順從於西亞卡呢？

斬音夏魯庫並不需要任何東西。

食物、女人、金錢，甚至安全和生命，對於死者來說都不能成為交易的籌碼。

他無法想像，其他擁立者究竟是如何控制勇者候選人的？

「……可惡。」

「你沒事吧？雖然你用那種方式喝酒，不過你該不會很容易醉吧。」

「跟、跟你……沒有關係啦……！」

◆

「怎麼啦，西亞卡。你又要來向我訴苦了嗎……」

正午的茶館，這位坐在露天座位的男人是第十五將，淵藪的海澤斯塔。

「才不是！」

西亞卡覺得自己老是因為他這樣行為不檢點的傢伙而頭痛。在與斬音夏魯庫接觸之前，就一直是這樣了。

「海澤斯塔閣下！你今天到底向多少女性搭訕了！我收到了六件投訴！不知道為什麼，對方全部都來找我！你知道這有多麻煩嗎！」

「原來是六個人啊……哼哼哼哼。我今天試著搭訕了八位女性。那就表示有兩人是有機會的嘛。不錯呢。」

海澤斯塔的聲音和笑聲比歌劇中的男歌手還低。

這位武官的體格高大，充滿野性。與個子矮小、整天忙碌的西亞卡形成了完全相反的對比。

「糟透了！更何況，向我投訴的六位女性全部都是已婚的！其中還有四位已經有孫子！我實在無法理解為何像你這種不認真的傢伙會在二十九官之中！」

「你今天果然又是來抱怨的嘛……哼哼哼哼。」

就像黃都二十九官的大部分武官，淵藪的海澤斯塔也是因為過去戰爭裡建立的功績而進入二十九官。然而他的為人以官僚來說有著根本性的問題，這個人的行為很不檢點。

因此在二十九官中，也很少有人會主動與海澤斯塔接觸。除了西亞卡自己，他還沒看過有其他人會當面對海澤斯塔說教。

即使自己的年齡比對方小一輪，但不知為何，西亞卡卻變成了這樣的角色。

「再說了，海澤斯塔閣下，您到底在這個大白天做什麼呀？是在工作還是在玩樂？我每次都得花很大的工夫找您耶！」

「唔，我也有很多自己要做的事啦……這場六合御覽一定會很有趣。」

「現在不是該感到有趣的時候！」

——淵藪的海澤斯塔其實屬於凱特陣營，正暗中在檯面下活動。這件事此時尚未公諸於眾。

在西亞卡看來，他只不過是一個懶散的男人。

西亞卡兩隻手撐在桌上。

「就算你不是擁立者，也請認真一點！六合御覽是非常重要，關乎黃都今後命運的認真活動！」

「也關係到你出人頭地的機會嘛。」

「對！啊，不對！我、我只是覺得，因為是王城比武，所以得比平時更需要注意紀律！然而夏魯庫卻未經我的允許就出門，還有像你這樣的不良分子……」

「哦～你希望勇者候選人也會聽從你發號施令呢。」

「是的！不，不是那個意思！啊啊，真是夠了！」

「你真是個標準的庸俗之人耶。」

照理來說，現在不是被海澤斯塔這樣的男人煩擾的時候。眼下的問題在斬音夏魯庫的身上。不僅要管住夏魯庫，還必須挑戰那個傳說中的英雄，地平咆梅雷，並且打敗他。思考實行手段的責任就落在擁立者西亞卡自己的身上。

「……哼哼哼哼哼哼。」

「您在笑什麼……」

西亞卡對著桌子低聲呻吟。這是世上從未有人經歷過的戰鬥。沒有人能指點他該怎麼戰鬥。

「我……到底該怎麼做啊……」

「誰知道呢。」

海澤斯塔大大地打了一個呵欠。

「總之呢，對決場地的事你做得還不錯。照這個步調就好了。」

「……？」

這或許是他感受到的第一個異樣感。

畢竟在這個時間點，第七戰的場地協商根本還沒有開始。

◆

直到一個大月後，西亞卡才知道情況有所好轉。

他這時正在辦公室與部下交談。

「話說回來，西亞卡大人。第七戰似乎已經決定在多蓋耶盆地舉行了呢。」

「咦……」

多蓋耶盆地位於黃都的南部，是一個小型的火山遺跡。

整塊大地如同競技場般凹陷成圓形，高聳的岩石環繞著平坦的大地。

確實，如果對手是地平咆梅雷，多蓋耶盆地無疑是最有利的戰鬥地形。西亞卡自己也打算以多蓋耶盆地作為對決場地。

（對決場地的討論已經開始了嗎？）

當然，西亞卡不記得自己曾與梅雷的擁立者——空雷卡庸進行過這樣的討論。別說正式的協議，就連個人的口頭保證都沒有。

「這個消息，到底是誰說的？」

「呃，也不是誰說的，大家都在談論。難道不是嗎？」

「……我還沒有達成對決場地的協議。」

「這樣啊？那可能是誰搞錯了。雖然說如果是選在多蓋耶盆地，夏魯庫就能處於極為有利的地形。」

就像馬里荒野那樣，那是距離黃都市區很遠的對決場地。雖然戰鬥區域很寬廣，但由於包圍四周的隆起地形，無法為梅雷的狙擊取得足夠的距離。

（對我來說，最有利的發展是讓空雷卡庸同意這個對決場地……畢竟夏魯庫的速度遠超過梅雷那個緩慢巨大身體的箭矢，能在瞬間從起始位置殺進弓箭的攻擊範圍之內。這樣一來，在對決開始的同時就能獲得決定性的優勢。）

能讓像地平咆梅雷或冬之露庫諾卡這種超出規格的巨大身體進行戰鬥的場地，只有馬里荒野和多蓋耶盆地。如果是這樣，西亞卡倒也能理解這個傳聞。八成是有人在對第七戰的場地擅自做猜測。

（……既然如此，我能不能利用這個傳聞呢？）

對西亞卡來說，這個事實也許就是第二次幸運。

他向帶來這個傳聞的部下提議。

「你能不能將這個傳聞說給更多的人聽？」

「啊……？可是對決場地還沒有決定好吧？」

「所以才要這麼做。既然那是對我們有利的對決條件，我們就把它當成既成事實不就好了。等到對決場地已經決定好的傳聞開始流傳，下一步就是關於觀眾席數量的傳聞。等到那些傳聞廣為傳播，下一步就是對決時間的傳聞。如果商店和市民真的相信了那些話，形成讓對決辦在多蓋耶盆地的民意趨勢——那麼就算是那個卡庸也無法後退。只能同意我方要求的對決條件！」

距離在協調室協商條件還有非常充足的時間。

在那之前他要清除障礙，從對決之前就封殺地平咆梅雷。

（這可能有機會成功。）

西亞卡心中湧現意料之外的興奮。

他覺得剛才說的那個利用傳聞的策略應該不算差。如果成功，就可以獲得決定性的優勢；就算失敗，也不會有任何損失。

最重要的是，這是西亞卡自己憑自己的力量想出來的策略。

（不對，我一定做到。我會……憑著我自己的能力，贏得六合御覽的勝利！）

◆

第七戰場地的傳聞也開始在市民之間流傳開來。

這是保護了賽因水鄉的活傳說，地平咆梅雷的對決。民眾對其的關注度僅次於絕對的羅斯庫雷伊、星馳阿魯斯、駭人的托洛亞等人。只要西亞卡走在城市中，就經常可以聽到這個話題。

那天，西亞卡為了買些小東西而走進了雜貨店。

「您好，西亞卡大人！我已經聽到舉辦王城比武的傳聞了！」

「謝謝！我要買……這三條燈芯。」

「好的好的。雖然我們上個月換了供應商，但是品質可是有保證的，敬請放心……順便問一下，對決場地真的是多蓋耶盆地嗎？」

「不，還沒有決定好！」

每當有人當面詢問西亞卡時，他都是如此回答。他雖然是個庸俗之人，卻也是個誠實的文官。無論如何都不能做出虛假的回答。

「不過呢，再過不久可能就真的會是那樣了。」

因此，西亞卡使用不算謊言的回答來操作印象。

就在市民自發性地散播這種傳聞的時間點，可以說那個未來已經不遠了。

「哈哈。這樣啊。所以還沒有確定呢。」

「難道大家都在這麼說嗎？」

「打鐵的尤地和『閃亮雌鹿亭』的老頭子也都這麼說！畢竟啊，那可是地平咆梅雷的對決，要說不會在意是騙人的。」

「觀戰的座位已經開始賣了嗎？如果有商店在場地還沒有確定的情況下接受預約，我就得去警告他們了！」

「第七戰的座位……這倒是還沒聽說。第二戰的座位好像早就訂滿了。聽說冬之露庫諾卡會出賽，這是真的嗎？嘻嘻嘻！」

（……唔。事情沒有順利到那種地步呢。）

如果有草率的商店已經開始行動，就可以讓對決場地的傳聞變成難以改變的事實。

然而就是因為如此，座位的銷售受到了嚴格的控管。

接受協議結果提交的是掌管商業部門的黃都第三卿，速墨傑魯奇。除非經過他的同意，否則就無法利用商店從外部動手腳。

「不過，那真是太好了。」
「什麼太好了？」
「沒有沒有，我在自說自話！期待您的下次光臨，西亞卡大人！」
傳聞逐漸在市民之間傳開來。一切的進展都很順利——西亞卡是這麼認為的。

◆

決定性的轉機就在距離協商條件還剩下四天的那一天到來。
時間剛過正午不久，正在工作的西亞卡就收到了報告。
「西亞卡大人。我們收到了市民的投訴。他們說有些事情想要直接向您陳情。」
「又來了！是來抗議海澤斯塔閣下的事嗎？」
對西亞卡來說，處理對海澤斯塔的抗議幾乎已成為日常工作。
雖然不知道為什麼，但是來抗議他的人似乎都認為西亞卡是處理這些投訴的窗口，結果導致了毫無意義的迂迴程序。西亞卡決定一定要在下次的會議中提出這種缺乏效率的議題。
「不，不是。是西亞卡大人您的。」
「你說什麼？」
「他們是來對西亞卡大人抗議。」

西亞卡頓時說不出話。

他隨時都在聽取轄地內農業相關人士的意見。按照體制，除非情況非常緊急，否則相關人士不會直接來找西亞卡陳情。

那麼，在六合御覽即將舉行的此刻，會有那樣的緊急狀況發生嗎？

難掩困惑的西亞卡走向了會客室，幾位婦女已經坐在那裡了。

「讓您久等了。我是第十九卿，遊糸的西亞卡！前來聆聽各位的意見！」

「感謝您在百忙之中抽空招待。我是東北六區的區長，杯堂的尤巴露庫。」

當西亞卡才剛坐下，一位身材纖細的中年婦人就以略微快速的語調做了自我介紹。

西亞卡感到相當頭痛。雖然部分原因來自於這個處理投訴的場合，但也因為對方是西亞卡很不想遇到的人物。區長代表著負責區域所有的居民的意見。如果區長直接前來陳情，就算貴為黃都二十九官，也不能忽視他們。

「我不想用開場白來占用您寶貴的時間，所以我就直接進入主題。西亞卡大人，您對於真業對決這件事有什麼概念？」

「概、概念……是什麼意思？」

「我要問的是，在不公平的條件下戰鬥，有辦法讓雙方展現出真正的本事嗎？」

「啊——妳要說的難道是第七戰的……」

「沒有什麼難道不難道的。西亞卡大人，將對決場地設在多蓋耶盆地的人就是您吧？大家都是這麼說的。您的對手是地平咆梅雷吧？保護賽因水鄉，擊落那個微塵暴，世上無人不知無人不曉的英雄。您該不會打算在他一箭未發的情況下就將他打倒吧？」

中年婦女重重拍了一下桌子，企圖威嚇西亞卡。

（……可惡。要不是我太年輕……）

他心中有些氣憤。如果坐在這裡的是哈迪或傑魯奇，她一定不會這麼做。

海澤斯塔的那些事也是一樣。到頭來，對於市民而言，西亞卡就是個比較容易抗議的對象。

所以西亞卡才會經常遭遇這種吃虧的狀況。

但不管怎麼說，西亞卡仍然想著該如何回應這樣的投訴者。

「請冷靜下來，尤巴露庫女士！您這樣對嗎？對決的條件都還沒有確定好。您只憑單純的流言就來找我——」

「那不重要。」

「咦？」

「那不重要！這件事是大家的共識。」

中年婦女將塞滿紙張的袋子丟在桌上。

紙上蓋了各式各樣的印章圖樣——那是投票印章。黃都的每個戶籍都有其獨特的印章，只要蓋了這種章，就代表贊同上面記載的意見。

「這、這麼多……那個袋子裡面全都是嗎？」

「還有兩袋呢！你是二十九官對吧？你有傾聽市井小民的聲音嗎？在多蓋耶盆地進行對決，明顯就是不對的！」

「我已經說過……事情還沒有確定……」

「請您聽好了，西亞卡大人！在這個六合御覽的重要時刻，我們是為了避免你蒙受舞弊的嫌疑，所以才會前來提出這些建議！」

西亞卡輕輕按著額頭。這個人根本沒辦法對話……不對。

即使她的原本認知有誤，她仍然堅持著己見。

也就是說，她正在強硬地要求撤銷不合己意的對決條件。

（開、開什麼玩笑……！這種事……她以為我會答應嗎……！）

的確，地平咆梅雷的武藝首次展現於公開場合的事實，無疑是六合御覽的一大賣點。而對手斬音夏魯庫只是個無名小卒。市民會有一面倒的支持聲浪，或許是理所當然的結果。

——然而，真業對決的意義絕非那種供人觀賞的表演。

雙方必須在達成共識的條件下傾全力戰鬥。只要雙方有共識，那麼每位勇者候選人都應該對這些條件負責。這是理所當然的。

「……我完全理解您的感受。我會認真考慮的！」

西亞卡擠出一個微笑如此回答。

那位中年婦人在抱怨了一番之後，終於滿意地離開了。

西亞卡不是第一次應付像她那樣的對象。就算身處二十九官這樣的高位，只要是統治民眾，就必須忍受這種無理取鬧的行徑。

……不過，她的話讓西亞卡很在意。

（大家都是這麼說的？）

回到辦公室的路上，西亞卡停下腳步思考。

（我的確……下令散布第七戰的場地已經決定好的消息。但市民們是怎麼看待這個消息的？他們是如何談論這個傳聞的……）

原本像一根小刺的不安頓時膨脹起來。

這是大家的共識。意思不就是所有人都「希望不要那樣」嗎？避免你蒙受舞弊的嫌疑。意思不就是「我有違規行為」嗎？

（那個時候……雜貨店老闆說了什麼？）

——不過，那真是太好了。

他的意思不就是為對決場地沒有設在多蓋耶盆地而感到慶幸嗎？

不知不覺間，他掉頭離開了走廊。

有必要正確把握流傳於市井中的傳聞內容。

◆

那個晚上，斬音夏魯庫罕見地回到了自己住的地方。

「是你啊，西亞卡。你來得正好，不好意思，這是我第一次要找你幫忙。」

「……夏魯庫。」

地上躺著幾隻空酒瓶。

夏魯庫興味索然地看了那些酒瓶一眼，然後把視線移回西亞卡身上。

「出了什麼問題嗎？」

「不關你的事……」

從結論來說，他的擔憂全部成真了。

那些投票印章的數量一點也沒問題。市民對於明顯對夏魯庫有利的對決條件感到不滿。他們只是在西亞卡面前沒有說出口。然而在私下談論第七戰的時候，就能聽到關於西亞卡的私下交易和暗中操作等各式各樣的負面猜測。

（……明明只要稍微查一下就能知道這種事。我明明已經做好對策……我……還以為自己是經過了深思熟慮，然而卻沒有看清楚整件事情。我太膚淺了。這是我的失敗。是我的……）

當多蓋耶盆地的謠言突然出現時，西亞卡盲目地投入了那種幸運的懷抱。卻沒有思考這會帶來什麼後果。

他這位擁立者已經了解斬音夏魯庫的實力。但是黃都的大部分民眾抱以期待的，卻是地平咆梅雷。

當時應該做的，應該不是散布傳聞，而是用盡所有手段去消除它才對。

「我可以繼續剛才的話題嗎？」

「……」

「就選馬里荒野作為第七戰的場地吧。不要多事。」

「……！連你也這麼說！夏魯庫！」

選馬里荒野為對決場地。這是他今天聽到的第幾次這種話了。西亞卡狠狠地拍了一下桌子，大聲喊道：

「請你認真一點！這麼做就像是放棄勝利啊！」

「你這話有點奇怪。好像有人才說過什麼勇者候選人的格調之類的話吧。」

「……無聊！是不是酒館裡的那些無賴說了你什麼？所以你就抱有無謂的堅持，硬是要挑戰一定會輸的戰鬥？決定對決條件的是擁立者！就是我！你、你這個勇者候選人……請不要對我這個擁立者指手畫腳！」

「那不重要。」

白槍的槍尖壓在了西亞卡的喉嚨上。

對其他事物都感受不到價值的死人。無法與他進行交易的男人。

「無論對象是酒館的無賴，還是路邊攤的老闆，我都無法忍受被人瞧不起。我這個已經死去的人，還保有什麼其他東西嗎？」

「嗚……咕……」

「除了無謂的堅持，我也不知道自己還剩下什麼。」

勇者候選人必須雙方達成共識，才能談妥決定對決條件的協議。

實務上來說，是由他們的擁立者，也就是二十九官，以代理人的身分進行談判。這裡會考驗他們的能力。

然而……如果發生了候選人自願處於不利條件的狀況，那麼西亞卡就無能為力了。

「我……我想！我想，斬音夏魯庫！我想贏！我想贏！」

「好啊，我會讓你贏的。」

空洞的戰士看起來彷彿在用那個沒有表情的頭骨露出笑容。

「我會與全力以赴的對手戰鬥，讓你獲勝。」

◆

在協議條件的那天，空雷卡庸現身於進行一對一談判的協調室中。

那是一個只有一隻手臂，五官端正的男人。他看到憔悴的西亞卡後說了：

「那麼，我們就趕快把事情處理掉吧。」

「……」

卡庸坐在對面的座位上，提出了條件。

「市民之間好像都認定場地將設在多蓋耶盆地。讓大家感到混亂也不好，所以我們也同意那個條件——」

「嗚……嗚嗚。」

西亞卡對敵人的無情手段深深感到恐懼。

以羅斯庫雷伊為首的許多人都避開了與具有明顯近戰弱點的地平咆梅雷對戰。那是因為他們更想避免與梅雷的擁立者，空雷卡庸交手。他不需要使用派系的力量或龐大的財富，只需在摸透對方應對能力的情況下，以最小的謀略達成目的。

西亞卡被迫面對最難纏的對手。

「那個……我不接受，這樣的條件……！」

西亞卡被迫親口說出這些話。

僅僅消除傳聞是不夠的。還應該調查源頭。

誰是最早散布有關第七戰的謠言的人呢。

細細體會著自己與對手之間實力差距的西亞卡，只能說出那句話。

「地點選在馬里荒野……我方希望……第七戰，開場時雙方保持在……適合弓箭射擊的距離……！」

「啊，這樣喔。謝謝。」

第七戰。斬音夏魯庫，對決，地平咆梅雷。

◆

原本不可能存在於此地的寒流輕撫著聚集於遠處的觀眾。

即使是聽過第二戰內容的人，在看到這種不可能的景象時，也都吃驚地說不出話。

這裡是馬里荒野。

然而原本平坦的地形像是波浪般起起伏伏，曾經乾燥龜裂的大地岩石地質已經凝縮起來，而足以改變氣候的寒氣仍然殘留於此。

然而，今天他們所看到的，並非冬之露庫諾卡的戰鬥。

在第二戰裡，兩名史上最強的終極龍族對峙的這座山丘上，現在有另外兩名人物正等待對決開始。

其中一人，即使不使用望遠鏡也能輕易分辨出來。巨人，地平咆梅雷。他的體格在同族之中也是特別地巨大，其身高隨隨便便就超過了二十公尺。那是一具高聳入雲的巨大身軀。

另一人應該已經站在山丘上了，但還沒辦法看到。斬音夏魯庫與普通人的身高無異。據說擊殺在黃都無人不知的傳奇英雄，漆黑音色的香月的那位傭兵，正是斬音夏魯庫。

雙方的開場距離與第二戰中，星馳阿魯斯和冬之露庫諾卡的開場距離相同。那是考慮到龍族的飛行速度而設定的間距，然而與梅雷的箭矢最大射程相比，那也是短很多的距離。

在對決開始的前一刻，空雷卡庸在地平咆梅雷旁邊，拿著望遠鏡觀看。

「斬音夏魯庫在那邊啊。你看得見嗎？我看不見就是了。」

「啊～你是說像一塊破布的那個傢伙嗎？太小了，看不太清楚。」

「請你認真點打喔。你的對手可是比漆黑音色的香月的子彈還快。不過關於詳細的內容，我沒有幫你查。你要自己好好看清楚再打。」

黃都第二十五將，空雷卡庸。這場馬里荒野的對決就是他安排的。

但是在這個第七戰之中，除了以情報戰引導對決條件，他沒有做出更多的行動。雖然他可以做到更徹底的暗中操控，但是他並沒有那麼做。

（若是那麼做，那就不對了。）

卡庸在這場黃都的政治鬥爭中，並不屬於任何主要派系。他既沒有加入羅斯庫雷伊陣營，也沒有加入哈迪陣營，而是出於自己的考量參與這場六合御覽。

利用地平咆梅雷阻止微塵暴的作戰，也是為了這個目的的布局。卡庸活用作戰成功的巨大功績，與所有陣營都締結了互不干涉的密約。代價是梅雷必須負責進行讓六合御覽得以成立的最低限度「正常」對決。

這也是卡庸陣營的期望。

（不能讓梅雷在沒有他人的見證下獲勝。）

地平咆梅雷站在那裡，緊盯著敵人。

他展現出的威嚴與氣勢，與卡庸所認識的他判若兩人。

「你要贏喔，梅雷。」

「你以為你在跟誰說話啊。我會讓你大吃一驚啦。」

「……呵，我會支持你的。」

◆

在與梅雷相反方向的土丘上，斬音夏魯庫與遊糸的西亞卡正在做著開始戰鬥的準備。

矮小的西亞卡一邊抖著被馬里荒野的冷風凍得打顫得身體，一邊呻吟著：

「他……他看著我們。」

站在對面的地平咆梅雷的身影清晰可見。進入戰鬥狀態的梅雷直直地看了過來。這意味著，他們現在處於無法避開的死亡射程範圍之內。

「應該躲得掉吧？就算離得這麼遠，我還是感覺得出來他的準頭已經瞄向了這邊！只要對決開始，他就會在同一時間射擊！梅雷的視力是很特殊的！」

「我知道。閃開。」

敵人一定也已經看到比豆子還要小的夏魯庫的身影了。夏魯庫接受了這個不利的條件，但他絕不是小看梅雷的力量。事實正好相反。

正因為對手是地表上最擅長遠距離戰鬥的高強對手，手中只有一把長槍的他才能在梅雷的攻擊範圍之內戰鬥。

（——或許，這次就能搞清楚我究竟是什麼人。）

斬音夏魯庫，很強。但是他並不明白自己為何會如此強大。

他知道他必須與什麼進行戰鬥。這是唯一確定的事。超越於魔族之上……這個世界裡的某個人為了打倒沒有這種強度就無法戰勝的某個東西，而製作出了斬音夏魯庫。

那東西可能是「真正的魔王」。也可能是其他與其一樣強大的東西。或許，地平咆梅雷就是這樣的存在。

因此，他一直以傭兵的身分戰鬥。

他賭上了自身的所有存在，不斷與那些接近其根源的對象戰鬥。夏魯庫覺得，比起得知「真正的勇者」的名字，那種行為似乎更讓他接近自己深切追求的真實身分。

在這種情況下，他不是勝利，就是死去。

「……必須要贏才行。」

西亞卡在夏魯庫背後低聲喃喃說著。

「如果無法獲勝，固執與自傲就都沒有意義了。不是這樣嗎，夏魯庫！」

「……閃開。你會被箭矢射中喔。」

西亞卡所說的是對的，夏魯庫是這麼認為的。

如果不拚命去戰鬥，他的期望就無法實現。而一旦輸了，就什麼都不會留下。答案只存在於真正的生死關頭後面。

「你還想讓我說第三次嗎？」

這已經超脫了常軌，連斬音夏魯庫自己也明白這一點。

「……」

夏魯庫要礙事的西亞卡離開。因為無論在這片廣大荒野的什麼地方，只要在梅雷的視線範圍內，就有著死亡的危險。尤其是夏魯庫等一下的身旁位置。

「……好了，來吧。」

留在原地，只有冰冷的孤獨。

他橫擺那把醒目的白槍。相對之下，梅雷的弓卻像是黑暗般的黑色。

在第二戰時，用來當成日晷指示對決開始的土柱，已經在那場激烈的戰鬥中損毀。

一陣寂靜流過。

用來代替砲聲的煙火，宣告了對決的開始。

（——來了。）

可以看到梅雷在淡藍色的空中舉起弓的模糊動作。遠在主觀時間的那一刻之前，夏魯庫切換了成急奔的姿勢。

他把穿了兩件的破衣脫下一件，往後丟掉。那是只有安慰效果的誘餌。但如果能以此引開對方的注意，那麼想要在這麼遠的距離下追蹤夏魯庫的本體，就變得不可能了。

隨著加速的開始，斬音夏魯庫化為一道拖曳的軌跡。

那是常人連他的樣子也看不到，生命體無法達到的神速。

（已經來了啊。好快。）

在追趕著速度的思考之中，夏魯庫辨認出了那個。

箭矢。梅雷所射出，宛如一座逼近高塔的質量。

（他沒有被誘餌引開，還跟上我的速度。已經在二十步的範圍之內。七步。現在——）

空氣中響起落雷般的哭號。

一枝大得駭人，正在沸騰的土箭通過了夏魯庫的所在位置。

其貫穿大氣的速度過快，土地因隔熱壓縮的高溫開始燃燒。它不過是通過地面，被龍息（dragon breath）凍結的大地就連同岩盤一起融化。

刻下的溝壑畫出一條直達地平線的整齊直線，這意味著，即使在箭矢命中大地之後，其軌道仍然沒有受到任何阻礙，繼續在地面刻下破壞。

「……喂喂。」

躲到稍微偏離射線的地點的夏魯庫重新認識了敵人的強大。

他看得見軌道。看得見命中的瞬間。就連迴避也不是不可能的事。

然而其威力實在太過怪物了。他半是傻眼，半是感嘆地脫口而出：

「難道他想火葬我嗎？」

梅雷透過這一擊展現出的真正可怕之處，不是必殺的破壞力。

而是從遠到看不清對方的距離，在不會被誘餌引開注意的情況下，正確地看見斬音夏魯庫的行動……甚至計算了那種超乎尋常的移動速度，預先射擊夏魯庫將會抵達的位置。

（我本來就提防著他會不會依照我的速度做出反應——如果什麼都沒想就直接行動，剛剛那一擊就會讓我完蛋了。）

第一次與梅雷拉近距離的那個移動並不是夏魯庫的全速。所以在攻擊命中的瞬間，他能以更高的速度閃過必中的狙擊。

夏魯庫的速度與他的移動慣性大小息息相關。再說他也知道面對巨大箭矢所帶來的壓倒性攻擊範圍有多麼大，些許的路徑改變無法起到躲避的效果。

他必須以純粹的速度超越比雷電更可怕的災害。

（從這裡望去，可以看到三個地形起伏點。如果我能躲到它們後面，至少可以擋住他的視線。他現在正在搭箭……那枝箭是用工術製造的。他的射擊有間隔。如果利用地形起伏掩護，並且以最快速度移動——兩箭。只要撐過兩箭，就能直達喉嚨。）

夏魯庫的思考具有與他的動作同樣異常的高速。他可以仔細觀察到梅雷搭箭的過程，但是在其他普通人眼中，那是不到一次呼吸的短暫瞬間。

地平咆梅雷。曾經拯救賽因水鄉的人族英雄。

然而從這個距離望去，他不過是個使用著可以輕鬆毀滅射程內所有物體的力量，長得像人的災禍機構。他能撼動大山，殺害生命。

雖然他的體型巨大，卻因為距離遙遠，無法辨識動作的細節。

相對之下，梅雷應該可以看清楚夏魯庫的每一個準備動作吧。

就連現在這種準備衝出去的起始動作也是。此刻，弓射出了箭——

就在此時，夏魯庫的移動方向調轉了。

他在看到箭矢射出之後，並沒有朝接近對方的方向移動，反而遠離了梅雷。

「你到底在做什麼啊！」

遠處，從馬車內監視戰局的西亞卡情不自禁地叫了出來。

與擅長遠距離戰鬥的梅雷拉開距離，這是小孩子也能理解的下下策。完全違背了常規。

破壞的線條再次舔舐著地面。

儘管它一邊揚起凍土的砂石，一邊刻劃下破壞的痕跡，但是那道攻擊理所當然地打不中以怪物般的瞬間爆發力偽裝行進方向的夏魯庫。

「……你能把我看得一清二楚嗎？」

這是第一步。夏魯庫對聽不見自己說話的敵人放話。

「看得愈是清楚，應該就愈容易被假動作所騙吧。」

在將白槍插入地面煞車的同時，夏魯庫並未將視線從梅雷的身上移開。

觀察敵人的第一個動作，看到後再行動，根據其動作來做出應對。

這就是斬音夏魯庫常用的戰鬥方式。只讓敵人先出手，自己再以超高速的思考能力充分進行觀察，那麼無論是什麼敵人，他都能做出完美的對策。

就在這時。

天空同時對三處地點劈下了閃電。

至少在夏魯庫的認知中，他只能這麼認為。

大地在可怕的地鳴聲中炸開，帶著高熱的砂土如火山爆發般衝上了雲霄。衝擊波勢不可當。

「……」

三處地點。毫無疑問地——

那正是剛才被夏魯庫納入移動位置考量的三個地點。

梅雷是將箭矢射向天空，讓箭隔了一會再落到那些地點的嗎？

如果夏魯庫沒有掉頭，選擇避開箭矢逼近梅雷……在避開第一箭，躲在障礙物後方的那個剎那——

（不對。他猜到我的想法並不是什麼大問題。但這是怎麼回事？太誇張了。）

這件事的本質不在於掌握地形趨勢的觀察力，不在於能正確地追隨夏魯庫思考的戰鬥判斷，甚至不在於可以自由操控箭矢落下地點的弓箭精準度。

（竟然攻擊了三個地點？還是用這種威力。）

雙方距離很遠。即使他仔細觀察梅雷射擊的瞬間，以夏魯庫的視力也完全無法掌握他的動作。

就像夏魯庫所能做到的那樣，梅雷也有做出假射擊動作的技術。然而連這點也不是本質。

（——「他射了四箭嗎」？）

很多人都認識地平咆梅雷。他是地表最強大的弓箭手。

他每次都能用那無比精確且又猛烈的射擊，一箭射殺目標。

因此，誰也沒有想像過。

地平咆梅雷，其實能連續射擊。

◆

斬音夏魯庫的速度，比地面上其他任何存在都還要快。

就算是直到遙遠地平線的距離，他都能像是穿過庭院般迅速抵達。在這場戰鬥中，這個事實並未改變。

只是失去了意義而已。

（好遠。）

夏魯庫測量著到達梅雷的距離。要穿過多少的生死關頭，才能抵達地平線附近隱約可見的地平咆梅雷的腳下呢。

在現在這場戰鬥中，距離與速度都不能構成「遠」的定義。

只有一個衡量尺度。那就是在抵達之前，夏魯庫需要閃避多少次的攻擊。

分隔夏魯庫和梅雷的廣大空間，無一例外地全都成了死亡地帶。

他「最少」能在一口氣的時間裡連射四箭。在夏魯庫抵達對方所在位置之前，梅雷能射出的箭矢數量現在至少應該估為五倍。

（不對。沒有可以擋住他視線的地方了，必須多估一點。可以逃的位置愈來愈少了。）

在他有這個想法時，夏魯庫已經開始奔跑。雖然或許來不及了。

被天降箭矢打穿的掩護地帶已無法使用。那裡成了連正常的立足之地都沒有的黑暗深坑。

那三處地點的砂土如火山噴煙般竄上天空，還沒有完全落回地面。

他有著想躲在那種煙塵後方的衝動。

（——我知道喔。那是陷阱吧。）

在神速奔馳的夏魯庫視野中，左右兩旁的景象如同麥芽糖般融化。

他遠遠看見梅雷正在將下一枝箭搭在弓上。加速。無論是腳步，還是思考。

即使以塵土遮擋視線，那也不是真正的掩護。梅雷擁有隨意地射擊也必定能擊殺目標的攻擊範圍。如果他射穿煙霧，一擊就可以消滅掉夏魯庫。

奔跑。不斷奔跑。夏魯庫還有可用的策略嗎？

不用躲入塵土之中接近對方的方法，而是在躲進去的瞬間迅速回頭閃避。

留下誘餌隱藏本體，賭看看梅雷會不會找不到自己。

太普通了。

——就算不用瞄準，地平咆梅雷還是很強大。這一點無庸置疑。

如此廣大的攻擊範圍和攻擊速度，再加上超絕的精準度。他的這些戰鬥技術根本就多過頭了。

在沒有敵人需要他使用這些技術的賽因水鄉裡，實在很難想像他究竟是為了對抗什麼樣的存在而累積這些鍛鍊。

除了以直線拉近距離以外，夏魯庫沒有其他選擇。他必須使出超越全速的速度。不停地奔跑。

就算他做了這麼多的思考，對於夏魯庫以外的一切而言，也只是經過了剎那的時間。

（他沒有對我射箭——）

摧毀安全地帶，揚起砂土，還展示了他至今未曾展現的連續射擊這張王牌，梅雷停下了夏魯庫的腳步。讓他再次陷入思考，重新起步之前出現一瞬間的空檔。

梅雷並不是沒有射箭。

在讓超高速的夏魯庫停下腳步的那段時間，梅雷「已經射出」箭矢了。

夏魯庫在加速之中，抬頭仰望蒼穹。

他看見了一整排閃閃發光，令人恐懼的白晝之星。

（和剛才一樣。垂直貫穿地面的連續射擊。這個傢伙——）

箭矢接連朝前方的大地落下。連續不間斷的七箭。

夏魯庫在臨死前變慢的時間中辨識出了那些軌跡。或許，早已是個死人的他一直都只能看著那樣的世界。

夏魯庫主動衝向了流星群傾瀉而下的死地。

唯有在生死的夾縫之中，才能獲得追求的事物。

他大幅往前傾。動作極為流暢、犀利。

（竟然想切開地面！）

梅雷把剛開始時，事先預測到三處躲藏地點而做的連續射擊變成了他的布局。其真正的目的，是將這三處的凹洞連結起來——藉由打穿地面的破壞，在馬里荒野上製造出絕對無法跨越的斷崖。

「創造」出封鎖敵人的接近，只有自己能單方面攻擊的地形。到了那個時候，夏魯庫將會完全失去勝算。這個無法被推翻的戰術冷酷地令人生畏。

而且，這甚至不是一開始就制定好的戰術。而是透過足以與夏魯庫的機動力匹敵的判斷速度，在看到夏魯庫拉遠距離的那個行動之後才能做出的必勝策略。

（——該死的怪物。地平咆梅雷，這傢伙太可怕了。）

如果沒能在他切開地形前趕上，就會死。

如果被破壞之雨直接擊中，就會死。

就算跨越死亡斷崖。如果無法逃出破壞範圍，就會死。

奔跑。前傾。多壓低一點身體，再快一點。

夏魯庫是骸魔，可以做到常人骨架無法做出的變形。比方說，他可以瞬間將左右手臂連接在一起，延伸長槍的攻擊距離。在他的骨架上，無論是肋骨、腰骨，甚至是頭骨都有著可動的關節。讓他能流暢、犀利地活動。

——雖然其速度已經超越了知覺，誰也辨認不出他的樣子。不過那個外型很像是「彼端」的飛機。至少，那不是人類該有的外型。

極致的前傾。像野獸般以四足疾馳的夏魯庫，把頭骨、白槍收納在自己的肋骨內側。將骨架的縫隙併攏以隔絕氣流。讓整體外表變成了銳利的流線型，切開聲音的屏障。

現在的斬音夏魯庫自己就是一把長槍。

光從天空落下，貫穿並炸開了地殼。右前方。

墜落的星星接連落地，企圖切開大地。

兩箭。三箭。四箭。

很近。落地的箭矢愈來愈靠近他。他也靠了過去。

五箭。六箭。

夏魯庫以垂直的角度與緊貼至身旁的破壞交錯而過。

此刻。他越過了切割大地的死之線。

（還沒完。）

第七枝箭就落在他的身後。破壞緊緊追趕著他。

即使沒有直接命中，他仍然置身於箭矢的破壞半徑之中。

他隔著飛舞的岩石看見了地平咆梅雷的身影。對方維持著剛射完箭的姿勢。弓上已有另一枝箭。

夏魯庫穿過成排落下的破壞之箭的最後一道狹窄縫隙。

梅雷不可能沒有料想到這種可能性。「第八箭」從前方直逼而來。

「原來如此。」

梅雷他——從這場戰鬥的開始時就一直做出有如刨挖大地的射擊。

因為只要站在射擊的軌道上，無論站在何處，那種描繪出線條的破壞都將成為致命的攻擊。

他明白面對於地面戰中擁有超乎常理機動力的斬音夏魯庫時，想要單獨狙擊他是不可能的事。

第八枝箭摧毀夏魯庫前方的路，逼近到他的面前。

夏魯庫被切開地形的箭誘導至此，而那枝箭就是完全堵住其退路的直線破壞。

地平咆梅雷是弓箭手。

面對無法一擊解決的敵人時，他知道如何用攻擊來迫使獵物走投無路。

夏魯庫抓住從後方飛來的一塊大石頭。

踩著地面，高高跳起，在千鈞一髮之際躲過第八箭。

他非得這麼做不可。

「打從一開始，這就是……你的……！」

——梅雷一直重複著線性的破壞，而非針對單點的攻擊。

這是為了不斷讓夏魯庫意識到，空中是他最後可以逃往的位置。

夏魯庫跳了起來。即使是超高速的槍兵，也無法在毫無立足之處的空中進行閃躲。

等在那裡的，是對準空中一點的第九枝箭。

◆

稍微倒回一點時間。來到夏魯庫掉頭後退，三枝箭剛落在大地的那一刻。

梅雷不等夏魯庫做出下一步行動，就朝天空射出了七枝箭。

一箭配合夏魯庫高速移動的起步動作。一箭被掉頭躲開。三箭破壞了地形。

然後現在，接連不停的七枝箭。

他的動作沒有猶豫，流暢無比。彷彿打從一開始就決定好要怎麼做。

「『梅雷號令於馬里之土（merre io mali）。導管（akovst）。陽光與爪（renterte）。波動（nakotay）。伸長吧（torfarmict）。』」

梅雷吟唱工術，再次製造出像柱子般的土箭。只要還有能受到詞術作用的土，他就沒有彈藥數量的限制。

「喂，梅雷，你不用鐵箭嗎？」

令人驚訝的是，卡庸並沒有逃離現場。

他坐在岩石上，露出淺淺的笑意，觀看著梅雷的戰鬥。

「運送這東西可是花了我不少工夫呢。」

卡庸口中的「鐵箭」，是垂直插在地上的巨大鐵柱。這種能夠一箭阻止洪水的超重量鐵塊，是從賽因水鄉的「針林」中運送出來，用來當做六合御覽的王牌手段。

「我正在集中注意力啦。」

梅雷簡短地回了一句。

從卡庸的視角來看，他根本看不見斬音夏魯庫的身影。看不見那個可以說比塵埃還要小，幾近於無——而且還以超乎人類理解的速度奔馳的對手。

而梅雷卻完全沒有失去對那個目標的追蹤，更甚至能看穿其一舉一動。

（梅雷，你果然強得讓人難以置信。）

七道火焰的線條從卡庸凝視的空中傾注而下。

那些線條就像流星構成的簾幕，擊穿了大地，將大地一分為二。

在宛如世界末日的地鳴之中，卡庸覺得眼前燃燒的光芒看起來無比美麗。

◆

他曾經擊落過龍。

他曾與巨人互相斬殺。

那些現在看起來像神話的戰鬥，在梅雷過去生活的時代卻是理所當然的爭鬥。

他總是樂觀開朗地笑著。為了讓自己隨時都能死而無悔，他傾注所有心力享受瞬間的鬥爭。

若是輸了，他會笑著接受被超越自己的強者擊敗的事實，然後了無遺憾地赴死。

弱者會因為恐懼死亡而哭泣，然而強者會將死亡也視為榮耀的一部分。

地平咆梅雷曾經待在那樣的鬥爭螺旋之中。擁有強大力量，打敗大量敵人的強者會被更強的對手擊敗。或是能掌握地利與良機的聰明人會被更聰明的人擊敗。

據說這個世界的起始種族——龍與巨人都不會因壽命耗盡而死。對他們來說，只有在戰鬥中力竭而亡才是正確的死亡方式。

地平咆梅雷就是在那種螺旋的時代裡一路勝出的戰士。

他對付出生命的行為沒有任何猶豫，然而仍活到了現在。這成為了他的驕傲。而不是過著不斷逃竄、畏懼害怕而掙扎求生的膽小鬼生活。一路經歷鬥爭而存活下來，這件事本身就是他身為最強的證明。

——所以他原本認為，那些不知道什麼是戰鬥的人類聚落應該是微不足道的東西。

馬里荒野。斬音夏魯庫提高了速度，避開對決開始之後的那一射。

好快。即使是梅雷這種能夠辨認出地平線盡頭的一粒樹果，能夠看穿洪水的複雜流動的眼睛，也只能苦苦地緊跟著對方的行動。他只能以預測的方式射擊對方。

「好強。真是個不得了的傢伙。」

梅雷的嘴角微微上揚。那是他在賽因水鄉時從未露出的凶暴笑容。

他取回了那個時候的生活。取回那種鮮明，充滿激情，令他驕傲的生命光輝。他原本以為在賽因水鄉過著平靜日子而失去的那道火焰，如今終於在他的靈魂深處再次被點燃。

（啊啊，那邊的土丘——）

梅雷已經射出了四枝箭。

（——全都很礙事啊。）

其中三枝的目標，是敵人可能會用來接近他的地形。

射向天空的三枝箭，在梅雷對夏魯庫本尊放出那枝箭的片刻之後，將三座土丘從地面上「消滅掉了」。垂直貫通，地面隆起，發生爆炸。

在地平咆梅雷的尺度中，即使是巨大的地形，也只不過是那種程度的障礙物而已。

他用眼睛追蹤著斬音夏魯庫的行動。對方後退。以假動作進行閃避。

對方利用了梅雷在這種距離之下……能看見其所有動作的事實來做到這一點。

「好強。」

他笑了。笑了。

他總是樂觀開朗地笑著。那並不是因為他確信自己能獲勝。

而是對於自己身處於鬥爭螺旋之中的，喜悅笑容。

「好吧，夏魯庫。我就把你連同世界一起撕裂！」

在笑著的同時，他朝天空射出了七枝箭。

梅雷的箭矢甚至可以切開世界，就像小孩子用指頭擰斷黏土那樣。

工術。同時製造出了多枝新的箭。

「『梅雷號令於馬里之土（merre io mali）。導管（akovst）。陽光與爪（renterte）。波動（nakkotay）。伸長吧（torfarmict）。』」

「喂，梅雷，你不用鐵箭嗎？運送這東西可是花了我不少工夫呢。」

「我正在集中注意力啦。」

——原來卡庸還在啊。梅雷在思考的一隅如此想著。

那些事可以稍後再處理。在死鬥中存活的古代經驗讓梅雷的身體半自動地運作。

他已經射出十二枝箭。

無論再怎麼追溯歷史，梅雷也從來沒有對一個目標使用這麼多的箭。

對手既不是龍。甚至不是巨人。是一位無人知曉其真實身分的無名魔族，還是個死人。

就算如此，斬音夏魯庫仍然是與「那段時間」同樣強大的敵人。

是地平梅雷苦苦尋求，不需任何保護，可以全力與之戰鬥的對手。

「真的好強啊，斬音夏魯庫……！」

梅雷射出了第八箭。他已經連看都不用看，就可以瞄準夏魯庫可能會潛入的地面裂口。他搭上了下一枝箭。

梅雷的行動沒有絲毫的猶豫。這些招式，還不足以解決敵人。

因為對方很強。敵人一定會採取最佳的行動。

第八箭留下讓對方逃向空中的退路。他射出擊穿那一點的第九箭。第九箭像是追隨第八箭的影子般緊隨其後。他的動作流暢地有如行雲流水。那兩次的射擊看起來幾乎就像一個動作。

（是你的話。）

他搭上「下一枝」箭。

（應該會更強吧！）

若要閃避射向空中一點的第九箭，物理上應該是不可能的。

但是。萬一，斬音夏魯庫還有任何能在空中抵擋梅雷箭矢的手段。如果斬音夏魯庫是這種對手，梅雷將會非常開心。

第十箭的目標是夏魯庫的落地點。他瞄準了目標。

夏魯庫從地面裂口的沙塵中衝了出來。

他現身的地點，正是第八箭即將抵達的位置。

白色的槍兵跳了起來，避開箭矢。

正如梅雷的預測，那是最佳且最快的回避動作。

「——」

第九箭抵達了空中該處，就像是與他的軌道形成交叉。那是威力強大得無法防禦的箭。

即使他能抵擋這一箭，第十箭也已經將在他的落地處。梅雷製造出下一枝箭。

「『梅雷(merre)號令(io)於馬里(mali)之土。剎(sai)落的荊棘(fartari)。冰海(nemkua)——』」

此時，奇怪的現象發生了。

「『蟲與月（jin a tol）——』……什麼？」

夏魯庫看起來就像「在空中」避開了第九枝箭。

他的跳躍軌道畫出了一條不可能的折線，然後斜前方落下。

因此原本瞄準其落地處的第十箭沒有命中他。

（從來沒看過這種事——）

這是超乎常理的動作。無論是任何飛行能力，或是僅僅踢開瓦礫，都無法解釋在無足夠基底的空中進行的異常急加速。

「『伸長吧（kanderkor）』。」

梅雷結束了工術詠唱。

藉由剛才那種極為異常的著地方式，夏魯庫已經大幅度縮短了與梅雷的距離。他甚至還在空中朝推進的方向加速。

「——哈！從以前到現在……我從沒見過如此的傢伙！」

超高速的奔跑再次開始。在剩下的距離裡，他還能放出多少箭？

「梅雷，那是……」

在一旁觀戰的卡庸看到梅雷製造出的箭矢造型，驚訝地倒吸一口氣。

它不是直線。那是一根宛如中間歪歪扭扭的粗糙樹枝，外觀匪夷所思的奇形怪狀箭矢。

這是一種被稱為「奇形箭」的技術。當然，它不是用於遠距離射擊的箭。

而是用來消滅接近敵人的——

「粉碎吧。」

梅雷將這枝箭射入大地，阻擋夏魯庫的前進路線。

箭矢帶著驚人的旋轉，在地面彈跳扭曲。

它就像一條臨死的蛇，翻滾、刨挖、揚起，粉碎著大地。

那枝殲滅之箭進行著對整個面而非單條線的破壞，讓一切都變回荒地。

然而。

「……！」

梅雷拔起身邊的鐵柱。立即搭上弓，射出。期間連思考一下都沒有。

鐵箭就落在面前，對他所站的土丘造成巨大的破壞。

這是必要的。

為了阻止敵人的腳步。

「……是鐵箭嗎？」

從落地的柱子後面傳來一個聲音。

聲音——那個骸魔接近至可以聽到其聲音的距離了。

「和剛才那些相比，這枝箭還真是有禮貌呢。」

他突破了封鎖所有其生還手段的屠戮連射。

還躲過了第一次見識到，以不規則軌道亂竄的「奇形箭」。

弓箭手視為生命線的距離，此時已被他縮小至無的程度。

那個男人，已經站在箭矢的攻擊範圍內側。就算如此——

他所站立的這個位置，仍然足以致命。

——斬音夏魯庫很強。

比梅雷遇過的任何人，比梅雷所見過的任何災難。

甚至比生活於那個鬥爭螺旋的時代的任何強者都還要強大。

「等你很久了。」

巨人露出冷笑。

◆

瞄準空中的第九枝箭，從夏魯庫的頭頂上方通過。

跳躍之後，他的軌道出現銳角狀的改變。這種緊急躲避是他一直隱藏到這個距離的「最後手段」。

如果地平咆梅雷注意到有這種手段，他應該可以應對。

（太強了——簡直就像怪物。）

後方。第十箭打在原本夏魯庫應該落地的位置上。

若是走錯一步，他將會粉身碎骨而死。

（真可惜。）

只差一點就能碰到了——當夏魯庫再次加速時，他意識到了那點，心中蒙上了灰暗的感情陰影。

地平咆梅雷是一個遠遠超越傳說，遠遠超越夏魯庫期待的驚人之敵。

這份感情的本質，是能夠面對地平咆梅雷與他戰鬥的喜悅。

以及認命。

（只能殺死他了。）

若是不那麼做，就沒辦法擊敗這個敵人。

地平咆梅雷太強大了。就算拉近距離，這個敵人大概還是能使出各式各樣足以輕鬆消滅夏魯庫的絕技吧。

在這場對決中，夏魯庫若要想超越梅雷，唯一的方法就是用超過其反應速度的一擊，確切地了結他的性命。

在他如此思考的時候，周圍的風景已經化為流逝而去的光。

梅雷射出了下一枝箭。

不是連射。兩次射擊之間的間隔異常地長。

面對以毀滅性相對速度逼近的箭矢，夏魯庫試圖理解那種間隔的意義。

他試著進行迴避。

「！」

插入大地的箭卻瘋狂扭動，避開了夏魯庫。

扭轉。飛散。蛇行。毀壞。

（糟了。）

他被包圍了。

那種奇怪的箭以暴力性的胡亂扭動粉碎大地，揚起塵土。夏魯庫的行進方向被質量巨大的岩石堵住，逐漸碎裂的大地上也沒有了立足之處。不僅僅是正面。還有右側，左後方。他必須瞬間判斷出可以讓他繞過去的路徑。

加速到接近極限的夏魯庫從變形的肋骨中抽出白槍，刺穿面前的岩石。以那個刺入點為支點，做了個急轉彎。宛如散彈的岩石暴雨湧向他剛才所站的位置，刨掉所有該處的物體。

（箭，那枝亂竄的箭本體在哪裡。）

即使在高速轉彎時，他也能像接收到連續的靜止畫面一樣辨識眼前所有景象。

夏魯庫確認到箭矢正潛入前方六十公尺處的地面。然而只憑高速的感知能力，他無法預測這種異常的不規則軌道會如何彈跳。

向右，還是向左？還是跳到後方？

他一直讓箭矢保持在視線之中。箭矢以超高速往回反彈，他感覺到了那個初始動作。

（不要被擾亂。只需處理我能看到的狀況就可以了。）

反正，除了視覺以外的感官大概都派不上用場。地面遭到猛擊，碎裂，四處飛散的爆炸聲環繞著夏魯庫。如果不能突破這個地獄，他就會死。

（箭矢已經彈了回去了。我應該追上去才對——追向前方。）

無論是箭矢的軌道，還是湧向他的岩石，不過都是在高速思考之下延長現象的感官知覺。在其他生物的眼中，那是發生在一瞬之間的事。只要找到最佳的路徑，夏魯庫就能立刻脫離這種充滿破壞性平面攻擊的暴風圈。

他沒有使用剛才那種「緊急手段」。相對速度慢於夏魯庫自己的岩石在他的主觀視點裡，看起來就像靜止於半空中。他在空中踩著那些石頭，加速前進。

他落在前方的地面上。該處已經逐漸傾斜，再次讓他認識到剛才那枝箭是摧毀了地形本身的攻擊。

不過，即使是會在轉瞬之間崩塌的地板，在高速的世界裡，仍然可以作為充分的踏腳處。他壓低身體，穿過了逼近的巨岩。

他就像是流竄於神經之中的電流，奔馳於正在崩塌的地面迷宮。

夏魯庫追趕的那枝箭彈向莫名其妙的方向。箭本身並未做出奇襲——

切割地形。連續狙擊。然後是「奇形箭」。

他處理掉了所有射擊。不會再給對方搭上下一枝箭的時間了。

夏魯庫即將抵達梅雷所站的山丘上。他要以最高速度拉近距離，一擊打倒對方。

啪的一聲，一股衝擊襲來。

「……！」

那枝奇形怪狀的箭，掠過夏魯庫的背後。

（怎麼可能。）

那枝箭只是通過他後方五步的位置。並未直接擊中。

然而，以梅雷射出的箭矢威力而言，「那種距離」不能稱得上躲開。僅僅是箭矢通過的風壓，就足以把側身狀態的他的左手臂從肩膀上扯下來。

（從哪裡冒出來的？）

他直到剛才都不斷追蹤著來回彈跳的箭身。那枝箭不可能在瞬間就繞到背後。

到底發生了什麼事？他以高速的思考去理解這個狀況。

「哦。」

他很快就明白了。挖爛後方地面後彈出的箭矢，只是前端部分的碎片。

（扭曲的形狀。亂竄、碎裂。打從一開始——那就是「散彈」啊。）

他沒有時間重新接回手臂。

現在只剩下一隻手。夏魯庫開始奔跑。

「身體……變輕了呢！」

夏魯庫如同逆向的閃電，從底下攀上山丘。他緊握白槍，一直線奔向目標。

就在最後一刻，夏魯庫大幅展開了全身的骨架。

他將長槍刺入地面，以打亂氣流的方式強制減速。

擊中目標。

就在他眼前，一根鐵柱插在地上。

直到最後一刻，梅雷都展現出怪物般的精準度。

或許是因為他在倉促之中連續射擊，箭矢的威力很弱。但即使如此，只憑箭矢落地的衝擊波，就讓他全身骨架的接縫處嘎吱作響。

「……是鐵箭嗎？」

這麼一次射擊就讓山丘上出現龜裂，夏魯庫所站的地面也微微下沉。

那是為了停下對方腳步，阻止其接近而做出的連續射擊。

難道梅雷是為了爭取時間——讓直到剛才還在身邊的擁立者空雷卡庸逃跑，才會用這種方式停下夏魯庫的腳步嗎。

「和剛才那些相比，這枝箭還真是有禮貌呢。」

所以夏魯庫順了敵人的意，花點時間挖苦對方。

「等你很久了。」

梅雷也沒有趁這個機會進行攻擊。

這就是兩位戰力舉世無雙的骸魔與巨人所進行的第一次，也是唯一一次的對話。

「『梅雷號令於薩泰爾之針，動地。』」

就在梅雷進行詠唱的同時，夏魯庫也踏出步伐。

他從鐵柱的後面衝了出來，抵達弓箭的攻擊範圍內側。

——地平咆梅雷，是擅長遠距離狙擊的弓箭手。

在他無法拉開敵我距離的戰場上，他的專長就會受到封鎖。

然而。

那並不意味著他就「不擅長」近距離戰鬥。

「『天之鉤，雨點。』」

即使正在詠唱詞術，梅雷仍握著黑弓，深深蹲了下去。

那是二十多公尺高的巨大重量。擁有足以改變地形的強大力量。以那種巨大的體型來說，他的動作非常迅速。

而不會損毀的黑弓，本身就等同於一枝擁有巨大質量的槌子——

「太——」

巨大的肉塊騰空飛起，那是梅雷的右腳拇趾。

將腳趾撕裂成螺旋的白風直竄而起。

在大量血液浸濕大地之前，絕速的死神已經到達了梅雷的脊椎。

比梅雷感受到疼痛的速度還要快。

目標是脊髓。

「——慢嘍。」

天生的破壞力，壓倒性的速度，超絕的武器，那些都毫無意義。

他不可能意識到。

只要在斬音夏魯庫的長槍能夠到達的距離之內，就不存在應對所需的時間。

因此，那是唯一……

「『綻放吧（lettemiks）』。」

具有意志的速度。

剛才插在地上的鐵柱。那是地平咆梅雷最信任、最熟悉，也最能與之心靈相通的器物。他能立即以詞術與其溝通。

龐大的鋼鐵質量在一瞬之間變質了。

（鋼線。）

鐵柱裂成無數細絲，散了開來。

數量龐大的細長鋼線形成一道浪潮，直撲而來。

就在打出致命一擊的前一刻——攀在梅雷背後的夏魯庫不得不放棄攻擊，進行閃避。那東西不同於子彈或箭矢，絕不可能以骨頭之間的空隙避開。

如果鋼線鑽入空隙中纏住了他，斬音夏魯庫就會陷入無法戰鬥的狀態。

（這傢伙——）

閃避。他越過梅雷的巨大身軀，逃離被擠得密密麻麻的空間。

梅雷從一開始就進行了詞術的詠唱。他不是要用黑弓進行近距離戰鬥，這些詞術鋼線才是他的目的。

（他竟然用自己的身體來牽制我！）

底下是無限擴展的鋼線之海。夏魯庫掛在他刺入梅雷大腿的長槍上，勉強撐在空中。

如果摔下去，就不能動了。而在地平咆梅雷面前不能動，就意味著死亡。

夏魯庫再次撲上梅雷的身體，深深刺入脊髓。或者切斷大動脈。

即使是以手臂掛著的這種姿態，只要利用身體的變形，他就能再次……

（只差，一點了……）

但是就連這種勝算，也在接下來發生的狀況中遭到瓦解。

強烈的衝擊與加速度撞向夏魯庫的身體，他被拋入空中。

原本應該深深刺入梅雷身體的槍尖，在空中空虛地劃出了血的弧線。

夏魯庫快速運轉著思考。他必須搞懂剛剛發生了什麼事。

（梅雷，跳起來了。）

那種難以從外表聯想的敏捷行動將緊緊抓住他的夏魯庫撞飛。

他一開始蹲低身體的動作並不是為了攻擊，而是為了這個跳躍所做的準備。

好高。梅雷此時正從高空俯視著夏魯庫。

從踏入近距離的那一刻起，夏魯庫反而被逼入困境──

（不對。）

他正落向鋼線之海。一邊脈動一邊擴散的鋼線纏住了右臂。封鎖了他擲出手中白槍的機會。

如果左臂還在。如果多給他一點點刺穿長槍的時間。

他沒有在投擲前舉槍的時間。

他沒有切斷鋼線逃脫的時間。

（……不對。）

他沒有分離後重組骨骼的時間。

「……不對……我不可能太慢……！」

遮住天空的巨大影子擺好了姿勢。墜落的夏魯庫所處的這個空中──對於從天空俯瞰一切的梅雷而言，底下所有景象都在殺滅之弓的射程範圍內。

死線，視線。在背對太陽的逆光中，只能看到兩隻眼睛發出的光芒。

因此，他才能以此為靶心。

夏魯庫射出了白槍。

「不過是——」

白光閃過，貫穿了巨人的左眼。

那是比梅雷的弓箭還要快，完全不需準備動作的射出。

緊接著。在低沉的呻吟中發出的箭矢擦過夏魯庫，將他的左腿炸掉了。

然後，它摧毀了大地。

「——遠了點而已！」

巨大的身軀墜落。失去所有武器的夏魯庫也沉入了鋼線之海。

◆

如果你不像我這樣有眼無珠的話——

照理來說所有可用手段應該都被封鎖了的斬音夏魯庫，究竟是怎麼射穿地平咆梅雷的左眼呢？令人費解的事實其實早在之前的階段就發生了。

夏魯庫以異常的空中運動閃過了早已預測到他會以跳躍閃躲的第九枝箭。他既不是腳踢瓦礫

製造反作用力，也不是靠飛行能力，就做到瞬間大幅度地改變軌道。

夏魯庫用於控制空中行動的原理，就是由強大作用力產生的反作用力。

斬音夏魯庫在起跳前抓了顆沉重的礫石，並且將石頭以超高速向後方「射出」。於是他就像「彼方」的火箭引擎一樣，在沒有踩踏點的空中獲得反作用力帶來的推進力。

高速射出緊急迴避用的瓦礫。高速射出分出勝負的白槍。

其真面目正是夏魯庫在此次對決中隱藏的王牌絕招。

在第七戰開始之後，夏魯庫為什麼會當場做出一個令人費解的掉頭舉動？

那不是為了讓對方大意的行動，他的目的不是動作本身。

因為他一開始就知道他要前往的位置有什麼。

——我看到了星馳阿魯斯的寶物。

「希翠德．伊利斯的火筒。」

斬音夏魯庫全身被鋼線纏住，已經無法動彈。白槍也脫離了他的手中。

「……這東西聽說叫這個名字。是星馳阿魯斯的寶物。最後說一下——並不是你的招式輸給了我。」

那是在第二戰裡，當西多勿指示疏散觀眾之前，阿魯斯所使用的魔具之一。

儘管它只是一個連火藥都沒有填裝的普通鐵筒，但是接觸到直筒前端的物體將會立刻像子彈一樣以高速射出。這是一個能將阿魯斯彈射到露庫諾卡吐息範圍之外，擁有超乎尋常威力的魔砲。

從酒館無賴漢的口中獲得第二戰的情報後，夏魯庫想到了兩種可能性——首先是冬之露庫諾卡的吐息直接命中，摧毀「希翠德．伊利斯的火筒」的可能性。

還有一種可能性。當阿魯斯的身體被彈射出去時，「希翠德．伊利斯的火筒」本身也因發射的反作用力而被撞到吐息的範圍之外。

第七戰的場地設在馬里荒野。

如果星馳阿魯斯的魔具仍然插在那裡，那麼能不能利用它呢？夏魯庫預先猜想了可能的位置，從對決開始前就開始觀察山丘下方。因此夏魯庫才能找到它。

這段時間也許無比短暫。但雙方仍舊進行了無限的攻防。

斬音夏魯庫究竟突破了多少生死關頭呢？

如果他沒有為了火筒而掉頭，他會死於對方預判掩護位置而放出的連射。

如果他離開的距離稍微遠一點，他會死於被劈開的地形。

如果蹂躪地面的箭有不一樣的移動方式，他會死於偶然的意外。

如果最後瞄準眼球的那一射沒有命中，他會死於回擊。

「你不站起來嗎，梅雷？」

他看著倒在地上，一動也不動的賽因水鄉的英雄。

他們之間的對話，只有短暫的一次而已。

「……這樣啊。你真是個了不起的傢伙。」

就算如此，夏魯庫也覺得他能理解梅雷的想法。

理解這個男人以什麼為傲，又為何而戰。

夏魯庫轉身離去。他還得找回剛才失去的另一隻手臂。

「那枝槍就送給你吧，地平咆梅雷。」

第七戰結束了。斬音夏魯庫混入夜晚的人群之中。

他往後大概將繼續過著有如社會底層的無賴漢那樣的生活吧。

即使戰勝了比任何人都還要巨大的英雄，他也不需要任何英雄的那種光輝榮耀。

（……有些人渴望成為怪物。他們冷酷無情，不知痛苦和恐懼為何物，就像是……只為戰鬥而活的另一種生物。）

地平咆梅雷，一定就是那樣的人。

他在戰鬥中展現出的樣貌與賽因水鄉守護神的形象截然不同，是化身為修羅的實體化災厄。

那並非出於對夏魯庫的仇恨或憤怒。梅雷應該很享受那場戰鬥。

（我也是「那種」怪物，從來都沒有改變，從一出生就是如此——）

——斬音夏魯庫，究竟是什麼人呢？

「但是，我明白了。」

他喃喃自語著。答案一定存在，就在這個世界的某個地方，就在戰鬥的過程中。

「——對我來說……這場戰鬥確實是必要的。」

戰鬥就是一切。斬音夏魯庫只能做到這麼一件事，然而他絕不是孤獨的生物。這個世界上確實有與夏魯庫同類的存在。夏魯庫應該能透過不斷的戰鬥，了解到他失去的自己真實身分。

透過在這場六合御覽中不斷戰鬥。沒沒無聞，什麼也不需要的他，終於得到了渴望某個東西的心。

還有下一場對決得打。他得去找把新的槍。

也許他還可以買些紀念品給西亞卡。

某個東西落在混入人群的夏魯庫手中。

觸感告訴了他那是什麼。

（白槍。）

那是他應該在戰鬥中丟失的——

有件事比這個事實更加驚人。

就算處於人群之中——世上真的有人可以趁夏魯庫不注意，「將東西塞到他的手上」嗎？

夏魯庫看到了，某個只有到膝蓋高度的東西似乎從他的身邊經過。

那個東西說了。

「……你是艾雷那嗎？」

宛如黏獸的那個身影混入人群裡消失了。

他應該可以追上那個身影。

以斬音夏魯庫的速度，想要追上它、找到它，絕對比在夜空中尋找月亮還要容易。

但是他沒有追上去。

他只是握著白槍，連回頭都沒辦法。

那是個陌生的名字。

在他身為骸魔時的記憶裡，沒有這樣的名字。

「…………………」

◆

第七戰已經分出勝負了。

「……你在睡什麼覺啊？」

卡庸坐到了仍然倒在地上、一動也不動的梅雷身邊。

遠處的觀眾早已散去。

載著夏魯庫和西亞卡的蓬車應該也回到黃都了。

壯烈的生死之戰已然結束，凍土上只剩下一片寂靜。

「你真是個笨蛋……」

黃都第二十五將，空雷卡庸。

這個男人是一位智勇雙全，還在讓他失去一條手臂的激戰中存活下來的名將。但是知道其真正來歷的人並不多。

照亮冰冷地面的夕陽也照亮了卡庸的臉龐。

「為什麼，你不戰鬥呢……你明明如此強大，又如此渴望戰鬥。」

梅雷的弓在馬里荒野的大地上留下了幾道挖掘的痕跡。在這個星球的歷史中，除了地平咆梅雷，還有其他能以弓箭製造出這種痕跡的英雄嗎。

他是個戰士。他離開了賽因水鄉，確確實實地進行了一場戰鬥。

他在所有人面前展現出足以逼退「真正的魔王」的英雄之力。

「真是個笨蛋。」

即使他不是擊敗「真正的魔王」的勇者。

卡庸也希望能驕傲地告訴大家，賽因水鄉真正的英雄就在這裡。

他想讓梅雷展現出全力以赴的戰鬥。展現出地表上最強的弓箭手。

無論其他人玩弄了什麼策略，只要能展現出這點，那就足夠了。

卡庸將臉埋在獨臂之中。

他像那天一樣，背對著梅雷。

「……吵死了。」

有個聲音傳了過來。

「我還沒死耶。你這個小不點別瞧不起人了。」

梅雷……仰躺在地上，不悅地說道。

卡庸望著仍然閉著眼睛的梅雷的側臉，說不出話了。

他扭曲著一張哭臉笑了。

「哈……哈哈哈……你在睡什麼覺啊……」

「那當然是因為很麻煩啊。」

「你果然還可以戰鬥嘛。」

「廢話。這種程度的傷不過就像被根小牙籤刺到。斬音夏魯庫那個傢伙裝什麼帥……誰要這種爛槍啊。」

右腿受到讓他站不起身的重創，左眼被戳瞎了。然而即使受到如此嚴重的傷，身為戰士的梅雷應該還能繼續戰鬥吧。

他應該一直渴望著這樣的戰鬥。卡庸很清楚這點。

他在比任何人都更靠近梅雷的位置，看見梅雷的表情，梅雷心中的熱情。

無論危機有多麼接近，卡庸都有義務親眼見證那樣的戰鬥。

「你是怎麼樣啊？那不過就是小孩說的話，根本不用放在心上……大、大家……都已經把你當成英雄了……」

「哇哈哈哈哈……所以我就說別哭啦，小不點。否則會長不高喔。」

巨人躺在地上伸出了手，用食指輕輕撫摸卡庸。

——即使如此，梅雷還是停止了戰鬥。

雖然渴望戰爭的螺旋，他卻沒有投身於真正的生死之戰。

「梅雷……梅雷……明明就已經是真正的英雄……對不起，梅雷……」

與村民們度過的平靜日子，可能削弱了梅雷吧。

如果他過著整天戰鬥的生活，這兩百五十年來，他是不是就不會感到內心飢渴呢。

如果沒有過去與依莉葉訂下的約定，他還會全年無休地不斷向星光射箭嗎？

不對。一定不是那樣的。

一切都是為了讓梅雷這位英雄變得更強。沒有哪件事是沒有意義的。

「我才不管那麼多。別人說的話……我早就忘記了。所以笑一笑吧。」

他很少唸出那些在渺小人類之中，身材特別矮小的孩子名字。

或許，他是害怕對生命過於脆弱的人產生情感。

……但是他還記得。他一直記得，沒有忘掉任何一個人。

「笑一笑吧。米斯那。」

他總是露出樂觀開朗的笑容。

第七戰。勝利者，斬音夏魯庫。

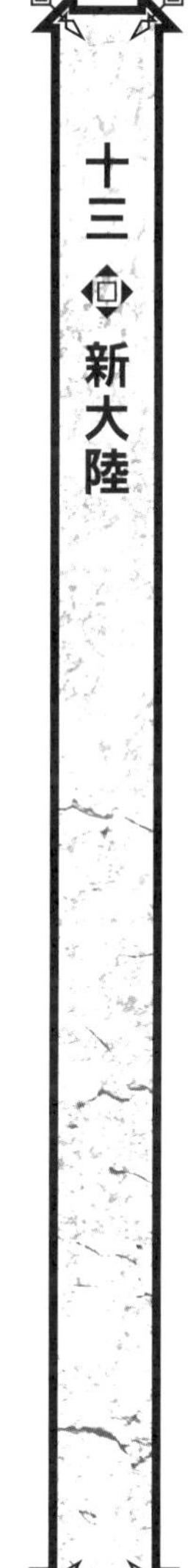

——那是多麼遙遠的過去呢？那是比逆理的廣人再次踏上這片大陸，比「真正的魔王」出現，都要更久遠之前的故事。

那是從這片大陸首次啟程旅行的記憶。廣人和他的夥伴們一起望著大海。

城牆般寬廣的紅色船體，整整齊齊的全新白色風帆。一艘為了航向新世界而造的巨大帆船就在廣人等人的眼前——那是一艘被命名為「智見之門」的船。

逆理的廣人的夥伴不是人類，而是一群小鬼。在這個時代被視為低等害獸而遭到追殺的他們學習了科學，得到智慧和合作之力，最後建造出了這艘「智見之門」。

即使所有人都會斷言那是不可能完成的壯舉，小鬼們仍然成功了。

開拓這片大陸之外的新世界，那是夢想的終點。

「……終於走到了這步。我們已經完成一半的旅程了，廣人大人。」

石塞的蓋澤古·索奇比廣人早到達海邊。他似乎一直在注視著那艘船。

十年前，他不過是一名普通的上級戰士。如今年邁的他成為了氏族的族長。

「是啊。不過，還有一半呢。」

廣人如此回答。他想起了與蓋澤古．索奇的這趟漫長的旅程。蓋澤古．索奇擁有其他小鬼所沒有的才能。他能透過邏輯來衡量得失，並累積對未來的計畫。廣人幫助蓋澤古．索奇打仗，而蓋澤古．索奇也相對地保護廣人的生命。他在氏族中的地位因此逐漸提昇。

「如此一來，我在這個世界上已經了無遺憾了……」

對生命短暫的小鬼而言，短短的十年是一段漫長的歲月。

對於蓋澤古．索奇來說，那可能感覺像是遙遠的往事吧。

「世界……新世界。聽起來真棒。那就是讓我們小鬼——擁有無窮可能性的世界。」

「不，還不夠，蓋澤古老先生。僅僅看到世界是不夠的。你有義務……見證你所引領的氏族繁榮和昌盛。那是絕對會實現的未來。」

「哈，哈，哈……我恐怕活不到那麼久了。我已經活了三十年。如果我能到達那裡，親眼見到那裡的景象……那種回報就太過豐碩了。」

「你可不能死喔～？」

一個女性的聲音插進了他們兩人的對話。

背對著兩人，一雙白皙的光腳在岸邊嬉戲。一頭長長的銀色頭髮，纖細的身軀。

那是一位名為雪地光艾妃莉娜的血鬼女性。

「如果老頭子不在了，可能又會出現想吃掉廣人的傢伙。所以你得嚴加看管，不然我的工作量就會增加了。」

這位名為逆理的廣人的奇特「客人」長期以來一直在吃人的鬼族中打滾。若不是很早就遇見艾妃莉娜這位護衛，他恐怕無法存活到現在。

「我們對廣人大人充滿感謝。您是唯一一個向註定滅亡的我們伸出援手的人……除了我們這個氏族，沒有其他的小鬼曾經與單獨一位人族接觸這麼長的時間。」

「我只是履行了我的承諾而已。我要改變這支小鬼氏族，使你們的智慧與合作能力受到社會的正確地認同。接下來，我要保護小鬼免受人類的威脅。將你們的種族從滅亡危機中拯救出來的不是我，而是蓋澤古老先生的夢想。」

「為何選擇我們呢？」

「因為你們選擇了我。」

「您……選擇了一條困難重重的道路。」

「不會，我認為這樣能讓世界變得更好。」

他們這群遠遠偏離了「彼端」世界法則的「客人」所到達的另一個地方，就是這個世界。

穿越世界之後，廣人最初想要獲得的情報，就是在這個世界的歷史上，是否有過像他這樣的「客人」出現——以及他們最後遭遇了何種命運的紀錄。

於是他得到的其中一個結論就是：想要立刻改革以三王國為中心的人類社會是不可能的事。

那些為世界帶來動盪，超脫常理的存在——熟練運用出眾技術和知識的「客人」，在歷史上經常被視為魔王，最後被人族傾全力剷除。

這個世界的人知道依賴個人的快速發展會給文明帶來扭曲。他們藉由吸收魔王留下的技術和力量的殘骸，而非接納魔王本身，讓這個世界能持續安定發展。

這大概是他們在長久的歷史中，對於「客人」這種外來威脅所培養出，有如抗體的機制。是一種精緻且卓越的傳統，因此很難被突破。

「我只是選擇了擁有可能性的那一方而已。那不是已經安定下來的人類王國……而是繁殖力旺盛，具有社會性，充滿意願和熱情的另一個共同體。對我來說，你們就是這樣的存在。」

「哈、哈、哈，我們只是一群不夠成熟又愚昧的小鬼。就算是我的頭腦，和人類比起來，恐怕連小孩子都不如。你對人類失望，也親眼看到了我們小鬼的愚蠢……要走到今天這一步，對於廣人大人來說，難道不是一條痛苦的道路嗎？」

「……喝，絕對不是！」

廣人露出了無所畏懼的笑容。這並不是逞強，他真的打從心底裡享受著這項偉大的志業。他深愛自己走過的路。

「——蓋澤古老先生，我認為這個世界很美好。我並沒有放棄對人類的期待。而且我也認為你們這些吸收各種經驗的人是真正的智者。這個世界有著遠遠超越『彼端』的可能性！就如同我和蓋澤古老先生能像現在這樣與彼此對話！」

「透過……詞術嗎。對於你這個政治家來說，那就是一種可能性吧。」

「是的，在『彼端』的世界裡，人類無法左右非人類的社會。但在這個世界就不同了。與我聯手的小鬼氏族，按照我與蓋澤古老先生的期望培養技術、學習語言，並且正在尋找新的世界！身為一位政治家，還有什麼比這更愉快的事情呢！這裡有使大家幸福、使大家富足的機會！這個世界需要我們！」

這個世界沒有語言的障礙。「客人」沒有壽命的限制，要進行多麼長遠的計畫都沒有問題。對政治家來說，沒有比這裡更理想的地方了。

與蓋澤古・索奇一同培育小鬼文化的這段漫長歲月也一定不只是用來拯救小鬼。終有一日，那還將幫助許許多多的人。只要人族和小鬼能夠攜手的那一天到來。

「喂！廣人！」

有人從空中呼喚著廣人的名字。那是一隻藍色的鳥龍。

其名為濕鱗的拉西克。

「很危險喔！要是在這個時間點出海！會被深獸整個吞掉！」

「我知道啦。所以我正在這裡等待出航的時間。」

鳥龍這個種族，原本是小鬼的天敵。

廣人與擁有異才，能發掘人類未知航線的拉西克建立合作關係，並且要他承諾不會吃小鬼。

廣人自認為，這是他為這個計畫做出的各種貢獻之中最大的一個。

「一切都靠你了，拉西克。」

「這樣啊！畢竟你們都是笨蛋！一點不懂海嘛～！我還擔心你們已經忘記了這件事，正準備出海呢！話說我餓了！」

「食物已經裝在那邊的馬車裡。日落之前可以自由活動。」

「嘿嘿嘿嘿嘿！廣人，你真了不起！雖然你是個笨蛋，但卻很厲害呢！啊啊，好期待喔！真的好期待出海呀～！」

嘈雜的高亢聲音愈來愈遠。艾妃莉娜以手搭在眼睛上方望向那個方向，輕輕聳了聳肩，回頭望向蓋澤古．索奇。

「笨蛋就是很好應付。雖然很吵就是了。」

「就算很笨，他……還是從空中找到了能夠避開深獸攻擊的海上航線。拉西克才是功勞最大的人喔。」

「對於老頭子來說，可能是吧。」

艾妃莉娜似乎玩水玩膩了，回到岸上。

在夥伴們之中，唯有她看起來對這次的出航沒有特別的感觸。

艾妃莉娜把兩手擺在背後，回頭看著廣人。

「——吶，廣人。聽說在『彼端』的傳說裡，血鬼沒辦法渡海？」

「是啊，的確有這種說法。」

「如果我一到海上就溶化了，那該怎麼辦？」

「那麼我會非常傷心喔。但那只是迷信。妳們血鬼是一群長期以來不知道自己真實身分的種族。所以才會被『彼端』的迷信影響罷了。」

「這樣啊……不過你們還是不會放棄出海吧？」

「我們不會放棄喔。」

廣人與艾妃莉娜相處的時間，比蓋澤古．索奇還要長。艾妃莉娜是廣人唯一的護衛，也是他的摯友。

未來在新大陸的測試結束之後，他就會回到這裡。或許不僅僅是小鬼族，艾妃莉娜在人類的世界自由過生活的日子也許也會有到來的那一天。

在逆理的廣人的未來之中，他們……他們這些代替自己懷抱夢想的夥伴都是在往後的日子裡不可或缺的存在。誰也不能少。

「廣人大人……總有一天，會有比我更聰明的人出生。」

「……」

不知道蓋澤古．索奇是看見了在海另一端的未來，還是猜到了廣人的心思。他做出如此的承諾。

「我們的壽命很短暫，但是新的生命將會接續誕生。即使每一代人的生命都很短暫……但那些短暫的生命將會代代相傳，變得更強。這就是小鬼。不是第一個名字，也不是第二個名字……而是由廣人大人賜給我們的第三個名字，索奇。我一定會將擁有這個名字的氏族培育成聰明的族群，請您看著吧。不會只有到我為止。一定會有比我更聰明的人出現。這就是我……即使是死後也要做出的報答。」

「嘿嘿嘿，我呢～我將一直跟隨廣人。這麼有趣的事情，讓給小孩和其他的人就太可惜了。我是絕對不會死的。」

「……」

為了不讓兩人看見自己的臉，廣人轉頭對著太陽。

他本來就是個天生的無血無淚之人。無論是在「彼端」的那個時候，或是現在。

他不會對小鬼攻擊人類的行為感動心痛，他可以活得毫無欲望或夢想。

「謝謝你們。」

儘管如此，他還是很高興。

如果能得到信任，就能感到溫暖。

他想與他們一起見識誰也沒看過的世界。

太陽的位置很低。出航的時刻即將到來。

然後，他做出了一個無法實現的承諾。

「總有一天，我們大家會一起再次踏上這片土地。」

多年的歲月過去，逆理的廣人穿過大海，實現了他的一個遠大目標。

那天的夥伴們之中，只有他一個人回到了原本的大陸。

他們的夢想。是創建人族和鬼族能共存的社會。

◆

地點回到黃都，第三戰結束後，集合住宅的三樓。

在這片大陸上，荒野轍跡丹妥是最早得知廣人將為對世界揭示的展望，以及其實現可能性的人。

那就是不會吃人的小鬼的存在。

——那個問題已經解決了。

「在新大陸上，我們持續進行研究。鬼族會吃人族。當然，透過個體的意志可以抑制這點。但只要整個種族的傾向是如此，想要抑制這種欲望就是困難的事。而阻礙兩者和睦相處的最大障礙，就是無法培育出可以取代人類的牲畜——」

「……那可不是靠替代食物就能解決的問題吧。人族和鬼族的道德觀完全不同。狼鬼雖然被說是不會主動吃人，但他們仍然是會出於玩樂目的殺人的種族。」

「如果說，那只是偏見呢，丹妥閣下。我們與他們的差異，比你想的要小得多……事實上，我就在小鬼的社會中生活了很長的時間。如果他們真的是與我們無法相互理解的種族，我就不可能做到那種事吧。」

「那不就是剛才提到的個體意志問題嗎？不可以吃所有人類——比起這樣的禁令，要求不得吃掉特定個體的禁令會更容易讓他們遵守。」

「當然，我無法否認那種因素存在。」

廣人露出苦笑。事實上，他應該曾經多次面對遭到捕食的危機吧。

「那麼，小鬼為何不吃同族的小鬼呢？他們只是遵守一條明確的禁令：不吃同胞，只吃敵對種族。丹妥閣下您剛才提到『不可以吃所有人類』的例子，對他們來說也是一種簡單且易於理解的規則。只要人類接納他們，並且提供足夠的糧食，使他們無需吃人，我們人類就可以被包含在他們的『同胞』定義之中。」

「就算如此，還是存在道德觀的問題。為了食物，就可以攻擊能與自己詞術相通的生物……人族之中不存在這樣的思考模式。正是因為這種差異，我們的社會才會將他們定義為鬼族。」

「……是這樣嗎？也許因為我是『客人』，所以會有這樣的疑問。詞術是否能通這件事，實際上並不像這個世界的人所想的那樣重要。不是有鳥龍這種雖然可以用詞術與巨人溝通，卻因為味道的喜好問題而只捕食巨人的例外嗎。然後，如果談到殺死可以用詞語溝通的敵人的行為，那麼每個人類都會這麼做。吃掉對方的屍體與否，真的是個那麼大的問題嗎？」

「……這真像是『客人』會有的想法呢，逆理的廣人。在這個世界裡，那種想法是很異質的。」

「是的。正因如此，像我這樣的異邦人就有必要為了鬼族與人族的共存而努力。」

「不惜做到那種地步也要把小鬼納入我們社會，又有什麼利益——」

丹妥話說到一半，陷入了沉默。

廣人所做的正是這一點。他和基其塔．索奇正在為了證明小鬼加入人類社會的利益而參與這場六合御覽之戰。

他們壓制了與黃都敵對的舊王國主義者，並以步兵槍（鳥槍）這種技術革新推動了這塊大陸的文明。如果需要證明有什麼利益，他們早就做到了。

「這就是為什麼我們需要六合御覽。只要成為打敗『萬物之敵』的勇者……那麼無論是誰，都能無條件地成為『所有人的朋友』。這是千載難逢的機會。我們將用勇者的名號來控制人們的情緒反彈，然後用長時間讓這種制度深入人心。」

「具體來說要怎麼做？」

「首先從奴隸階級開始著手。承認小鬼和其他鬼族成為勞動力，讓他們在生活區域與人類分隔的情況下，給予代替我們的食物。如果沒有飢餓和敵對心態，那麼在他們之中，應該會逐漸出現與人類有所接觸的人，從而產生文化交流。」

在人族平權的呼籲聲中，要在這塊大陸讓森人或山人成為奴隸已經是很困難的事。近年來，奴隸的價格一直在飆升。這就讓廣人他們得到引進與人類有著不同權利、價格又便宜的勞動力的機會。

沒有必要從一開始就尋求平等的權利。逐漸地滲入社會。最後成為在社會結構中難以切除的一部分。這應該就是逆理的廣人的策略。

「那麼，你們已經完成了嗎？那個……替代食物？」

「當然了。」

廣人從房間的角落裡取出一個兩手可以捧住的木箱。那是基其塔・索奇的私人物品。

自從來到這個黃都，基其塔・索奇就沒有吃過人。其手下的小鬼軍隊也是一樣。就丹妥的監視結果，他只能認定這是事實。

「這就是代替我們的食物。」

「……這是——」

看到箱子裡的內容物，丹妥頓時語塞。他甚至必須忍住作嘔感。

箱子裡裝著滿滿的腫瘤。那些密密麻麻、無秩序地膨脹的肉塊在脈動，似乎還活著。

在交疊的肉瘤縫隙裡頭……有一顆混濁的眼球正望向外面。那視線像是在淺眠般地游移。這東西沒有意識，應該沒有才對。

「這是，什麼，東西？」

「我已經告訴過你，我們……我們給了歐索涅茲瑪六合御覽的參加資格『當成報酬』吧。」

廣人陣營之所以讓歐索涅茲瑪參戰，並不是為了從中得到什麼。

那是為了讓歐索涅茲瑪能達成自己的目的，得到參賽資格一事本身就是目的。

「那是回饋他對這個貢獻的報酬。透過招聘他到新大陸，我們得以突破大量生產這種魔族的最後難關。歐索涅茲瑪的醫術，大概是這個世界上最先進的醫療技術吧。他利用病毒進行細胞基因的導入和培養，並且測試出在沒有腦神經的情況下，維持一般生命機能的最低需求……」

「我……我不是那個意思……你也應該很清楚吧……我想說的是。如果你所說的是正確的——那麼『這是人嗎』？」

「不，絕對不是。即使味道和口感與人相同，即使原料是人，這也絕對不是人類。如果用海拉細胞來比喻——你也聽不懂吧。這些細胞經過多次變異，在基因的層面上已經和人類完全不同了。」（註：海拉細胞Hela Cells是生物學與醫學研究中使用的一種細胞。此細胞被視為永生的細胞。）

「可是，用來製造這東西所用的人類是——」

「是我。」

廣人看也不看肉塊的眼睛，關上了木箱的蓋子。

保護廣人的蓋澤古．索奇和艾妃莉娜早已離開這個世界。然而，小鬼們卻還是沒有攻擊廣人。那是因為他們得到了替代品。

「『客人』並沒有壽命限制，他們因超自然的因素不會衰老。那麼，如果他們的細胞在細胞學上也達到了不老——癌化，並且無限增殖呢？我稱其為糧魔（太歲）。它是活著的生命，不會死亡，只要提供營養就能不斷再生。對鬼族來說，可以用來代替人類……這是一種人工創造的新生命，換句話說就是以科學創造的魔族。」

「逆理的廣人……那實在是一種愚蠢的嘗試。人民看到這東西時會怎麼想……為什麼……你要告訴我這件事？」

「——這是為了信任。比起吃人的議題，這個方向更能博取信任。宣稱他們是不吃人的小鬼很容易，但那不能贏得信任。就像沒有私欲的政治家一樣。糧魔的存在……是他們和我們共同走向未來所必要的，最低限度的真實。」

「信任？你以為我看到這個就會信任你嗎？」

「我是這麼希望的。」

丹妥露出苦澀的表情，望向關上的木箱。

「……或許，你說的是對的。引進鬼族確實可能對世界的重建有所幫助。不知有多少人能因為大鬼的力量與小鬼的數量而從苦工生活中獲得解放。不過……你的意思是要我們不惜仰賴那種駭人的東西嗎？」

「是的。我必須把一切都對丹妥閣下您這位合作夥伴說明清楚。」

「……給我點時間考慮。」

「當然沒問題。我會等著您。」

拯救被人族排斥，曾被逐出這片大陸的小鬼。

拯救只剩下一位幼小的女王，再也無法維持下去的王族權威。

還要拯救因為人們喪失詞神信仰而受到迫害的「教團」。

「丹妥閣下，您也是我的選民之一。」

逆理的廣人，或許是決定站在他們這一邊吧。他打算兌現所有的承諾。

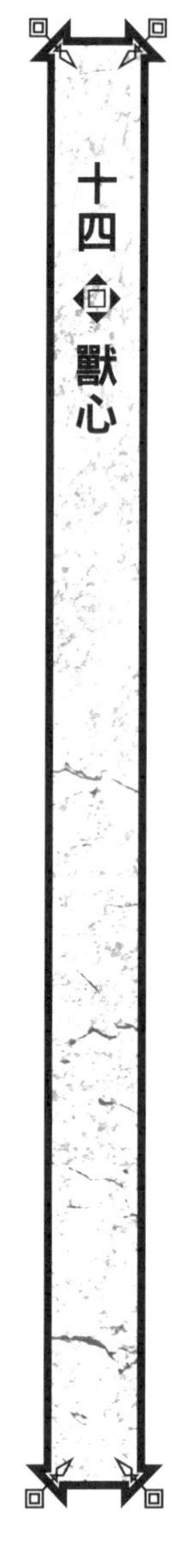

十四　獸心

第六戰以窮知之箱美斯特魯艾庫西魯的敗北作結。

在黃都政爭中被視為第三派系的圓桌的凱特，因為城中劇場庭園爆破事件的肇事犯人主動投案而失勢。美斯特魯艾庫西魯在對決結束後立刻消失得無影無蹤，而被通緝的圓桌的凱特，據說是帶著輪軸的齊雅紫娜在黃都市區之中逃亡。

——但是，凱特陣營還有一位不為人知的合作夥伴。

黃都第十五將，淵藪的海澤斯塔。

在不為人知的情況下失去了所屬陣營的海澤斯塔，來到很久沒踏入的黃都中央議事堂。

當沿著走廊前往目的地的途中，他看到了一張熟悉的臉。由於對方默默無言地想要與他擦身而過時，海澤斯塔於是拍了拍那人的背。

「唷。」

「好痛！……你、你做什麼啦，海、海澤斯塔閣下！請不要無故使用暴力……」

第十九卿，遊糸的西亞卡。與粗野、高大的海澤斯塔截然相反，他是一位體型矮小，給人一種神經質感覺的文官。

「幹嘛擺出那種悶悶不樂的樣子。」

「跟你沒關係吧。」

「贏了對決，稍微高興一下也不為過吧。」

「你根本不懂我的心情……！話說回來，你為什麼不去軍省，反而來到議事堂啊！你這段時間老是偷懶不去軍省，我已經多次告訴你那裡積壓了很多案件了！」

「抱歉，但是現在國家有其他緊急事務……看來你要繼續教訓我一番了。六合御覽的事要好好努力喔，西亞卡。」

「好痛！」

海澤斯塔狠狠地拍了西亞卡的背兩下，然後準備離去。

「……海澤斯塔大人。等一下！」

西亞卡叫住了他。看起來那只是個下意識的行動。

「我是……很認真的。不僅是六合御覽，我一直都很認真。但是……那個……總是覺得……即使如此，我還是可以做得更好……」

「哦？」

遊糸的西亞卡，是個不能坦率地為自己的幸運感到高興的男人。

在全力以赴的六合御覽中，儘管自己有所疏失卻依然取得勝利的事實，恐怕只是進一步加深了他的自卑感。

「呵呵呵呵……能認真地作事已經很了不起了。我可是一點這方面的才能都沒有呢……真羨慕你啊。」

「可、可是……如果不夠強的話，又有什麼意義呢。」

「誰知道呢。人不一定非得夠強才好啊。」

至少，強者不見得就能存活。

圓桌的凱特、輪軸的齊雅紫娜、窮知之箱美斯特魯艾庫西魯。他們原本應該是超乎想像的強者。照理來說不應該有任何戰敗可能性的人，卻還是輸了。

在這次的六合御覽中，西亞卡贏了，海澤斯塔輸了。結果就是如此簡單。

「依我看……比起那些非得變強才能贏的人，以弱小的狀態取得勝利還比較划算呢……」

「……那種話一點也沒有安慰到我。」

「那是因為，我本來就沒有在安慰你啊……呵呵呵呵……」

說完這些，海澤斯塔再次踏出腳步。

海澤斯塔心中想著：這件事與我毫無關連。我做了不合自己個性的事。

（──如果我當時認真一點，凱特他們是不是就能贏了呢……）

應該不會吧。凱特他們應該已經竭盡全力了。

即使海澤斯塔採取了行動，敵人也可能早就超前了一兩步棋。

但是即使為人不認真，海澤斯塔還是想要以自己的方式對他們盡到道義。他現在所做的，不過是一時興起的行動。

海澤斯塔抵達了走廊盡頭的資料室。他伸手去開門，卻發現門上了鎖。

「我進去了。」

海澤斯塔把手放在鋼製的門把上，轉動了門把。

咔嚓一聲，一股沉悶的感覺傳來。淵藪的海澤斯塔並沒有開鎖的技術。

「……我沒有允許你進來。」

資料室裡只有一個人——第十三卿，千里鏡埃努。

即使背對著窗戶的光線，那雙像貓頭鷹一樣睜得大大的眼睛仍然顯得非常明亮。

「這樣啊。但是我已經進來了……下次提前說一聲吧。」

海澤斯塔站在門前，凝視著埃努。

他是一個擁有極高的能力，卻不屬於任何派系，並且在六合御覽中擁立他親手摧毀的「黑曜之瞳」倖存者的古怪男人。

在凱特陣營中，海澤斯塔負責的是對埃努的調查。

儘管隨著美斯特魯艾庫西魯的戰敗，凱特陣營本身已經被消滅了。他仍然以野性般的直覺與執著繼續調查埃努……並且得出了一個結論。

「你打從一開始就不是從鬼吧？」

「嗯。」

「負責討伐血鬼的人，理所當然地有義務接受嚴格的檢疫……然而即使沒有變成從鬼，也不代表沒有被操控……呵呵呵呵呵。比如被以人質要脅，或者身上被裝了隨時都能殺死他的機關……」

「……你說的是『黑曜之瞳』的事嗎？的確，我在這場六合御覽中，是與他們合作行動的。我承認這一點。海澤斯塔，你是打算告發我嗎？」

「誰知道呢……即使我把這件事告訴羅斯庫雷伊或哈迪，他們也不見得會相信我……沒有派系真是寂寞啊。」

「不論你的話是真是假，如今第一輪比賽已經結束，想做什麼都太遲了。澤魯吉爾嘉已回到『黑曜之瞳』的本隊。就算你現在在這裡殺了我，她們也不會停止行動。」

埃努淡淡地回答。他的眼睛幾乎很少眨動。據說可以從瞳孔的反應判斷一個人是否變成了從鬼，但很明顯，他看起來仍然是人類。

「也就是說，你們的計畫打從一開始就是在第一輪比賽中奪取美斯特魯艾庫西魯——應該不是這樣吧……呵呵呵呵。」

海澤斯塔的低沉笑聲迴盪在狹小的資料室裡，讓人不寒而慄。

如果與「黑曜之瞳」勾結，奪取窮知之箱美斯特魯艾庫西魯是千里鏡埃努的目的，那他自己的行動就顯得不合邏輯了。

埃努擔任討伐血鬼行動負責人的職務，是在六合御覽開始之前的事。在微塵暴迎擊作戰之前，他不可能知道美斯特魯艾庫西魯的存在。

「埃努，你和那個叫國防研究院的地方有好幾次的來往吧？儘管名字裡有『國防』二字，但它不是被黃都政府正式認可的機構……你到底在做什麼？」

「……」

「——在六合御覽開始之前……『你個人』就已經有正在進行的計畫了。沒錯吧。」

埃努闔上手中的資料夾。

在漫長的沉默之中，他一直正眼看著海澤斯塔的眼睛。

狹小的資料室裡沒有逃跑的空間。即使從身後的窗戶跳下去，海澤斯塔也能在對方行動之前迅速逮住他。

「海澤斯塔，你怎麼看待警戒的塔蓮？」

「她是個好女人……就算你問的不是這點，對我來說仍是如此。」

「在這個時代……還留有無數能夠摧毀世界的強者。我想，塔蓮是想利用能代替『真正的魔王』的絕對恐懼來控制、消滅那些存在。但是到頭來，她只是以戰爭的形式強加更多的死亡和毀滅到人民的身上。」

「呵呵呵……我就是喜歡那種殘忍的一面。」

「在以犧牲為代價進行控制的方面，現在正在進行的六合御覽與塔蓮的戰爭是一樣的。我們需要除了恐懼以外的其他方法來控制人民。凱特想要通過『彼端』的技術來實現這一目標……而我的方法則不同。我要用一種能夠統一意志，而且『並非支配』的手段。」

看不出埃努有什麼目的。他到底想做什麼呢。

——即使如此，在一系列的調查過程中，海澤斯塔明白了一件事。

擁立「黑曜之瞳」的他，並非僅僅是受到血鬼的利用。

他「企圖利用」血鬼。

「……哼，如果你想說的話已經說完了，我就姑且問一下……你有歸還美斯特魯艾庫西魯的打算嗎？」

「不可能。既然它已經落入『黑曜之瞳』的手中，我也不能施加干涉。」

「有打算撤銷爆炸事件的通緝令嗎？」

「如果能夠捏造出更有力的嫌疑犯和證據，或許可以。不過，這還得看你能不能做到。」

「唉，真是個難以威脅的傢伙啊……」

「……」

在短暫的一瞬間之中，沉默流過了兩人之間。

一瞬間。

「嘶！」

從海澤斯塔的嘴裡發出的，不是笑聲。

那是像野獸般，近似於摩擦聲的尖銳呼嘯。

他踩裂了地板，同時右手掐住埃努的喉嚨。

「你的主張和目的……我都不在乎。千里鏡埃努。」

「……嗚，噫……」

海澤斯塔將自己的力道控制到極限。因為那種足以扭斷門鎖的握力可以讓他把人體的脖子連同骨頭一起捏碎。

淵藪的海澤斯塔也是在魔王的時代之中誕生的怪物之一。他彷彿是人類退化成野獸般的存在──擁有異形暴力的強者。

「就算『搞不懂你』，但也只要『殺掉你』就好了。真是的……這個陣營很適合我的性格啊，呵呵呵呵……」

資料室的出入口只有海澤斯塔背後的那一扇門。但若是跳出窗戶，就能到達建築物的視覺死角。他打算扭斷圍繞著院子的鐵柵欄，綁架埃努。

這是個不顧後果的野蠻策略。如果凱特還在，肯定不會允許這種獨斷的行動。

「得請你跟我走一趟了。千里鏡埃努。」

「──海澤斯塔閣下！」

另一個聲音打斷了他。

那是張熟悉的臉。遊糸的西亞卡推開了門，踏進資料室。

他本以為除了埃努和自己以外，不會有其他人會來資料室，結果卻來了一個他最不好應付的對手。

「您、您在……做什麼啊？」

「咚」的一聲。

「喂喂，西亞卡。抱歉，現在不是——」

海澤斯塔的話語戛然而止。

他的呼吸因為突如而來的劇痛而中斷。

「……」

西亞卡擺出一種奇異的姿勢，將朝上的右手掌向前伸出。

他甩動右手腕，擲出第二和第三顆石子。發出「咚」、「咚」的聲音。

石子接連不斷地刺入海澤斯塔的胸口。海澤斯塔的指尖麻痺，鬆開了埃努，那具巨大的身軀倒在地板上。

「……別給我添麻煩。千里鏡埃努。」

遊糸的西亞卡——用一種判若兩人的冰冷聲音說道。

西亞卡之前的聲音，真的是他的聲音嗎？

「如果只是你死了，那還可以當個笑話。但是我就得一個個收拾掉聽到你的情報的傢伙。」

「……咳，咳……我知道。若不是因為如此，你們不會救我吧。」

倒下的海澤斯塔只能看到從走廊照進來的西亞卡的影子。但那已經不是西亞卡了。不僅是身高，連性別都不一樣。

那個東西變成「宛如」女性森人的模樣，雙眼纏著繃帶。

「別以為你下次還能像這樣得救。尤其是我……在這雙眼睛沒有保護的情況下，可以活動的時間是有限的。」

（擬魔……）

對未分化的細胞施加改造而製造出的魔族。據說那是能夠透過自己的意志改變成各種形態，被發現的數量極為稀少的種族。

而且，那同時也是「黑曜之瞳」旗下的從鬼。

——其名為一陣前衛，韜晦的蕾娜。

「……這裡明明是正午的中央議事堂……卻混進了……這種不得了的傢伙……」

強者不見得就能存活。這句話說的一點也沒錯。海澤斯塔很清楚這點。

僅靠小小的石子，和幾滴毒液。

只是一時的疏忽。

「呵呵呵呵呵……」

淵藪的海澤斯塔的意識，在此刻中斷了。

十五◆徵用

黃都產業省。這個省廳原本是由前第四卿的凱特管轄，不過現在另一位官僚正在指揮手下從倉庫搬出兵器。

「好好好，要小心處理喔～」

那是一位將灰白的頭髮盤在腦後的女性。她是黃都第二十一將，被稱為濃紫泡沫的此此莉。

「只要看起來稍微可以活動的零件就可能是相當扳機的東西，那就不要碰！『彼端』的武器大小和威力不成正比。即使是小小物件也要保持距離，一個一個慢慢搬！不用急也沒關係哦～」

圓桌的凱特被黃都政府通緝的原因不僅僅是涉及城中劇場庭園爆炸案的嫌疑。

在第六戰之後，凱特和齊雅紫娜行蹤成謎。有的勢力趁機強行搜索凱特陣營保有的武器。劇院庭園爆炸案的嫌疑正好成為他們的藉口。

除了與第六戰有關的眾多嫌疑，還有大量黃都未察覺的機魔和「彼端」的武器。圓桌的凱特計畫反叛王國，這已經成為無庸置疑的事實。

至於該由哪一方勢力查扣這些被視為證據的武器呢。雖然黃都的主流派系之間一直存在著不言自明的爭鬥——

「唷，此此莉。搬運作業的進度如何？」

「一切都很順利喔。我們還找到了幾件看起來很有趣的武器呢。」

向此此莉搭話的是一位右臉頰有著長長的傷疤，頭上頂著乾枯白髮的老將。第二十七將，彈火源哈迪。

「而且說到那個齊雅紫娜，她好像還製造了大量的戰車機魔呢……呵！我現在很慶幸跟隨哈迪閣下您。如果我跟隨羅斯庫雷伊，就不會有這麼有趣的經歷了。」

「嗯，其實這次讓羅斯庫雷伊那傢伙贏也無妨啦。」

——為了爭奪凱特的遺產而爆發的那場檯面下暗鬥，以哈迪陣營的壓倒性勝利告終。而且他贏得輕而易舉。

看著眼前那些不斷運送出去的未知武器，哈迪露出獰笑。

「但是不管到了什麼年紀，我都像個小孩，對新玩具總是無法抗拒呢。」

「呵呵！雖然我是女生，但是在小時候經常因為玩『戰爭遊戲』而被責罵呢。羅斯庫雷伊的改革派不是應該會為了接下來的事做準備嗎，但為何他們這次沒有全力以赴？」

「就算得到具有複雜機關的新兵器，能否運用於實際的戰爭仍是個未知數。改革派在人數上勝過我們。對方可能是判斷『彼端』的武器不足以顛覆他們的優勢……或者是他們已經掌握了其他手段。」

「……你的意思是？」

「黃都應該已經掌握了不少魔劍和魔具。當然，魔具一般是分散給二十九官管理，但跟隨改革派的二十九官人數本來就比較多。一旦爆發衝突，對方會有更多那類的王牌。」

「唉唷……那我們是不是可能要跟『冷星』之類的東西打仗啊？真是麻煩……」

「那是當然的吧？事到如今還用說嗎……不過，即使不考慮那些問題，他們沒能採取行動還有個最大的原因。那就是改革派的領袖羅斯庫雷伊在第四戰中受了重傷。再加上救濟院襲擊事件與第六戰相關的混亂，另一個指揮官傑魯奇很可能已經忙得不可開交。在這種情況下，他們可能難以負荷為了接收凱特的兵器而與其他勢力爆發的小規模衝突。」

羅斯庫雷伊陣營在黃都的政爭中是最大的派系，但也有很大的弱點。

首先，身為勇者候選人的羅斯庫雷伊本人必須出場，因此他難免會受到對決結果的影響。

此外，由於他們是最大的派系，需要管理的範圍也非常廣泛。特別是速墨傑魯奇，他幾乎等同於肩負整個黃都的經濟活動。即使擁有巨大的權限，但每當問題發生，他都需要負責處理。

「改革派的諾伏托庫老爺子也沒救了～哈迪閣下，您看到了嗎？那個可憐的傢伙完全瘋了。據說他從醫院逃出來，在教堂的廢墟裡把頭蹭到流血。太可怕了吧？簡直就像是恐怖故事裡人被逼瘋的樣子。」

「變成那樣之後，活著反而礙事。最好是有人殺了他，解除庫瑟的出場資格……不過，如果庫瑟那邊提防這一招，要實行就困難多了。」

第五戰才剛結束，就發生了「教團」的救濟院遭受襲擊的事件。那無疑是庫瑟或其同夥對暮鐘的諾伏托庫進行的某種報復。

根據醫生的診斷，他沒有任何身體上的傷害。

「伊利歐魯德老爺子不見了，塔蓮走了——愛蕾雅、諾伏托庫、凱特，諾非魯特八成也是，還有哈魯甘特那老頭也差不多完蛋了，這樣就是七個人吧。」

此此莉一邊折著手指數著消失的二十九官的名字，一邊笑了。

她總是充滿活力，又冷酷。

「接下來就看羅斯庫雷伊的健康狀況了，二十九官的人數接下來可能會愈來愈少。我也得小心點才行呢。」

「哼哼哼哼，我們一時半刻還不會死啦。不論是我，還是妳。」

「呵，這樣才對嘛，不然我跟著你就沒有意義了。」

即使凱特陣營瓦解，派系之間的政爭之火仍然沒有平息。

不僅如此，他們還吸收殘餘的火焰，讓火勢變得更加猛烈。

黃都的第二大派系，哈迪陣營。

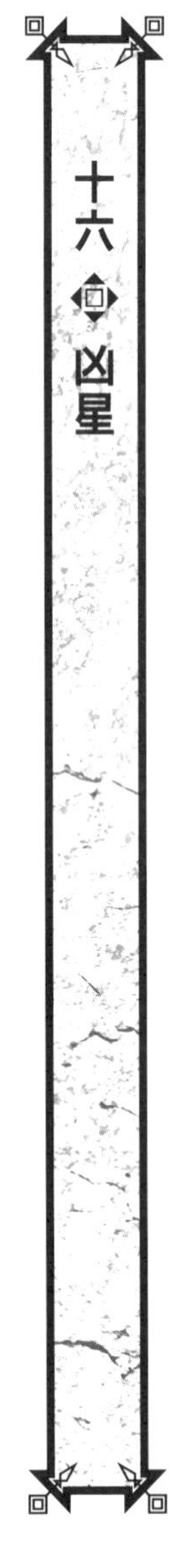

十六　凶星

黃都郊區。湖畔處有一座籠罩著森林陰影的別墅。

即使是白天，這間別墅裡也幾乎沒有透進一絲陽光。遠方鉤爪的悠諾已經在這裡停留超過一個大月了。

在這段生活中，她交談的對象只有女管家弗雷和此地的千金大小姐莉娜莉絲。

「……您不覺得無聊嗎，悠諾大人？」

「嗯，我沒關係。」

她搖搖頭。

莉娜莉絲常在夜晚這樣的時候來到她的房間。

儘管她美得如此耀眼，但比起待在陽光底下，靜謐的月光更加適合這位少女。

「現在回想起來，其實……即使在黃都的城市裡時，我也沒有出去玩，或是和很多人聊天……若是做了那些事，我反而會感到不舒服。」

這並非是她刻意為之的想法，而是潛藏在悠諾內心深處的感覺。

自從拿岡滅亡之後，身為唯一倖存者的她就覺得隨心所欲地活動，或是享受作樂，都會讓她有種褻瀆的感覺。
或許就是因為這樣的壓力累積，才會讓悠諾偶爾陷入瘋狂。
她無法相信自己的理智。即使現在身處黃都的敵人據點裡，也是如此。
「……莉娜莉絲，妳沒事吧？那個，妳在外面待很久時，好像會很難受……」
「很抱歉。讓悠諾大人為我操心了。」
莉娜莉絲露出笑容，把手放在胸前。
據她說，當她第一次見到悠諾時，曾經因為日照而昏倒。
但從她的生活方式來看，她可能不是特別對日光敏感——而是體質本身就很虛弱。即使是短暫的外出，對莉娜莉絲來說也像是極度沉重的勞動。
「不過最近我的狀況一直都很好。因為可以和悠諾大人聊天——那個，可以再教我一些集合論嗎？我很喜歡聽悠諾大人講述拿岡大學校的事。」
當莉娜莉絲身體前傾時，悠諾就一定會跟著後退。
莉娜莉絲是否忘記了悠諾曾經一度想要加害於她呢？
儘管莉娜莉絲總是一副乖巧又聰明伶俐的樣子，但是她在某些出人意料的地方會表現出毫無戒心的模樣，在不知不覺中擾亂他人的心神。
「明……明天再說吧。莉娜莉絲實在太聰明，讓我都失去自信了。」
「那是因為悠諾大人教得好。」

「哈哈哈，這樣啊……」

突然，她捂住自己的嘴。

我又笑出來了。我明明不想露出那樣的態度。

（我……從哈迪大人那裡逃走，來到莉娜莉絲的宅邸。從今以後，我該怎麼辦呢？雖然和莉娜莉絲關係變好了，但是「黑曜之瞳」不可能讓知道內情的我逃離這裡。）

自從來到這個宅邸以來，悠諾一直在反覆做著同樣的自問自答。

她一直都得不出答案。每當她想要為了復仇突破僵化的局面時，總是會被新的障礙所阻擋。

（我到現在還沒被殺，簡直是個奇蹟。雖然生活方面沒有不自由的地方，但是我現在的這個狀況，其實和當時被新公國囚禁時沒兩樣……而且宗次朗這次不可能殺進這裡了。）

悠諾離開後——宗次朗是否打贏了與歐索涅茲瑪的對決？悠諾連這點也不得而知。

也許問莉娜莉絲就能知道了。但是不知為什麼，她不想在莉娜莉絲面前提起宗次朗的事。

（說到底，我真的「應該逃離」這裡嗎？「黑曜之瞳」確實是危險的組織，但是……他們也許能為我的復仇帶來助益。這一點在我的心中還沒有定論……）

「——悠諾大人？」

「哇！」

莉娜莉絲的臉又湊了過來。在羞恥和緊張之下，悠諾心臟跳得飛快。好難受。

「莉……莉娜莉絲，是會做那種事的人嗎？」

「……那種事是哪種事？」

莉娜莉絲一臉疑惑地眨了眨金色的眼睛。當近距離注視著她的臉和胸口時，悠諾都會為自己是女生而感到慶幸。

「……妳不要隨便靠近別人，那個……很危險的。」

「才不危險呢。我們是朋友啊。」

「我不是那個意思，莉娜莉絲妳很漂亮，所以——」

「哪有那種事。」

「……我是說真的。」

悠諾回望著莉娜莉絲的眼睛。她之所以會有那種態度，可能不僅僅是因為悠諾是女性，或者雙方的年齡相近。而是因為她沒有太多與朋友相處的經驗，不懂得保持距離。在莉娜莉絲的人生之中，能夠讓她近距離接觸的人一定是少之又少。

「……那個。」

金色的眼睛，害羞地從悠諾的視線中移開。

「沒有啦，嗯……沒關係的。我不介意啦。」

這句是謊言。

「一直以來都很謝謝妳。謝謝妳願意來找我聊天。」

「不客氣。把悠諾大人帶到這裡的人……是我。也許我只是想逃避罪惡感。」

莉娜莉絲皺著眉頭笑了。或許她也有一些不能告訴悠諾的祕密吧。

「……即使如此，我還是要謝謝妳。」

但她仍然對原本可能是敵人的悠諾給予了信任，並且像對待朋友一樣對待她。

（如果可以的話……我也想回報那份信任。）

這與復仇無關，她那麼想著。

——不僅是莉娜莉絲，還有宗次朗和哈迪。

即使對方是她應憎恨的敵人，或是她背叛的人……如果悠諾做得到，她仍然想回報那些人。

（對我這種人而言，那樣的想法可能太自私了。）

悠諾仍然是一個毫無力量的少女，無法想像那一天的到來。

◆

在黑色別墅稍微遠一點的地方，有一個深度足夠遮風避雨的洞穴。

從一天前開始，那裡就停放著一個不像人類，而像是巨大金屬塊的東西。

「美斯特魯艾庫西魯」。

它的腳邊站著一位拄著拐杖的小人老太婆。她是「黑曜之瞳」的成員，也是莉娜莉絲的忠實女管家，名叫覺醒的弗雷。

「如果能好好說話，就回答我。美斯特魯艾庫西魯。」

「嗯、嗯嗯。」

機魔以模糊的呻吟回應。

美斯特魯艾庫西魯是「黑曜之瞳」的最後王牌，受到特別仔細的精神控制。它承受著與重建自我相當的壓力。

「姊、姊姊——在嗎？」

「大小姐不在這裡。不過，我帶來了大小姐的口信。當然，你會聽大小姐的話吧？美斯特魯艾庫西魯。」

「嗯、嗯、嗯。我會……聽姊姊……的話。」

因此，僅限於在這個階段之中，弗雷可以介入它的指令系統。

在歷代成員之中，只有覺醒的弗雷一人知曉黑曜控制技術的脆弱之處。若是黑曜雷哈特知道這個事實，弗雷毫無疑問早就被解決掉了。

——然而，弗雷絲毫沒有打算利用這個祕密來反叛。相反的，她相信這應該被用來保護她所崇敬的大小姐。

「在中央市區的這個位置，有一間小診所。」

弗雷拿出的是黃都市區的詳細地圖。一個點上刻著十字標記。旁邊還有一張精細重現的目標人像圖。

「這個標記的地點就是那間診所。你得攻擊這棟建築，把它燒成灰燼。如果這副長相的人逃出建築物……就追蹤到底，把他殺了。明白了嗎？」

接下來的作戰對於「黑曜之瞳」來說是至關重要的作戰。無論如何都不能讓這個天敵介入他們的行動。弗雷必須打出會成為莉娜莉絲盲點的這步棋。

「既、既然是……姊姊下……命令，我會努力的！哈哈、哈、哈。」

「是的。大小姐和我弗雷都會看著你工作。」

「哈哈、哈、哈、哈、哈哈。『艾庫西魯號令於美斯特魯（exil io mestel）。星之逆轉（waskert bafewar）。咆哮的風雨（fain myuewm）。動地的黑暗（hangmot netlicon）。發射吧（uladzmot）。』」

美斯特魯艾庫西魯在斷斷續續的狂笑中詠唱著詞術，從背上生出了新的裝備——在「彼端」，這個裝置被稱為火箭引擎。

「『XR－4A3』。」

那就像是向天際飛去，帶來死亡的流星。惡魔的兵器出動了。

◆

黃都中央市區。在診所的某個房間裡，有個像小鳥的生物正高興地拍打著翅膀。

「吶，你好厲害啊，托洛亞！你能跳一跳嗎？沒想到你竟然會這麼快就康復！真是太厲害了！」

那不是小鳥，而是一個擁有藍色翅膀的少女，她是名叫流浪的丘涅的造人。

在少女旋轉的中心，站著一個表情略顯為難的魁梧山人。

還有個人類小孩正翹腿坐在同一間病房的椅子上，門口則有個穿著焦茶色大衣的小人靠著。

那是駭人的托洛亞，他的擁立者鐵貫羽影的米吉亞魯，以及戒心的庫烏洛。

「差不多該冷靜下來了吧，丘涅。我不介意妳飛來跳去，但是如果妳飛得太靠近，我怕會撞到妳。」

「是嗎？托洛亞，你在擔心嗎？對不起喔。我到庫烏洛那邊好了！」

丘涅回到她自己的老位子，也就是庫烏洛大衣的暗袋裡頭。

庫烏洛發出了一聲夾雜著安心和無奈的嘆息。

「……真是的，就算親眼看到，我還是不敢相信。你的膝蓋不是被無盡無流賽阿諾瀑賭上性命打傷了嗎？」

「我爸爸也跟我說過好幾次……我的身體似乎很特殊。這都得感謝我的父母……我的親生父母。況且——」

駭人的托洛亞看著庫烏洛，微微一笑。

「竟然能讓擁有『天眼』的你看到難以置信的事。往後我應該可以拿這件事來吹噓吧。」

「是啊。這可比魔劍更值得吹噓喔。」

坐在房間角落的米吉亞魯晃著雙腿。

「吶，托洛亞。你會繼續待在黃都嗎？」

「……也許吧。畢竟我有米吉亞魯給我的市民權。應該還會麻煩你一段時間。」

「……！說的沒錯！托洛亞你在第一戰就受了重傷，根本沒有好好地參觀黃都！雖然……我也是差不多啦。」

米吉亞魯的四肢仍然緊緊纏著厚重的繃帶，右手臂還沒有解除固定。

「等到我的傷差不多好了，我們就一起去探索舊王國時代的城堡遺跡吧！那裡超級黑，超級深的喔！絕對是既可怕又有趣！到時候我來帶路喔！」

「好啊，聽起來很不錯呢……」

庫烏洛一邊望著他們兩人對話，一邊思考這位魔劍士的真正身分。

當庫烏洛首次目睹他的那一天，庫烏洛還以為是死人復活了。他以為原本應該已經被星馳阿魯斯殺死的駭人的托洛亞不但復活，而且在殺光所有魔劍使之前都不會停手。

然而，看到托洛亞拯救了自己的生命，與他面對面交談，並且看到他與米吉亞魯、丘涅加深了友誼之後，他開始無法相信這個男人是一個來歷不明的怪物。

他運用魔劍的技術確實與傳說中的托洛亞不相上下，甚至可能超越後者，是惡夢般的殺人劍術。但至少眼前這位駭人的托洛亞，雖然有點不善言辭，卻是一個樸實善良的鄉下山人青年。

（……托洛亞。你究竟是什麼人？）

如果可以的話，真希望他是個冒牌貨。

希望那個沾滿血腥和慘劇，猶如恐怖故事中的存在，不是現在和米吉亞魯開心談笑的他。

「對了！庫烏洛，你有什麼打算？如果有什麼想吃的，我請客！我家很有錢，完全不用客氣哦！」

「那種話不該自己說出口啦……」

托洛亞傻眼地嘆了口氣。

——在魑魅魍魎橫行的黃都二十九官中，鐵貫羽影的米吉亞魯是個特別表裡如一、言行符合其年齡的少年。對托洛亞來說，他是個與自己非常合得來的擁立者。就連在一旁觀察的庫烏洛也都如此認為。

庫烏洛不必像過去的生活那樣提防陷阱。這些人讓他想要放心享受對方的好意。

庫烏洛想再和他們多聊一會。

「……不用了，我打算離開黃都。」

「但是，庫烏洛——」

待在胸口口袋裡的丘涅以不安的聲音說著。

庫烏洛輕輕地從外套上撫摸著她，安撫她的情緒。

「我一開始就已經決定好，等到托洛亞的傷好了之後就離開。看來我註定不能在一個城市停留太久。」

駭人的托洛亞的傷勢，恢復得比想像中還要快。

對庫烏洛來說，這是再好不過的了。離開黃都，避免與「黑曜之瞳」有任何瓜葛。這是讓他能活下來的最佳途徑。而庫烏洛選擇走上這條路。

丘涅從胸口的口袋裡以擔心的語氣說道：

「但是庫烏洛，你不會覺得寂寞嗎？」

「……我嗎？不知道。我倒是更擔心丘涅會不會覺得寂寞。」

「我……我還想和托洛亞他們繼續保持好關係……」

「嗯，我知道——」

就在那時。

（——太晚了。）

心中首先湧現的情感是憤怒。

他沒有望向托洛亞，也沒有望向米吉亞魯，而是望向診所的窗外。

（天眼的庫烏洛，你在做什麼？「感知得太晚了」。竟然要到這麼接近的程度——你才察覺到危險？）

他的天眼能夠洞察一切。不僅是當下的超廣範圍感知，而且透過整合那些情報，他還能推導出必然的結果，甚至是未來的命運。

「托洛亞！」

整間病房裡，只有庫烏洛露出慌亂的情緒。在這個區域裡，應該沒有其他任何人會做出像他這樣的反應吧。

「丘涅就交給你了！帶著米吉亞魯一起逃跑！」

「……發生什麼事了，庫烏洛……不對。」

駭人的托洛亞重新深戴上他那漆黑的兜帽。

「『接下來將會發生什麼事』？」

「托洛亞，別想著戰鬥！保護好米吉亞魯！」

「等、等一下，庫烏洛，那是……你用天眼看到的……未來嗎？」

「美斯特魯艾庫西魯要來了！」

庫烏洛如此斷言。他感到自己的身體一下子被冷汗浸濕。

「大家都會死！只有我能存活！」

已經沒有時間了。不是天眼感知得太晚，而是敵人「太快了」。

能夠超越音速進行持續飛行的火箭引擎，是遠遠超越這個世界常識的「彼端」裝備。

（不行。不能再讓他們問下去了。現在就得讓他們相信我。）

庫烏洛把藏在手臂裡的弩指向米吉亞魯。

丘涅尖叫道：

「庫烏洛！」

「如果不想看到我發射這東西，現在就帶著他們兩個逃走！立刻！」

「好。」

托洛亞簡短地回答。

然後他舉起大手抱起了米吉亞魯。另一隻手伸向庫烏洛——

他原本不應有絲毫猶豫。但是對庫烏洛來說，那一刻卻無比漫長。

丘涅。他必須與這位比任何人都重要的夥伴分開了。

就像那時候，丘涅把他的生命託付給托洛亞一樣。

「庫烏洛！」

「……拜託了！」

「庫烏洛！不要啊！」

丘涅哭喊著。他想要對她說一些安慰的話，但已經沒有時間了。托洛亞相信庫烏洛的話，立刻踹破診所的窗戶，沿著巷子跑了出去。

（……就是現在。它來了。）

庫烏洛所感覺到的，僅僅是敵人即將行動的預感。美斯特魯艾庫西魯「才剛起飛」。在極限狀態下的天眼，甚至能夠精確地預測未來。

即使如此，如果自己被托洛亞抱離此地，他們毫無疑問地會被發現，一起遭到攻擊。因為這個敵人的目標是戒心的庫烏洛。他很清楚這一點。

（那不是大小姐的命令……是弗雷還是維瑟？要是他們再多相信我一點時間就好了。那樣一來，我就……可以不用殺死任何人——）

從美斯特魯艾庫西魯的飛行速度來看，他的時間已經所剩無幾。

他看見了幾秒後的攻擊手段。診所一帶將被大量裝有燃燒彈的炸彈化為焦土。這種武器在「彼端」被稱作集束炸彈，然而庫烏洛的天眼並沒有告訴他這個名字。

從美斯特魯艾庫西魯製造出炸彈的座標、投放角度、空氣阻力、地形的遮蔽、燃料特性的推測、距離這個位置最近的水源、是否有路徑可以躲避炸彈落地之後飛散的化學物質。呼吸、姿勢、身體操作、可承受的傷害。庫烏洛在剎那之間處理著世上一切的無窮無盡情報。

他讓丘涅和米吉亞魯逃走了。但是這不代表庫烏洛放棄了自己的性命。

（這是最好的選擇。如果只有我一個人……我可以活下來。靠著我的天眼！）

天空中發出低鳴聲。那東西就像是一道劃過天際的光，快得讓人無法確認它的存在。

爆炸。墜落。

深藍色的凶星掠過頭頂，只有庫烏洛隔著屋頂的遮蔽看見了它。

那是曾在微塵暴出現的那天，與托洛亞一同拯救庫烏洛的美斯特魯艾庫西魯。

（……「我饒不了」。）

診所熔化了。

河流般沖刷的狂暴烈焰瞬間吞噬了建築物的一切，包括住院病人在內的三十六位市民在瞬間被燒死。

——從這天之後，戒心的庫烏洛就此音訊全無。

十七◆泥濘

自第六戰結束後過了半天。

在舊城區立體交叉道上的廢屋的一角，傳出交頭接耳的低語聲。

「喂，凱特。別睡啊，笨徒弟。」

「我沒睡……！別說得那麼難聽！出了什麼事？」

「狀況不妙喔。」

前黃都第四卿，圓桌的凱特。以及魔王自稱者輪軸的齊雅紫娜。

他們因涉及第六戰的重大舞弊行為，成了黃都議會的通緝對象——更迫切的問題是，有人正在追殺他們。

那就是在六合御覽的檯面下如陰魂般籌劃陰謀，陷害他們的諜報組織，「黑曜之瞳」。他們每一個成員都擁有接近英雄的戰力，是一支規模不明的部隊。

而且，原本是他們王牌的窮知之箱美斯特魯艾庫西魯，其控制權如今已被這個「黑曜之瞳」奪走。

「被發現了。他們正在聯繫同伴。」

「無線電竊聽嗎！真是精明啊……！」

「哼！這裡的人對細胞分割和頻譜擴散一無所知。無線電礦石太方便了，技術反而跟不上……先不說這些，敵人馬上就會包圍這裡。到那時就完蛋了。」

「現在只能奮力一搏了……！反正早晚都得這麼做！」

「就是這股氣勢。讓我一起殺出去吧，凱特……！」

老婦人抬起一隻手，像螳螂般的木製機魔紛紛從廢屋的各個縫隙中現身。雖然它們只是在時間和材料不足的情況下匆忙製造出的戰力，但它們不只擁有連一隻螞蟻的腳步聲都不會發出的靜音性，還具有與預期中的敵人交鋒的戰鬥性能。

即使在孤立無援的情況下，也能從地板和牆壁的木材中生產兵力。齊雅紫娜在這片大地上是無與倫比的終極機魔製造者。

稍早前失去佩劍的凱特也用工術製造了一把新的劍。雖然凱特的本職是文官，但他在劍術和詩術方面也是一位才華洋溢的天才。

「敵人只有一個，是直劍士。」

「了解。」

螳螂般的木造機魔軍團首先以排山倒海之勢殺向敵人——

「哇。」

那名直劍士——塔之霞庫萊，先迅速拉開了距離。

他一邊後退一邊拔出劍，揮開一躍而起的機魔刀刃，逃出大軍的包圍。

在這段期間，凱特和齊雅紫娜衝向霞庫萊被逼入的巷子看不到的方向。他們本來就無意與這個敵人正面交戰。逃脫才是他們的目的。

凱特跑到一半，抓住了跟隨在腳邊的一台機魔。

「有狙擊手！」

「嘰！」

凱特舉起的機魔發出嘎吱的聲音。從某處飛來的圓月輪咬進複合裝甲，燒焦了木質層，最後將其砍斷。

三台機魔自動躍起，用身體接住了下一發狙擊。它們全數遭到摧毀。

附近有一棟可以俯瞰這個立體交叉道的高樓。

「……對方果然是兩人一組！」

「喂，凱特！那可是我的機魔啊！」

現場有著數十隻木造機魔，每一隻都只有人類手掌的大小。儘管如此，它們每一台都具有與黃都士兵不相上下的裝甲和攻擊性能。然而對方卻一下子摧毀了四台。

而且，他們的後方——

「……啊啊……真傷腦筋。」

塔之霞庫萊正在逼近。原本圍攻他的木造機魔在這個瞬間數量少了許多。

機魔的刀刃接連不斷地從三個方向逼近。霞庫萊輕輕地倒下身體，躲過了它們。

他以最小限度的刺擊從下方解決一隻，用沒拿劍的手壓制鐮刀的起始動作，然後用腳踢毀了一隻。

接著，他以彷彿毫無體重似的矯健動作再次站起身。

他利用起身的反作用力，手中的劍身瞬間消失，把一隻機魔連同其刀刃劈成兩半。

「要、要是你們能稍微等一下，那就好了……如果讓你們逃掉，我、我就得為此負責……」

「放心吧。」

凱特一邊躲在圓月輪狙擊的死角，一邊正面面對這敵人。

我方的機魔少了多少呢。五隻……十隻。但這絕非讓他們無法戰鬥的數字。一定有勝算。至少，他是這麼相信的。

凱特背靠著廢屋的牆。一旦踏出步伐，就能進入可以劈中對方的距離。

敵人也是一名劍士。在攻擊距離上，凱特的手臂稍微長了一些。凱特試圖用言語引開對方的注意。

「那個負不負責的問題，得等到你死後再說。」

「開……」

霞庫萊突然踩著地板，往旁邊倒下。和剛才一樣，他的起手動作很異常。

但是這次不是斬擊，而是向旁邊的另一個目標投擲物品的動作。齊雅紫娜瞬間抽回手臂，躲過了飛來的短刀。那把刀的半截刀刃深深插入石牆之中。

霞庫萊在倒下的同時，將一條腿猛力踢向空中，他的腳尖碰到了三隻撲上來的機魔的其中一隻。由於被這一碰稍微改變了方向，機魔的鐮刀摧毀了另一隻機魔。

凱特打算趁著霞庫萊失去平衡的瞬間衝上前去，但直覺讓他停下了腳步。

「真可惜。」

那一連串的動作是旋轉動作。霞庫萊就像是預測到會被偷襲似地，從小腿的高度揮出了劍。在揮空之後，他以滑順的動作站了起來。

照理來說，即使是稍微失去一點平衡，他也應該會直接從橋上掉下去。

然而他只靠腳踝，就以一點也不自然的動作撐起了上半身。

（……這傢伙的關節……到底是什麼做的？連姿勢失去平衡都不會成為破綻。而且還能從那種姿勢發出威力如此巨大的攻擊。真是個怪物。）

塔之霞庫萊不斷地抵擋著機魔的斬擊，同時牽制著齊雅紫娜，逐步拉近距離。簡直就像死神一般。

「啊啊……你、你是不是以為躲起來就不會被狙擊了？怎麼可能。」

「……！」

一支圓月輪插在牆壁上。這是凱特用來躲藏，理應是狙擊死角的牆面。那種是可以透過旋轉改變軌道的投擲武器。難道對方可以越過轉角進行狙擊嗎？

「……冷靜點，凱特！既然是從那個距離投擲，曲率半徑就有極限！只要不動，就不會被打中！」

「嘿、嘿嘿。是啊。但已經太晚了。」

霞庫萊把視線投向上方。

「——蕾赫姆！」

「呿！」

凱特跟著他的視線望去，做好了準備。

如果剛才的圓月輪的無效攻擊，是用來限制他們兩人的行動。

那麼敵人的部隊就不一定只有兩個人——

肋骨中了一記肘擊，凱特的劍被打掉了。

「……！」

霞庫萊瞬間加速，將凱特壓在牆上。

凱特之所以沒有被刺穿，全都是因為他運氣好。霞庫萊一邊以揮到背後的劍牽制從後方接近的機魔群，一邊利用旋轉的力量狠狠地對凱特打出肘擊。

沒有改變姿勢的前兆。敵人的攻擊範圍打從一開始就比凱特要大。

（這傢伙……不，這些傢伙……！）

他們想要製造出有第三人在場的假象。難道那個狙擊手就是為此而故意發動攻擊的嗎？

除了超越黃都二十九官的劍技，他們還擁有即使雙方相隔甚遠，也能保持精密配合的精良訓練。簡直莫名其妙。敵人只有兩個，但每個人都異常強大。

「……婆婆！」

凱特大喊一聲。他從眼前的霞庫萊肩膀看過去，只見齊雅紫娜仰躺在地，腹部插著一把短刀，一動也不動。這名劍士僅僅用言語製造的一瞬間，就同時癱瘓了兩個人。

凱特的右半身遭到壓制，他試圖用自由的左臂進行抵抗。不過敵人用劍柄打碎凱特的腦袋側邊的速度更快，原本應該如此。

「啊。」

然而，那把劍卻擋住了從背後砍過來的斬擊。

一把如厚重菜刀般的柴刀被直劍彈開，砸到了地面。

「……！」

柴刀。某個新出現的人物對霞庫萊發動了猛攻——

那是一位比凱特還要高，肌肉發達的女性。那深深揚起的笑意與瞇細的眼睛，搭配臉上的傷痕，給人一種怪物般的凶惡感。

（這傢伙是何方神聖？）

「太天真了……」

塔之霞庫萊是一位能夠與數十隻機魔同時交戰還不落下風的高手。

就算有另一個人加入戰鬥，他仍然能以靈活的姿勢瞬間以直劍反擊——

接著他轉向齊雅紫娜的方向。

一連串應該以「啵啵啵啵啵」形容的爆裂聲響起。

「咕……嗚！喔！」

用來防禦的直劍在爆炸中被打斷。

霞庫萊的手腳噴出鮮血，像是揪在一起似地當場倒下。

「——『H&K MP5』。你大意了，小鬼。」

輪軸的齊雅紫娜拔出的武器，是一把被稱為衝鋒槍的武裝。那是美斯特魯艾庫西魯製造的「彼端」兵器的剩餘品。

「怎麼，可能。」

就像剛剛他對射擊做出反應，霞庫萊一直沒有對齊雅紫娜的動作掉以輕心。但是……就在注意力被突如其來現身的高大女性引開的一瞬間——

老婆婆在硝煙中露出獰笑。

「你覺得機魔製造者……身上就不會藏有機魔的裝甲嗎？」

藏在衣服裡的複合裝甲掉了下來，在石板路上砸出了金屬聲。

不過霞庫萊的短刀其實已經刺穿了那片裝甲，稍微割傷了腹部的肌肉。齊雅紫娜的那個模樣只是拚盡全力做出的虛張聲勢。

「咕……嗚。」

身受重傷的霞庫萊搖搖晃晃地往後退。

凱特毫不猶豫地衝上前去，準備斬下他的頭顱。

「住手，凱特！」

霞庫萊以一個搖搖晃晃、幾乎要倒下的動作，流暢地揮出了劍。劍身略微擦過凱特的下巴。

而霞庫萊則是向後仰倒，摔到立體交叉道的橋下。

「……該死！我們明明已經贏了……！」

「喂，狙擊手呢？」

齊雅紫娜望向橋對面的建築物。

對方的氣息已經消失了。在霞庫萊無法繼續戰鬥的同時，他也立刻撤退。

橋上只剩下凱特和齊雅紫娜，還有那個拿柴刀的神祕女子。

「……妳到底是什麼人？」

「我不是你的敵人。前第四卿，圓桌的凱特。我們希望請你們和我們一起行動。」

她毫無疑問是一位經驗豐富的戰士。在剛才的攻防中，她沒有顯現出絲毫的慌亂。

但是，圓桌的凱特不記得在黃都的士兵中有這號人物。

那麼，她究竟屬於哪個勢力呢？

「別惹我生氣。妳是什麼人？不能報上妳的所屬單位嗎？」

「摘果的卡妮雅。」

女子用一隻手輕鬆地旋轉著厚重的柴刀。

凱特聽過那個名字。她是在托吉耶市的戰場上，與第二十四將丹妥交戰的異形女豪傑。據說此人揮舞巨大的柴刀，在戰場上總是保持著笑容。

而且，最重要的是……她並非黃都的士兵。

「——我是舊王國主義者。你們沒有選擇的餘地……當然——」

原本應該在第六戰的這一天走到命運盡頭的圓桌的凱特，卻因為一場意想不到的邂逅得以保住性命。

然而，那絕對不代表情況有所好轉。

「前提是你還想活下去。」

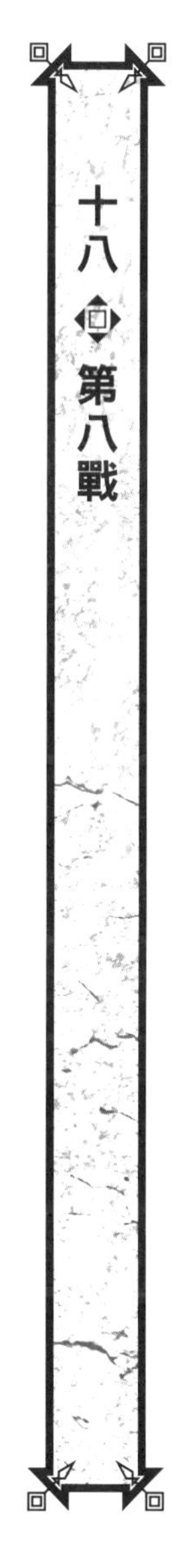

十八 第八戰

在黃都的第十四將，光暈牢尤加所擁有的馬廄中，收容著一頭奇特的大型野獸。遠遠看去，牠給人一種近似於狼的印象，但又與這個世界上的任何生物都不相似。

這是因為牠是一頭混獸（chimera）。在第三戰中被淘汰的勇者候選人，善變的歐索涅茲瑪。

「……我已經，和你們的戰鬥沒有關係了。」

牠正在與一位小鬼交談。那是第一千零一隻的基其塔．索奇的使者。

「只要我在六合御覽中晉級，我就會幫助廣人。因此，廣人也必須幫助我獲勝。這是我們之間對等的契約。除此之外，我們雙方再無瓜葛。」

「我們要提的不是協助基其塔．索奇大人作戰的事。」

「如果這麼做會讓他贏，那就是同樣的事。」

歐索涅茲瑪的目的已經結束了。牠沒有繼續參與六合御覽的理由，而且若是在牠自己的對決結束後繼續與廣人陣營保持聯繫，不僅會帶來危險，也不是什麼好事。

牠與基其塔．索奇的契約關係已經結束。雖然在考慮到這個事實的前提下，對方也許還是需要歐索涅茲瑪的幫助——

「那麼，以醫師的身分協助我們呢？」

「……什麼？」

「在這場六合御覽之中，有可能正蔓延著新型的從鬼。我們認為憑藉歐索涅茲瑪閣下的醫療技術，治療被變成從鬼的病人或許不是不可能的事。」

「……我不會說不可能，但只限於在感染的初期就進行處理。大量輸血也是不可或缺的。如果你們認為這樣也無妨的話，我會在可能的範圍內……救助發病的患者。」

善變的歐索涅茲瑪雖然是一頭混獸，但也是一名醫師。

曾經殺死過眾多英雄的牠在「真正的魔王」死後，失落地離開了這片大陸。

牠曾以不斷的殺戮和持續自我改造的技術，拯救與被牠殺死的人數同樣多的無辜人民，期盼以此解除自己身上的詛咒。

（——就是因為我帶著「魔王之手」，真是太愚蠢了。）

不過從結論來說，實際上侵蝕其內心的東西，根本就不是牠持續殺戮而帶來的罪惡感。

那可恨到極點的詛咒源頭，就正如字面所述地位於歐索涅茲瑪的手中。

「……我沒有打算直接支援基其塔．索奇的戰鬥。為了避免招來不必要的懷疑，最理想的時間點是在第八戰結束後抵達。請你們考慮這一點。」

「了解。那麼，我們會在城中劇場庭園等候您。」

使者跳出敞開的窗戶就此離去。連一絲痕跡都沒有留下。

（從鬼的大規模感染將會在第八戰中爆發。有人企圖利用基其塔．索奇的對決來引發那個狀況……是這樣吧。）

使者離開後，歐索涅茲瑪小睡了一會兒。

當牠醒來時，這個馬廄的主人——光暈牢尤加剛好現身。

「狀況如何？」

「……不算差。」

「哈哈哈。你的恢復力真是驚人。不愧是混獸。應該已經能自由戰鬥了吧？」

「還沒有試過。調查進度如何？」

「你是說凱特和齊雅紫娜嗎？一點進度也沒有。第六戰的當天，在舊市區的小巷裡找到了大量的血跡，但是沒有發現屍體——有人說那可能是偽裝。畢竟對方是凱特，他絕對比我聰明。這件事真是棘手啊。」

（血跡嗎。如果勇者候選人之中混入了血鬼……早知道剛才應該從使者那裡問出情報。）

歐索涅茲瑪在這場六合御覽之中採取的策略是待在吉米納市，切斷敵我的情報交流，只專注於自己的對決上。所以牠沒有收集與自身無關的勇者候選人情報。

這是一個刻意的策略。因為基其塔．索奇是一個出色的戰術家，從他那裡獲得的情報一定不會是免費的。況且，牠判斷若是知道太多其他勇者候選人的情報，也可能招來其他陣營前來攻擊的危險。

然而，接下來牠將主動前往城中劇場庭園。原因是預測到從鬼的感染。所以牠有必要獲取基其塔・索奇的對手情報。

歐索涅茲瑪看了一眼時鐘。

（第八戰差不多要開始了。）

——不言的烏哈庫。牠只知道名字，卻不清楚是什麼樣的對手。

「尤加，第八戰會是怎樣的對戰？」

「嗯？你是問誰會贏嗎？如果是小鬼和大鬼打的話，一般來說很容易看出結果。不過……基其塔・索奇也很強啊。」

「……大鬼。」

——只憑這麼一句話，歐索涅茲瑪就感覺渾身的毛彷彿都倒立了起來。

牠搖了搖頭。為什麼之前沒有想到這一點。

直到在第三戰中戰敗之前，歐索涅茲瑪自己也都處於瘋狂的狀態。

牠根本無法判斷自己看到了什麼，或是自己「試圖不去看什麼」。

「你說大鬼？」

「嗯，那是一個完全不說話的灰色大鬼。不過老實說，我也完全不清楚這傢伙的事。不知道他來自哪裡，是什麼樣的傢伙——歐索涅茲瑪？」

在尤加還來不及阻止的時候，歐索涅茲瑪已經猛地往地上一踩。

當被風捲起的稻草落下時，牠的身影已經消失了。

◆

進行第八戰的當天。城中劇場庭園準備室。

逆理的廣人不在第一千零一隻的基其塔．索奇的準備室。

無論具有多麼密切的合作關係，在六合御覽中，能夠進入準備室附近的人，只有擁立者及其直接的相關人員。

在對決即將開始的時候，有人打開門走了進來。

「基其塔．索奇，可以談一下嗎？」

第二十四將，荒野轍跡丹妥。他是基其塔．索奇的擁立者。

「沒問題，現在還有一些時間。」

「……雖然對決就要開始了，但是諾非魯特似乎還沒有回到黃都。」

第十六將，憂風諾非魯特。他是不言的烏哈庫的擁立者。

「這樣啊。黃都那邊有沒有進行搜索？」

「目前還不算是出狀況。按照諾非魯特的計畫，他應該會在今天回來。但是……他會不會整個上午都沒有回來？目前誰也沒辦法掌握到那傢伙的動向。」

「如果諾非魯特就這樣一直不回來，我應該怎麼辦？」

「……我可以認定是你做了什麼嗎？」

「這個嘛，看來至少到目前為止，我們的運氣都還不算差。」

雖然同屬於廣人陣營，但身為黃都二十九官的丹妥對於諾非魯特的下場一無所知。他沒有答應擦身之禍庫瑟的勸說，就這麼命喪於死亡之刃。

只要沒有人能確定擁立者的死亡，不言的烏哈庫嚴格來說就還不算失去資格。就像第四戰中變更勇者候選人那樣，即使擁立者不幸意外身亡，如果有人出面頂替擁立者的位子，六合御覽仍可繼續進行下去。

然而，基其塔·索奇認為諾非魯特不可能抵達這座城中劇場庭園，烏哈庫現身的可能性也非常低。

（……不言的烏哈庫沒有主體性。）

烏哈庫本來就不是出於自己的意願成為勇者候選人的修羅。他不過就是被諾非魯特帶到黃都，被登記為勇者候選人，並且遵循某種義務或指示進行戰鬥罷了。

唯一看起來是他根據自身的意志採取行動的例子，是阿立末列村的屠殺事件。

（不知道他有什麼樣的目的，又為什麼要參加六合御覽……如果可以的話，我本來想收集有關他動機的情報。但不管對他的身邊做了多少調查，那個部分仍是一片空白。）

「不言的烏哈庫，究竟是為了什麼樣的目的參戰呢？」

丹妥也說出了與基其塔・索奇腦中想法相同的疑問。

「……我調查了不言的烏哈庫的經歷。雖然不清楚他在現身於阿立末列村之前過的生活……目前他唯一有的，應該就是和『教團』相關的聯繫。一開始時，他幫助了環座的庫諾蒂，然後跟隨同為『教團』出身的諾非魯特，成為勇者候選人……然後在救濟院的襲擊事件中，他幫助了擦身之禍庫瑟閣下。這件事我是從庫瑟那裡聽到的。雖然不清楚原因……但至少現在看來，他跟隨的對象是很明確的。」

基其塔・索奇透過收集整個大陸的「教團」孩子們的情報，將擦身之禍庫瑟拉進廣人的陣營。這不僅僅是因為他身為刺客的可用性，也是基其塔・索奇藉由「教團」這個聯繫，運用不言的烏哈庫的長期計畫的一部分。

以單一個體來說，基其塔・索奇是最弱的勇者候選人。若要讓他在六合御覽中取得勝利，得到不言的烏哈庫是必要的條件。

「你又是如何呢？」

「……你是說，我嗎？」

「你跟隨的是『逆理的廣人』這個人嗎？還是為了滲透黃都的目的而利用廣人的力量？我之前都沒有像這樣和你深入地交談。」

「原來如此。這似乎是廣人閣下很喜歡的話題呢。我呢……不是那種會主動說出目的和計畫的人。」

第一千零一隻的基其塔．索奇是從石塞的蓋澤古．索奇血脈延續下來的索奇一族後裔。他的祖先蓋澤古．索奇是當時最聰明的小鬼，也是逆理的廣人最早得到的夥伴之一。據說他在完成探索新大陸的豐功偉業之後，不久便去世了。

基其塔．索奇之所參與戰鬥的原因，也是為了完成那位蓋澤古．索奇的遺願。

當廣人提出讓身為指揮官的他成為歐卡夫投降的人質，並且需要以勇者候選人的身分參加對決的條件時，他毫不猶豫地接受了。

但那絕對是因為他自己認為應該這麼做。

「我不是要討論跟隨廣人閣下，或者是否利用他之類的話題。這個嘛。我接下來要說的話可能不太符合戰術家的身分——」

那個人類是從基其塔．索奇也不知道長相的祖先時代開始，就比任何人都更致力於小鬼們的發展。

那個人類是個從彈火源哈迪手中得到作為回報的唯一一瓶血鬼抗血清時，會毫不猶豫地要求交給基其塔．索奇，而不是用在自己身上的人物。

他認為，只要第一千零一隻的基其塔．索奇還在，小鬼們就有未來。

「我喜歡廣人閣下。」

「……我想也是。」

丹妥也低聲地回答道。

「那傢伙確實是個可怕的政治家。一般政治家通常具有為人親切又活潑，擁有吸引人的非凡才能等特質——他似乎截然相反。他既理性又冷漠，甚至有些詭異和不可靠。但是不知道為什麼，我總覺得自己差點會情不自禁地『想成為他的夥伴』。」

「丹妥閣下的意思是……您不想成為廣人大人的夥伴嗎？」

「……是的。」

——丹妥說所有戰術性的決定都是由基其塔．索奇所做。事實並非如此。

當他以勇者候選人的身分進入黃都的時候，挑選丹妥當盟友是逆理的廣人的主意。那不僅僅是因為當時他擁有容易讓人接近的要素……一定還有其他原因。荒野轍跡丹妥的身上具有某種能讓廣人的未來更加順利的要素。

（……不論是誰，最後都會成為他的夥伴。若是如此，那就再好也不過了。）

門打開了。

「第一千零一隻的基其塔．索奇。對決即將開始。」

那是隸屬於城中劇場庭園，負責帶領勇者候選人前往對決場地的士兵。

「趁現在整理裝備，等待叫你上場的人過來。」

「……對決？」

「是的。丹妥將軍，有什麼問題嗎？」

「不……沒什麼大不了的事。不言的烏哈庫已經抵達了嗎？……諾非魯特也來了？」

「……？是的，他們兩位就在剛才都已經現身。那麼，在下就失陪了。」

「……」

士兵離開了。基其塔・索奇和丹妥沉默了一會兒。

——不言的烏哈庫現身了。他的行動準則依然是個謎。

「……好了。既然如此，我也別無選擇，只能戰鬥了。雖然我不太情願就是了。」

「基其塔・索奇。你說在六合御覽的檯面底下運作的『匿形軍』是血鬼吧。而且與澤魯吉爾嘉有所聯繫的『黑曜之瞳』是一個獨立的陣營。」

「……嗯，十之八九不會錯的。」

「如果不言的烏哈庫是受到操控，而在這場對決中上場——」

「那是不可能的。血鬼病毒應該在烏哈庫的詞術否定能力的範疇之內。就像龍和黏獸一樣，他們本身的活動力會遭到消除。」

「那麼，烏哈庫之所以出現在這場對決，有可能是『黑曜之瞳』的安排嗎？」

「可能性非常高……我對諾非魯特的出現感到很在意……比方說，他們可能操控周圍人士的認知，讓他們誤認諾非魯特。」

基其塔・索奇豎起一根手指。

「我在這場戰鬥中犯了一個錯誤。那就是讓歐卡夫的傭兵撤出黃都以對抗『匿形軍』的滲透。這意味著他們至少知道了廣人陣營的某人——很高的機率是我，是『第一個注意到其存在』

的人。雖然我已經把敵人是血鬼的情報散播到各個陣營，但真正展開應對手段的陣營還很少。如果他們打算發動攻擊，那麼第一個目標將會是我。」

「如果是這樣……基其塔·索奇。那麼這場對決就很危險了。就算你打敗了烏哈庫，也可能會有其他人闖進對決場地，試圖解決你。如果敵人是血鬼，他們就可以使用那樣的手段。」

「哎呀，真是意外，沒想到丹妥大人竟然會關心我……不過敬請放心。如果他們闖進賽場，那就代表我們這邊派人闖進去也沒有問題。」

「——是歐索涅茲瑪嗎？」

「牠一定不會坐視不管。況且，我在觀眾席中也安排了一些部隊。如果觀眾席那邊或出入口有可疑的動向，我們就能利用人數優勢壓制對方。」

「……哼。你打算使出你擅長的大軍壓境嗎？六合御覽可是一對一的戰鬥喔。」

「是啊。前提是對方遵守這點。」

基其塔·索奇憋著笑意，一本正經的丹妥也被逗得嘴角微微上揚。

「……丹妥閣下。如果可以的話，能麻煩您接觸諾非魯特嗎？第七卿弗琳絲妲大人的醫療部隊不久後將會抵達。請與他們會合。肯定會有某些與『匿形軍』有關的人潛伏於現場。請做好包含應戰在內的充分準備。」

「……你連醫療部隊都安排好了嗎？」

「是的。弗琳絲妲大人是一位會『收錢辦事』的人，單就資金的實力，廣人閣下不會落後於其他勢力。再說了，我們今天的計畫也是不只有這些。」

「你們這些傢伙真是喔……」

丹妥以一種有些惱火但又近乎信任的口吻說完後，拔出了劍。

「你得盡量獲勝喔。第一千零一隻的基其塔．索奇。」

「——您也是，荒野轍跡丹妥閣下。為了女王，請您繃緊神經。」

丹妥離開了準備室。

接下來就只剩下基其塔．索奇自己的對決準備。

他戴上一頂完全遮住臉部的厚重鐵盔。

這不僅是為了保護頭部，還是為了讓目擊對決的群眾無法看到他的長相——此外，這頂頭盔還具有與他的戰鬥相關的第三個功能。

他打算帶著十字弓進入對決場地。但是對基其塔．索奇來說，那只是備用武器。他要使用的武器是揹在背上的巨大合金罐子。

在一對一的真業對決之中，基其塔．索奇不能把他真正的武器——小鬼的兵力帶進對決會場。即使如此，這位最強的戰術家還是能準備必勝的戰術。

「第一千零一隻的基其塔．索奇，對決的時間到了。請在這裡確認你上場的意願。」

面對再次出現的帶路士兵，基其塔．索奇回答道：

「沒有那個必要。我們現在就走吧。」

「了解。」

引導的士兵的一隻手臂用繃帶吊著。根據之前與哈迪交涉時聽到的對話，他知道有一名士兵在第三戰私底下的混亂中受傷了。

（「匿形軍」無所不在。）

即使是在通往對決場地的短短通道裡，他也隨時可能遭到突襲。

血鬼與從鬼能透過直接的黏膜接觸，或是對傷口注入大量血液來感染他人。這位帶路的士兵有沒有可能在被「匿形軍」打傷時，變成了從鬼？

基其塔．索奇的裝備也是用來立刻制服那種敵人的手段。

「……你身上有血腥味。最好去給醫生看一下你的傷。」

「我已經接受了生術治療。」

「是嗎。不過，我覺得我可以介紹你一位更好的醫生。」

不久後，基其塔．索奇抵達了對決場地。

與此同時，從對面通道走出了一隻巨大的大鬼——不言的烏哈庫。

（——他果然來了。）

擔任裁判的第二十六卿，低語的米卡在面對面對峙的兩人之間高聲喊道：

「兩位，請在指定位置上面對彼此！」

基其塔．索奇一邊確認風向，一邊面向烏哈庫。

在大鬼之中，對方也是特別高大的個體。與基其塔・索奇相比，其身高是三倍以上。
那雙凝視基其塔・索奇的雙眼如鏡子般蒼白，讓人摸不透底細。
「……好了好了。如果可以的話，我其實是不想戰鬥的。」
基其塔・索奇搓了搓雙手的手指。
在一對一的情況下與大鬼對峙，對地面上的大部分生物而言與死亡是同等的意思。
小鬼是一個靠著繁殖能力，以數量取勝的種族。他們的單一個體的身體能力甚至不如人類。與其他種族相比，他們也沒有特別擅長詞術。
但是，只要第一千零一隻的基其塔・索奇存在，他們就能逆轉這樣的種族差距。
基其塔・索奇在這六合御覽使用的武器，並非不是源自於種族的強大力量或特殊能力。不是經過辛苦鍛鍊的必殺招式。更不是無法複製的魔具。
電解食鹽，可以得到氫氧化鈉。將它與存在於自然界中的石英一起加熱融化，就能生成矽酸鈉。從矽酸鈉中，可以得到偏矽酸鈉。
完全包覆其頭部的鐵具有第三項功能。裡頭放著保護眼球的護目鏡，以及連通外界空氣的偏矽酸鈉吸收罐——也就是濾毒罐。
（不言的烏哈庫，你有什麼手段？有什麼策略？有什麼把戲？有什麼招式？）
而基其塔・索奇則是揹著一個合金製的罐子。
——即使是在沒有大型化學工廠或嚴密實驗室環境的世界，要製造這種物質也不是不可能的事。在一定溫度下燃燒焦炭，可以生成一氧化碳。從食鹽的電解過程中，可以得到氯氣。

將一氧化碳和氯氣在陽光下反應，可以生成一種物質。

當它接觸眼球黏膜時，會立即產生鹽酸，引發令人無法戰鬥的劇烈發炎反應。

它還會進一步侵蝕呼吸器官，引起伴隨肺水腫的後遺症。

這也是「彼端」化學工業的基礎物質，在大戰中給士兵帶來恐懼的那種劇毒……其名字在希臘語中具有「透過光合成」之意。

碳醯氯——「光氣（ｐｈｏｓｇｅｎｅ）」。

（而這招，是我的第一步棋。）

即使是能抵消所有詞術的烏哈庫，也無法否定這股力量。

他所使用的，正是文明的力量。

◆

觀眾席上。

在逆理的廣人注視下，第八戰即將開始。

（……庫瑟沒有殺死諾非魯特嗎？）

不言的烏哈庫出現了。可以確定他有擁立者。廣人沒有親眼看到諾非魯特的死，但是指揮作戰的基其塔．索奇不可能沒有確認他的屍體。

或許，附在庫瑟身上的「天使」有可能讓人處於假死狀態，而非立即死亡。

又或者是庫瑟和基其塔．索奇之間做了某種交易，為了未來的戰略而保留諾非魯特的性命。

考慮到庫瑟的人格，這種可能性似乎也是完全有可能的。

（……即使如此，我能做的事情也很少。無論在戰鬥還是戰術上，我在這裡都無法給基其塔．索奇提供任何幫助。）

「……」

廣人注意到周圍的觀眾像是被退潮般地拉開距離。

他看著對決場地，頭也不回地喃喃說道：

「……你最好避免和我接觸。」

一頭宛如填滿觀眾退去空間的巨獸，出現在他的旁邊。

除了廣人，所有人都畏懼其異常的形體而只能遠遠地看著。

一頭有著蒼銀色毛皮，像是巨大怪異野狼般的流線型野獸。其名為善變的歐索涅茲瑪。

「哈——哈——」

牠的呼吸非常粗重。很難想像像歐索涅茲瑪這樣的生物會因為全速奔跑而變成這樣。這種呼吸方式是心理性的。牠感到了恐懼。

「還是說……歐索涅茲瑪。你找我是有私事嗎？」

「——你，是知道的嗎？」

廣人從來沒有聽過歐索涅茲瑪用這麼凶惡的聲音說話。

「你真的知道基其塔．索奇的對手是誰嗎？」

「我知道。我對不言的烏哈庫的身分和能力做了充分的事前調查。不過——」

廣人憑天賦的才能察覺到，這不是重點。

歐索涅茲瑪所詢問的，絕對不是這種事情。

牠也沒有望向廣人。那對充血的雙眼緊緊地盯著對決場上的烏哈庫。

「歐索涅茲瑪。你……知道些什麼。關於不言的烏哈庫，你知道什麼？」

「廣人！現在立刻……立刻叫基其塔．索奇停止對決！不可以讓他上場！絕對不能……絕對不能讓他被擊敗！」

「你究竟……究竟知道什麼……？」

廣人的脖子冒出冷汗。那是對真相的恐懼嗎？

基其塔．索奇沒有把任何關於不言的烏哈庫的情報告訴歐索涅茲瑪。那是為了防止烏哈庫的能力洩漏給其他陣營，他是廣人陣營的王牌。

那麼，根本沒有任何機會接觸烏哈庫的牠，究竟知道些什麼呢？

「我知道！」

他擁有真正的解咒之力。在那股力量面前，任何詞術都是無意義的。

他為什麼要參加六合御覽？為什麼要來這裡？

沒有人知道。

也許不是因為沒有人找到答案，而是——

「我從一開始就知道！不言的烏哈庫……那不是他的名字！」

喧鬧的儀隊砲火聲感覺遙遠得可怕。對決即將開始。

基其塔·索奇應該隨時都能消滅他吧。已經停不下來了。

只有呼喊聲響起。

「賽特拉！他的名字是賽特拉！他是打敗魔王的……他是真正的勇者！」

第八戰。不言的烏哈庫，對決，第一千零一隻的基其塔·索奇。

■■◇外界的賽特拉

在「真正的魔王」的時代結束時，有一個男子和一頭魔獸繼續了一年的旅程。那是一段既沒有找到他們所追求的東西，也沒有明確目的地的旅行。

然而，這絕非一段艱辛的旅程。善變的歐索涅茲瑪擁有讓威脅無法靠近的力量，而飄泊羅針的歐魯庫托則擁有撫慰人心的歌聲。

「——慈悲之雨澆灌大地／士兵的劍終將垂落／啊啊，有誰會懷疑／以生命作代價的公主的至誠／康寧的世界／那美麗的願望……」

歐索涅茲瑪閉上眼睛，聆聽著他的歌聲，直到樂器的最後一絲餘韻消失。

一直為戰鬥而生，只知道不斷殺戮的野獸，似乎僅因為這股音樂而得到救贖。

那歌聲宛如魔法，能治癒恐懼。

「……有野豬。」

「嗯。」

他們正在森林深處。即使是對危險很遲鈍的歐魯庫托似乎也注意到了在林蔭下的道路邊休息野獸的氣息。而歐索涅茲瑪甚至知道牠們的數量。四隻，那或許是一家子。

「牠們沒有攻擊的意圖。讓牠們走就好了。」

「哈哈！我不是要吹噓啦，但就算是野獸也會聽我的歌。這樣的話，說不定我還能戰勝魔王喔，你不這麼覺得嗎？」

「不可能吧。」

飄泊羅針的歐魯庫托的歌聲，的確擁有一股力量。

那些不安分的野獸會被旋律的美麗所吸引，停下腳步或翅膀。即使是明確懷有敵意的存在，也無法不側耳傾聽他的歌聲。

儘管承認了那種音樂近乎於魔法的美妙，但歐索涅茲瑪仍然覺得他的嘗試太魯莽了。

而同樣跟著參與這次嘗試的歐索涅茲瑪，和他一樣，也是同樣的魯莽，這一點毫無改變。

「用這種方式真的能找到嗎？你所追求的那個東西——」

「老實說，除非問詞神大人，否則誰也不知道吧。就是因為不知道，所以才要去做。我們今天要到達下一個城鎮。」

「……到的時候就是黃昏了。最好加快腳步。」

從一個城鎮到另一個城鎮。歐魯庫托以歌聲賺取旅費，前往下一個城鎮。

並非所有的城鎮都熱情歡迎流浪詩人。在歐索涅茲瑪不能保護他的城鎮中，反而往往比路上更危險。

不知是不是因為擁有能震撼世界的歌唱才能，歐魯庫托的戰鬥能力弱得驚人。他具有天生的強壯體格，但他的出招速度和判斷力卻慢得令人絕望。

這樣的男子為了打倒「真正的魔王」而持續旅行。這種事無論從什麼角度來看，都像是一個不好笑的笑話。

「歐魯庫托，如果……你一直找不到你要找的東西，你打算怎麼辦？」

「到那個時候，我們可能就完蛋了。一切的辛苦都白費了……然而，就只是這樣而已。還是說，會有其他人來打倒『真正的魔王』嗎？也許還有其他人在用我們這種愚蠢……又不正常的方法進行嘗試。」

「……不正常的方法……」

「你知道嗎？有個聰明的傢伙，想用毒來打倒魔王……他在一位準備挑戰『真正的魔王』的英雄的行囊裡，設置了一個裝置，只要打開行囊，就會揮發出劇毒的氣體。這樣一來，只要那傢伙在一無所知的情況下靠近魔王取出武器，魔王就會死。」

「……然後呢？」

「某天夜晚，那傢伙『自己打開了行囊』。設下陷阱的英雄和同一棟建築物裡的所有人，都因此受到牽連而喪命。」

魔王的恐怖，在於他會腐蝕反抗他的意志。

那些要消滅可恨萬物之敵的人，會害怕自己做出的決定。即使是透過沒有感情的魔族、自動機械或爆裂物，只要策劃這一切的人具有心靈，他們就會因為害怕自己的行為而陷入瘋狂。無論距離和時間，他們都會避免「執行計畫」。

那麼只要使用不分敵我的攻擊不就好了嗎？只要別意識到「真正的魔王」不就好了嗎？只要把自我毀滅放進計畫中不就好了嗎？

只要稍微有點頭腦的人，都可以想出許許多多打敗那種因為對象太過可怕，腦中不能有靠近意圖的方法。

無數的人都這麼做過了。

在這二十五年之中，人們想得到的各種手段一定都已經被用盡。

就連「最初的隊伍」都戰敗了。其中甚至包含創造歐索涅茲瑪的邪惡魔王——色彩的伊吉克。既然那七人也打不贏，那麼再強的人也不可能碰到「真正的魔王」的一根手指。

因此，實際上他們的搜尋遠遠稱不上是作戰——比較像是在找不到打敗敵人策略的情況下，依靠著無法解釋的小迷信。

他們做的是被逼入絕境的弱者會做的事。

（真是不可思議。）

歐索涅茲瑪跟在歐魯庫托背後走在路上，心中如此想著。

這是牠首次與夥伴們一起旅行，但這絕對不是一段辛苦的旅程。

（他的作法如此魯莽，但感覺這不像是一段絕望的搜尋之旅……也許，他真的……）

——最後，在一年過去時，他們遇到了那個。

歐魯庫托找到了那個其他人可能永遠都找不到的大鬼。
歐魯庫托之所以能找到他，是因為歌唱天賦帶來的啟示嗎？
或者，那是殘酷命運的一部分？
事到如今，誰也不知道了。

◆

原本只有兩個人的旅行夥伴增加到了三人。
他們給這位沒有詞術之力的大鬼起了個名字，外界的塞特拉。
以大鬼來說，他的體型非常小，只比歐魯庫托高出半個頭。
他們不知道塞特拉原本有什麼名字。
或許他一開始就不需要這樣的東西。
塞特拉自己從未表達過任何意見，但即使如此，他還是默默地陪同歐魯庫托一起旅行。
在遇到危機時，他會與歐索涅茲瑪一起勇敢戰鬥。身為大鬼卻不吃人。其生活有如神職人員般規矩。和他們一起冷靜地旅行。
雖然沒辦法與他交談，但歐索涅茲瑪也逐漸信任這個奇怪的大鬼，並且在戰鬥中願意把生命託付給他。

這個不懂詞術的大鬼，也會與歐索涅茲瑪一起聽著歐魯庫托的音樂。

那時的塞特拉看起來很溫和、平靜。

他們繼續旅行。

——然後，來到了旅途的終點。

「……庫塔白銀市。這裡就是庫塔。不會錯的。」

看著被燒毀的看板上的市徽，歐魯庫托露出一絲抽搐的笑容。

充滿人潮和活力，每次來訪都有全新建築物的「變化之城」。

確實，它曾經是如此。但現在已經面目全非。一切都變了。

「失去駒柱辛吉之後，此地的淪陷也是必然的結果。在『真正的魔王』的威脅面前，城市的規模根本無關緊要。」

「我知道。我知道，但是……實際看到時，還是會讓人很難過。」

歐魯庫托的動搖，可能不僅僅是因為市容變得面目全非。

每個角落沾滿了淒慘的血跡，殘留著痛苦死亡的痕跡。整個城市已經被徹底摧毀。

這樣的廢墟，在這個時代比比皆是。

但是這個庫塔白銀市有所不同。

魔王就「在」這裡。正以黑暗恐懼吞噬整個大地的元凶就在這裡。

「……歐索涅茲瑪。你知道魔王在哪裡嗎……」

「……」

歐索涅茲瑪很冷靜。牠停下腳步，一動也不動。

牠就像許多優秀的戰士，能感知威脅的氣息。

牠能感覺到恐怖的源頭。在死亡的沉默中，只有一個生命靜靜地待在那裡。

牠不想面對那個方向。不想靠近。

歐索涅茲瑪是魔王自稱者伊吉克用來收集生物材料而創造，具有戰鬥所需所有功能的人造生命。

然而，牠唯一缺乏的是勇氣的機能。牠就是被如此創造的，為了讓牠成為絕對不會反抗伊吉克的助手。

歐魯庫托站在牠的身旁，塞特拉則是充滿警戒地守護著他們的後方。

即使如此，牠仍然感到害怕。

「塞特拉……」

「…………」

在這種侵蝕心靈的恐懼中，那個大鬼連一聲也不吭。

塞特拉是天選的存在。僅僅憑借自身的意志，他就擁有消除這個世界上所有神祕的力量。

對象不僅僅是詞術。包括明顯不是源於詞術的古代魔法裝置所產生的超自然現象在內，一切異常在外界的賽特拉面前都是毫無意義的。

否定物理法則之外的一切，甚至能毫不費力地殺死龍的終極異能。

這正是歐魯庫托一直在尋找，這個世界上不應有的存在。

否定一切的力量。讓任何事都不會發生的力量。

歐索涅茲瑪相信，只要他在，他們就有與「真正的魔王」戰鬥的可能。

然而。

此刻，站在這個地方，那種確信已經消失無蹤。

僅憑「那點程度的力量」，真的有可能打敗「真正的魔王」嗎？

「……歐魯庫托。這次的嘗試，果然還是，太過魯莽了。」

「哈哈哈……什麼嘛，歐索涅茲瑪。你現在才感到害怕啊？」

「——沒有錯。難道你不是嗎？」

歐索涅茲瑪再也無法前進。不管牠再怎麼鼓起勇氣也做不到。牠憎恨著沒有那種機能的自己。

出汗、心跳、呼吸。牠知道站在自己旁邊的歐魯庫托也深陷於恐懼之中。

對於非戰士的他來說，這已經足以威脅他的生命。

「歐、歐魯庫托。拜託了。到此為止吧。」

只要當作什麼都沒看到就好。

只要當作他們的旅程是做白工就好。

現在回頭，回到旅行開始前的生活就好。沒有人會指責他們。畢竟，他們甚至不確定那個方法是否真的能打敗魔王。

這個世界也許終將滅亡，但那不是任何一個人應該承擔的重擔。

只要這樣做，就不必品嘗比死亡更駭人的絕望。這很簡單。

「………………嗚、嗚嗚……」

——終於來到這裡了。

歐魯庫托演奏的樂曲，傳遍了隔著樹葉灑落陽光的街道。

遠遠地看著市民的歡呼，就像是自己接受歡呼般感到驕傲。

他們終於完成了自己都不敢相信，幾乎不可能的探索。

那是歐索涅茲瑪從血腥與殺戮的責任中解脫出來之後，第一次看到的美麗世界。

也許牠不是勇者。但即使如此，牠仍然曾經與夥伴們一起冒險。

牠不想相信那些冒險是為了這樣的結局而存在。

這一步之後，只有絕望。

「賽特拉……！」

歐索涅茲瑪看著賽特拉。難道他真能打敗「真正的魔王」嗎？

賽特拉沉默不語。他靜靜地站在那裡，並沒有要前進的意思。

既然如此，他們的探索一定是錯誤的。

賽特拉在面對恐懼時無法動彈。這難道不就是證明嗎？

「哈、哈哈哈……總有一天……你說過總有一天會這樣吧，歐索涅茲瑪。」

會死。如果繼續前進，我們就會死，這點無庸置疑。

歐魯庫托不可能沒有理解到這一點。

「你曾經說過，即使現在不前進，總有一天戰鬥也會逼近。你曾經對我這樣逞強過……那麼，你現在怎麼可以不保護我呢……」

「不行……！等一下……真的等一下……！我們根本沒有打贏那種東西的勝算！打從一開始，我們就全部搞砸了……！」

他明白自己率先邁出步伐，就能給歐索涅茲瑪他們帶來勇氣。即使他只是一個沒有戰士之力的普通詩人。

「我走不動了！對不起……對不起，歐魯庫托……！」

「是嗎。是啊。也是……算了，沒關係。我懂的……歐索涅茲瑪。很抱歉要你陪著我要任性。」

詩人把手放在比自己還要巨大的獸頭上，露出笑容。

然後他繼續走下去。

「賽特拉就拜託給你了。」

無論多麼希望他停下腳步，歐魯庫托都沒有停下來。

歐索涅茲瑪曾無數次看到這樣的情景。

太多……太多的英雄，就這樣死去。

——啊啊，為什麼人們會想要鼓起勇氣呢。

「——你身上有著勇氣。一直和你在一起的我很清楚。」

「……」

歐索涅茲瑪想要前進。牠搖搖晃晃地往前邁出了兩步。

雙腿在發抖，力量在流失。如果牠不追上去，歐魯庫托就會死。

「這也是我一開始說過的！就算你們不來，我也會去做！」

在死亡的景象中，他張開了雙臂。

那道背影逐漸遠去。

好遠。

自己和只是個人類的他，距離竟然如此遙遠。

無敵的混獸唯獨缺乏勇氣這個機能。

「就讓我用音樂感動『真正的魔王』吧！」

他被自己這句荒謬至極的話逗笑了。

◆

在「最後的隊伍」之中，在真正意義上挑戰「真正的魔王」的，只有一個人。

他的名字是飄泊羅針的歐魯庫托。那個男人並未攜帶武器。

他沿著過於明顯的恐懼氣息，找到了這間房子。

這是一間很普通的住宅。紅色的屋頂、白色的牆壁，還有綠色的庭院。

這附近的居民早已不見蹤影，在一片荒廢的住宅區中，只有那棟房子保持著特別整潔的模樣。

庭院裡倒著一具瘦弱乾癟的屍體，但也只有如此。

那就是，魔王的最後城堡。

「……那傢伙是靠吃什麼過活的啊，真是的。」

歐魯庫托試圖嘲諷地笑著，卻只能發出沙啞的聲音，他的表情肌根本無法配合意志。

（我沒有瘋。還沒。現在還沒。）

他拚命地說服自己。

（既然如此，也許我有成為英雄的資格。沒錯吧？因為我走到了這裡。這可不是任何人都能做到的。）

現在，已經沒有任何能夠聽他如此逞強的夥伴在身邊了。

即使如此，他必須為了自己而這麼做。

他用顫抖的手，放上了某個房間的門把。

如果門是上鎖的，那應該可以成為他轉身離開的充分理由。

但事實並非如此。門輕而易舉地打開了。

「咕嘔，嗚嗚。」

歐魯庫托嘔吐了。在強烈的恐懼之下，他連站都站不住。

「真正的魔王」甚至都還沒有現身。他那顆成不了英雄的心就徹底崩潰。

在腦袋思考之前，他的身體就已經想要逃跑。他想立刻離開這個地方。

「嗚、嗚嗚……哈，哈哈哈……哈哈……」

那是一種放棄般的笑聲，因為他意識到已經無法回頭了。

一旦到達那裡，就再也沒有其他的路可以選擇。

面對迫在眉睫的危機，他卻渾身僵硬。他的思緒反而被不應該去想的事情充斥，這種現象根本沒有任何合理性。

他接受了應該避免的事物。被迫做出不應該做的事情。

無法擊倒它，也無法逃脫它。

因為，那實在是太可怕了。

世界上存在一種比任何事物都更貼近自身，無法逃避，普遍存在的矛盾。
沒有人願意感到害怕，然而所有人都擁有那種心理機能。
那種稱之為「恐懼」的感情。
「……這東西，哈哈，如此……難以抗拒嗎……？這是在開玩笑吧……哈、哈哈哈……咕哈哈哈哈……」
歐魯庫托在絕望和難堪中笑著，但他還是爬行在房子的走廊上。
即使知道這會為自己帶來最淒慘的結局，他也只能這麼做。
「啊啊……聲音……該死，聲音……沙啞了……」
那條走廊通往一個非常普通的客廳。
家具還原封不動。圍著桌子的椅子，和一個稍微小一點的木製椅子。
這裡肯定曾是個幸福的家庭。他可以感受得到這一點。
那個東西就坐在其中一把椅子上。
一頭黑色，修長，充滿光澤的頭髮。
她只是坐在那裡，看著窗外的藍天。
「天氣真好呢。」

柔順的黑髮順著緩緩轉過來的臉頰而滑動。
在這極其淒慘的地獄中，只有她還保持著原樣。
一頭保持著光澤的長色黑髮。肌膚上甚至沒有絲毫的髒汙。
黑色的水手服上沒有任何的破損。
她就是這樣的存在。
不應該有的存在。
那雙如同吸收所有光芒的眼睛看著歐魯庫托，露出笑意。
「能告訴我你的名字嗎？」
歐魯庫托他——
他試圖回想該如何呼吸。
「啵。」
然而嘴裡只冒出啵啵啵的聲音。
鮮血的泡沫。
他知道，這是因為肌肉的劇烈緊繃，喉嚨深處的某條血管破裂了。
「……妳、妳是，啵。」
「真正的魔王」是一位手無縛雞之力的普通少女。
歐魯庫托打從一開始就知道這點。

他的歌聲能在短暫的時間之中……稍微撫慰那些因恐懼而發瘋的人。

能夠讓人說出在恐懼之中絕不會說出的真相。

自從在親眼見到「真正的魔王」，順利歸返的少數例外——星圖羅穆索的口中聽到「真正的魔王」的真相之後，他就展開了旅程。

因為毀滅世界的那種最強大的恐懼什麼人也不是，只是一種毫無理由的絕望。歐魯庫托才會展開這趟旅程。

——那是一段他人難以想像，為了打倒「真正的魔王」的旅程。

「……歌……妳……有聽過歌嗎……」

「……」

他還記得。

記得自己要透過震撼所有生命的歌聲之力，找出打敗「真正的魔王」的勇者。

記得自己與唯一沒有嘲笑他那荒誕不經的計畫的歐索涅茲瑪一起經歷的旅程。

記得自己在無數次的危機中，被歐索涅茲瑪的力量所救。

然後……奇蹟似地遇見了他一直在尋找的可能性。

他記得自己讓歐索涅茲瑪聽過比任何人更多的歌。

只會獨自彈奏音樂的詩人，並不能救贖自己。

但是在歐魯庫托的旅途中，他的身邊有一個始終能聆聽自己的旅伴——

「……還是說……？妳、妳已經……忘記什麼是歌了……？」

他用顫抖的手拾起掉在地上的餐刀。

歐魯庫托明白自己打算要做什麼。

在強烈的恐懼中，他的眼中滿是淚水。他想要唱歌給她聽。

也許，只要歐魯庫托唱歌，就有機會感化這位少女的心。

「真可憐。」

然後，他劃破了自己的喉嚨。

那個曾經吟唱過世上最優美的歌曲，那個連無知的野獸都會被感動的聲音的喉嚨，被鈍刀割破，變成了醜陋的筋肉纖維。

從他的氣管中流出的嘶嘶聲像悲慘的口哨，那已經不是歌了。

「歌……哦，你說歌呀……」

「真正的魔王」只是在他的面前，俯視著這位失去最自豪的驕傲，在絕望和痛苦中走向死亡的男子。

少女以優美地近乎於諷刺的聲音，對著天空喃喃低語道：

「……我還想再聽一次呢。」

歐魯庫托的旅程結束了。

沒有留下任何東西，也沒有得到任何回報。

除了一樣東西。

住宅的窗戶中閃過一道影子。

巨大的身軀破窗而入，彷彿要保護歐魯庫托。

那就像一隻巨大的狼，但那發出蒼銀光芒的毛皮並非自然之物。

「——歐魯庫托！」

歐索涅茲瑪看到了歐魯庫托的淒慘屍體。

勇氣來得太遲了。

就在歐索涅茲瑪出現的前一刻，歐魯庫托已經親手割裂了自己的喉嚨。

他永遠無法再唱歌了。

「魔王。妳這個混帳。啊啊！」

歐索涅茲瑪試圖要撕裂敵人。

「啊啊……」

牠明白自己什麼都做不了。

眼前就站著「真正的魔王」。手無縛雞之力、身形纖細的少女。

她就在只要稍微伸出手，就可以殺死她的距離之內。

不需要無窮的勇氣。只要有那麼一點點勇氣就夠了。
但是，那隻混獸不具備天生的勇氣這種機能。
即使如此，牠還是來到這裡了。
「嗚、啊啊啊啊……啊啊啊啊啊啊啊！」
牠還記得。
記得那個詩人比任何人唱過更多的歌。
記得傳說中的英雄打敗強大魔獸的偉大故事。
記得沒有力量的人反抗強者的崇高意志。
記得那充滿勇氣的歌曲。
「魔王……！妳……我要殺了妳！咕、嗚嗚嗚……！」
那麼，至少在這一次，讓奇蹟發生吧。
讓牠獲得勇氣。
儘管牠的心靈早已屈服於恐懼，但歐索涅茲瑪仍然想要前進。
然而，牠的腳，卻是一步也沒能邁出。
「真正的魔王」連頭都沒有轉向牠。
她就像是在看某種神奇的東西似地，俯視著已經斷氣的詩人。
「嗚、嗚嗚……嗚……！」

她在只要稍微伸出手，就可以殺死的距離之內。

然而，那一點點的距離卻處於無限的遠處。

這就是「真正的魔王」。

真正的恐懼是不能靠內心的力量去克服的。

如果說克服恐懼就是勇氣的話——

那就代表「擁有勇氣的人」，「是會感到恐懼的」。

要和她戰鬥，就需要那樣的意志。然而其意志源頭的內心卻會因此崩潰。

世上所有人的一切嘗試都是沒有意義的。

無論是橫掃千軍的絕技、精密而無窮無盡的計畫、超級大量的炸藥、小小的短劍、強者、弱者、心智、力量，無論是「彼端」的所有手段，還是這個世界的所有手段。

一切。一切。一切。

「啊啊啊啊！妳這個混帳……魔王……！打倒……打倒妳……！」

——然而。

在面對恐懼時，難道真的什麼都做不了嗎？

不是這樣。每個人，至少還可以做到一件事。

每個人，都可以強烈地如此盼望。

「——『幫我打倒她吧』！賽特拉！」

就連歐索涅茲瑪也能做到。

那就是「仰賴他人」這件事。

相信自己以外的……某位勇者將會擊敗魔王。

「啊啊，歌……」

「真正的魔王」……似乎突然想起了什麼，正要開口。

混獸的巨大身軀突然從背後裂開。

從裡面出現了一個灰色的——體型矮小，足以收進歐索涅茲瑪體內的大鬼。

「真正的魔王」第一次轉過頭來。

她的臉蛋美得令人難以置信，同時也透露出一股孤寂。

在任何世界都不被允許存在的「客人」。

少女張開了嘴唇。

「——」

粗糙的棍棒砸碎了少女的頭部。

賽特拉揮下的一擊穿透了肉和骨，甚至連地板都遭到粉碎。

現場發出令人毛骨悚然的水聲。

世上曾經有個讓地面上的一切都為之恐懼的萬物之敵。

一名無人能抗衡，只會給世界帶來恐懼和慘劇的敵人。

「真正的魔王」——如今已化為從頭頂到腰部絞在一起的骨渣肉塊。

她那依然站在地板上的白皙雙腿無力地倒下。

「哈啊、哈啊！啊……啊啊啊……」

氣喘吁吁的歐索涅茲瑪很害怕。牠一直都很害怕。

賽特拉殺死了「真正的魔王」。

他達成了每個人都害怕，每個人都無法做到的真正壯舉。

「這、這不可能……賽特拉……」

然而，牠仍然感到害怕。

因為牠明白了。

明白賽特拉是什麼人。明白歐魯庫托究竟做了什麼。

「真正的魔王」最後所說的，是歐索涅茲瑪不知道的語言。

讓人無法以詞術溝通意思的力量發動了。

那麼，當賽特拉從歐索涅茲瑪的背上跳出來的時候，他應該否定了異能。在那一瞬間，所有的恐懼照理來說都應該被否定了。

然而，「真正的魔王」的恐懼仍在存在。至今不變。

——沒有原因的恐懼是無法消除的。

「賽特拉……你、你是……」

外界的賽特拉……只是俯視著被他砸成鮮紅血肉碎片的魔王。看起來就像他正在安靜地，深沉的思考，哀悼著對方一般。

——實驗成功了。

歐魯庫托到底在進行什麼實驗？

他的歌曲是能觸及所有存在的靈魂的音樂。

即使對象是因魔王的可怕而發瘋的人，甚至是應該沒有心的野獸。

如果……對「真正的魔王」感到恐懼的心，與感受震撼靈魂的歌曲的心，有著同一個根源。

那麼一直走在街上，讓人們聆聽歌曲的他，真正在尋找的存在不是能否定所有異能，以強大的身體能力擊敗敵人的無敵大鬼。

他一直在觀察。不是觀察對歌曲的反應。剛好相反。

他在找的是即使聽到歌曲，內心也完全沒有反應的人。

「歐魯庫托……啊、啊啊啊……對不起……對不起……！」

歐索涅茲瑪不停地向早已死去的歐魯庫托道歉。

來不及了。

牠自己沒有什麼勇氣。就連外界的賽特拉也是。在這個世界上，沒有任何人擁有真正的勇氣去對抗「真正的魔王」。

若非如此……歐索涅茲瑪的腦海中就不應該會閃過一個可怕的想法：

我，將要做出一件可怕的事，

「不……不要，啊啊、啊啊啊啊！」

牠將要做出可怕得讓人發狂的事情。

「不要……不要……！」

歐索涅茲瑪的視野裡，有一隻被扯下來，飛到牆邊的白色手臂。

與那慘烈的破碎的身體不同——

這是一隻完好、美麗的手臂。

如果接合到某個人的身體上……

那隻手一定就可以活動。

「啊啊啊啊……這樣、這樣的……褻瀆……歐魯庫托，對不起……！」

賽特拉正在吞食「真正的魔王」的屍體。

他正在吞食自己親手殺死的東西。

只要是稍微會感受到恐懼的人，是絕對不可能做出這種事的。

那毫無疑問是擁有獨立意志的存在。不是受他人意志左右的機械或魔族。他能夠自由地決定自己要做什麼。

正因為如此，他們才能把打敗魔王的願望寄託在那位大鬼的身上。

然而……那應該是這個地表上不可能有的存在。

——外界的賽特拉。他形同於哲學意義上的死人。從一開始就是如此。

「…………」

「賽特拉！賽特拉！……啊、啊啊、嗚啊啊啊……！」

混獸哭喊著。

牠知道，自己話永遠無法觸及任何人的內心。

「為什麼……！為什麼！為什麼會走到這一步！」

……三年前。有一個名叫飄泊羅針的歐魯庫托的男子。

那是在黑暗的時代之中，被「真正的魔王」殘殺的眾多英雄之一。

他連發出歌聲都辦不到，只能默默無名地死去。

然而，他終於找到了勇者。

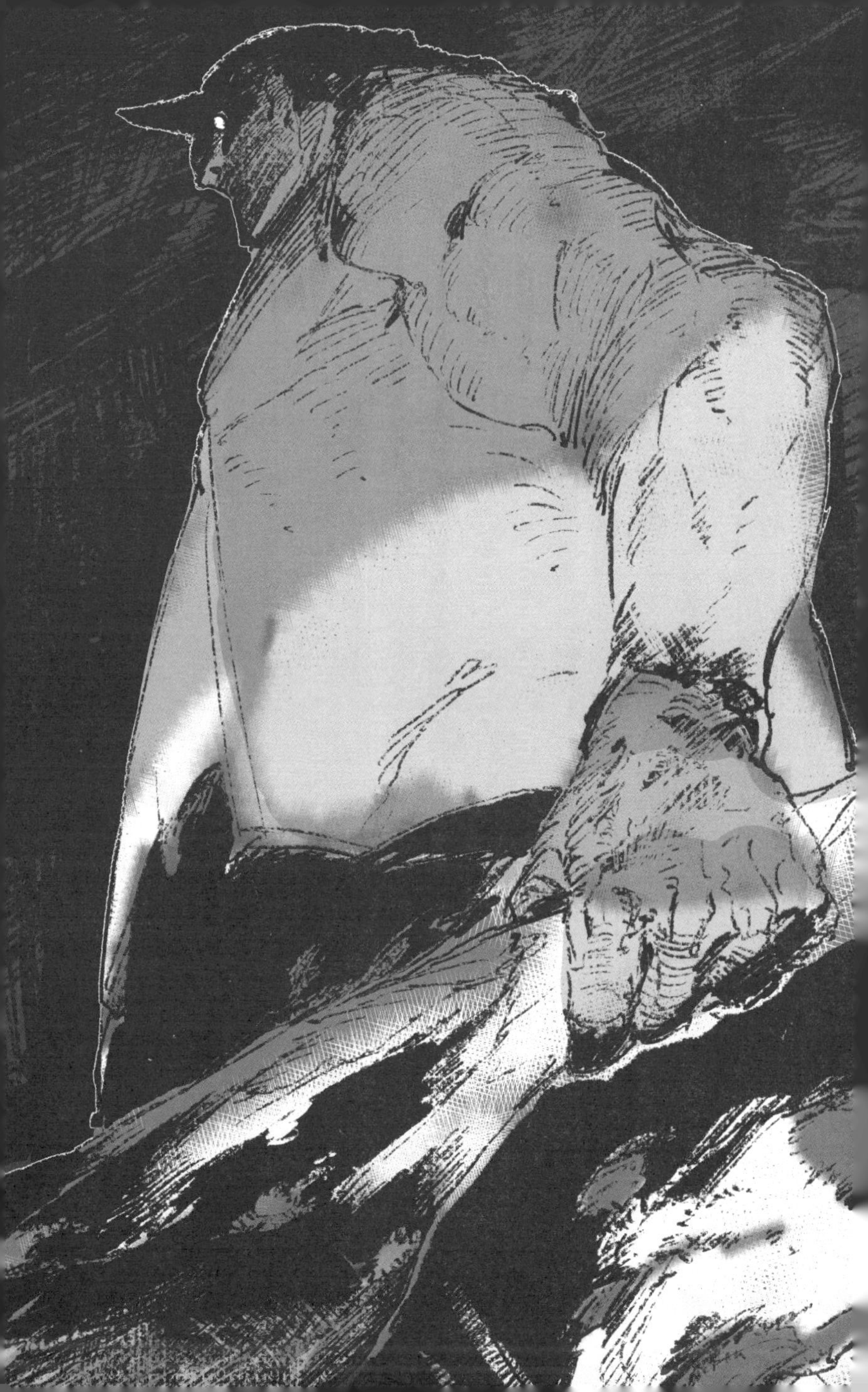

那是讓所有心靈互相交流的詞術無法產生作用，不應該存在——

——那傢伙其實……憎恨這個世界的一切。

——殺人的時候，你很難過吧。

——烏哈庫，你是有心的。你的心與我們沒有什麼差別。

此人在天生不理解詞術概念的情況下認識世界。

此人具有將自己眼中的現實強加於他人之上的真正解咒之力。

此人為擁有冷酷現實的強勁與龐大身形的普通大鬼。

而且此人從一開始就是——

勇者。大鬼。

外界的賽特拉。

十八◆第八戰

不言的烏哈庫，體型很巨大。

不知道要「吃些什麼」才能長得這麼壯碩呢？

對於第一千零一隻的基其塔．索奇而言，他能做出的推測很有限。

所謂制定戰術的能力，也可以說是創造選擇的能力。

要從正面砍倒敵人。或是在背後密謀策略，封鎖敵人的勝利之路。

那些手段並沒有優劣之分。而參與這場六合御覽的所有候選人，都準備了讓自己取得勝利的戰術。

——但是，有些人只有一種取得勝利的選擇，而有人準備了無數的選擇。第一千零一隻的基其塔．索奇就是後者。

他動用大量兵力探查黃都的局勢，在距離黃都遙遠的伊瑪古市設立臨時氣象站來預測天氣，甚至還進入掌握物流路線以操控市民的階段。

只要是為了勝利，使用其他手段也是可能的。

之所以在這場對決使用化學武器，有很多原因。

雖然光氣是一種讓人無法戰鬥，而且還會留下後遺症的兵器。但只要立即施予治療，造成死亡的可能性是很低的。

一旦產生後遺症，就有理由讓歐索涅茲瑪進行長期治療。這樣一來就可以剝奪不言的烏哈庫肉體方面的戰鬥能力，同時增加接觸的機會。這會使控制他變得更加容易。基其塔．索奇需要的是他的異能，而不是身為大鬼的身體能力。

此外，還有一點。

光氣的密度比空氣重，一旦釋放，它會殘留於現場。

……也就是說，對於對決結束後接近他們的人也能起作用。

於是他們就有機會以治療的名義檢查那些人的身體。

——這個戰術的對象，不僅是不言的烏哈庫。

還是一種把賽場上的基其塔．索奇自己當成誘餌，捕捉闖入陷阱的從鬼。

◆

劇場庭園地下。荒野轍跡丹妥正帶領幾名士兵和醫生沿著通道前進。

理應被基其塔・索奇在事前除掉的不言的烏哈庫擁立者——第十六將，憂風諾非魯特很可疑地回到了黃都。他有必要查明真相。

「問你一個問題，諾非魯特有接受血鬼抗血清的接種嗎？」

「沒有。由於血鬼的發生案例本身已經減少，所以在二十九官中，採購抗血清的人不到一半。」

醫生如此回答。採購，這個詞是弗琳絲妲部下特有的說法。

「我想也是。我也沒有接種。」

一部分弗琳絲妲的醫療小組成員已經抵達現場。

插著代表醫療部門的藍白旗幟的急救車輛也將在稍後抵達。

（讓敵人誤判抵達時間的手法嗎。那傢伙還是一樣做事很縝密呢。）

丹妥帶領的士兵是為了應對「匿形軍」攻擊而精挑細選的精銳。三名人類，一隻小鬼。小鬼是基其塔・索奇的部下。此外，還有三名剛剛會合的醫療小組醫師。如果遭遇血鬼或從鬼，有很多情況是只有醫生才能應對。

（……還要多帶一個人嗎？）

丹妥對一位正在巡邏的年長士兵喊道。

「……我是第二十四將丹妥。那邊的士兵聽好了。」

「是……！有什麼事嗎，丹妥大人？」

「我要拜託你一件麻煩的事。我的士兵都在外活動，似乎沒人知道劇場庭園的結構。你能幫忙帶路嗎？」

「哈哈，這也難怪！畢竟因為一次又一次的改建，地下的通道相當複雜。您要去哪裡呢？」

「麻煩你帶我去不言的烏哈庫的準備室。」

「好的，當然可以！」

或許是因為被二十九官拜託而感到得意洋洋，老兵有些興奮地走在前頭。然而，丹妥並沒有把這個男人算進戰鬥力之中。

他的目的是在前往諾非魯特準備室的路上，讓老兵成為擋在前方的盾牌。如果敵人真的是「黑曜之瞳」，就必須時時刻刻防範突襲。

「不過您說要去準備室，是有事找諾非魯特大人嗎？」

「是啊，沒錯。既然不言的烏哈庫要出場對決，他應該就在那裡吧。」

「這樣啊。可是諾非魯特大人剛剛才從這條通道走出去……」

「……什麼？」

「您沒有碰到他嗎？」

丹妥沒有這樣的印象。在找到老兵之前，他碰到了幾個輕裝的士兵，但像諾非魯特這樣異常高大的男人應該很容易辨認出來。

（諾非魯特剛才還在這裡。至少有一個「看起來像諾非魯特的人」在這裡。）

對方用了什麼手段？即使「黑曜之瞳」擁有不為人知的潛入技術，世上真的存在連諾非魯特的體型都能模仿的變裝術嗎？

（太誇張了……）

原本應該守在諾非魯特準備室前的士兵不見了。

「……」

——果然有人在搞鬼。

這個第八戰打從一開始就很異常。

「……！我要進行強制搜索！立即進入準備室！」

除了老兵之外，所有人都在丹妥以眼神示意後組成了戰鬥陣型。

丹妥猛地推開門。

如果諾非魯特以外的什麼人在這裡的話。

「——誰在那裡！」

隨著丹妥的吼叫，潛藏在準備室裡的影子動了起來。

那東西露出牙齒，發出野獸般的冷笑——

爆炸聲。石地板碎裂了。

那是腳步的聲音。

「丹妥大人——」

一名精銳士兵衝上前保護丹妥。

他的喉嚨被一擊挖開，甚至連喉嚨深處的頸椎都被削斷。

對方用的是赤手空拳的手指。

丹妥只知道有一個人能做到這樣的技巧。

「淵藪的海澤斯塔……！」

「……呵呵。」

雖然毫無疑問是人類，但卻能以近乎怪物般的超常暴力為武器的第十五將。

（為什麼，他在這裡？一擊就——）

丹妥拔出劍。穿過眼前士兵的腋下往前刺去。

海澤斯塔躲開攻擊，踏步，轉身。

異常的敏捷。

他利用旋轉的勢頭，手指貫穿了小鬼士兵的頭部。

小鬼拔出的手槍，甚至沒有機會開火。

「噫……」

刺出的手指拔出，腦漿拉出了絲。

海澤斯塔人在右邊。丹妥的視線被喉嚨遭到挖穿的士兵擋住，無法揮劍。

（以這個狀態……我能做到嗎？）

他以左肩用力推開垂死的士兵。士兵的身體以向右旋轉的方式倒下。海澤斯塔的視線遭到士兵身體的阻擋。

他猛地呼出氣。

將穿戴鎧甲的士兵連同其背後的海澤斯塔一起劈開——

「太慢了。」

海澤斯塔用兩根手指牢牢夾住了劍身。不可思議的反應速度。

丹妥低聲說道：

「抱歉啊。」

被海澤斯塔抓住的劍已經脫手。

他順著揮劍劈下的勢頭，彎下了腰。

（必須一擊——給予致命傷。）

他之所以讓士兵向右轉動，是為了讓士兵右側腰部的裝備轉向丹妥——他握住劍柄，立刻發動反擊。反斜劈。

丹妥感覺得到他砍斷幾根肋骨，劈開了肺部。

「……！」

血液狂噴而出。

掛著野獸般笑容的淵藪的海澤斯塔就這麼喪命了。

「搞什麼啊。」

丹妥咬緊牙關。他的一名精銳部下和一隻小鬼，在一瞬之間被殺了。海澤斯塔也倒在那片血泊中。黃都的第十五將死在那裡。

「……這到底是怎麼回事啊……！」

擁有憂風諾非魯特外貌的不明人物。

等待丹妥到來的淵藪的海澤斯塔。

無比異常的狀況正在發生。

丹妥看向隊列最後面，渾身顫抖的老兵。

「你，看到了吧！」

「就算您這麼問……可是動作都太快了，我根本看不清細節……還有……那個，剛才那個人，不是海澤斯塔大人嗎……！」

「——已經夠了。你來作證！第十五將突然發瘋，殺害士兵，所以我被迫反擊！由於他有受到血鬼感染的疑慮，我，荒野轍跡丹妥，將負責由這批醫療小組進行驗屍！」

「噫，我、我明白了……！」

丹妥事先做的保險起了作用。如果這個敵人以某種方式企圖在黃都內部引起內鬨，他認為應該帶一個私兵以外的第三方人士當證人。

那種一擊致命的傷口將會成為海澤斯塔先發動攻擊的確定證據。

海澤斯塔獨自守候在那裡。真是可怕的敵人。這個情況肯定是「匿形軍」設下的陷阱……這個陷阱毫無疑問並非只是要暗殺荒野轍跡丹妥。

對方是要讓丹妥背負殺害第十五將的罪名。

「該死的……真不爽……！到底發生了什麼事！是誰，又做了什麼！」

沒有時間了。即使知道這個事實，他還趕得上對決結束嗎？

「立刻傳令下去！第八戰是在第十六將諾非魯特不在的情況下進行的！」

如果那個據說從未展現自我主見的大鬼……打從一開始，就完全不在乎自己的擁立者的存在。

「不言的烏哈庫是『違規參賽者』！」

◆

——與此同時，一輛馬車翻覆於劇場庭園大馬路旁的小巷中。

馬車看起來是在行駛中翻覆的。堅固的鐵製車身扭曲變形，車夫被木片刺穿，已經斷氣了。

馬也死了。牠的前腿膝蓋以下遭到扯斷，飛了出去。

這不是交通事故。有人在馬車行駛中發起那樣的攻擊。

「拜託住手。」

從客車中出現的男子舉起雙手，表示自己不會抵抗。

「我投降。我受夠這種事了。」

一個穿著黑色衣服，給人有些不祥的感覺，滿臉鬍渣的男子。

「——這不是暗殺，而是交涉。擦身之禍庫瑟。」

聲音是從商店的上方傳來。一隻壓低身體、形似人類的狼正在俯視著庫瑟。

他是「黑曜之瞳」的九陣前衛，摘光的哈魯托魯。

「你之所以前往劇場庭園，是根據第一千零一隻的基其塔·索奇的指示嗎？」

「啊……嗯，是這樣沒錯。事到如今也沒什麼好隱瞞的了。你就是因為知道一切才會像這樣發動攻擊的吧？你們這些人真的是每個都很暴力耶……」

雖然擦身之禍庫瑟是勇者候選人之一，但他也是一名與廣人陣營合作的刺客。

如果他出現在第八戰的場地，就必須確實地阻止他。

「你和他們合作的理由是什麼？我方可以提供相當的條件。」

「這個……我不能回答。因為那是你們無法實現的願望。」

「……」

「嘿嘿嘿。你沒有攻擊呢……你不知道我的動機，卻知道這點內情。」

哈魯托魯站在庫瑟的上方。這個把戰鬥用的大盾留在客車裡，渾身毫無防備的男人正處於可以被單方面奇襲的狀況。

「那麼，攻擊馬車的就不是你吧？」

庫瑟突然這麼說道。

「不好意思，我要繼續前往劇場庭園了。你最好去看看你的夥伴是不是還平安。把馬車弄翻這件事，是想透過意外事件殺死我……做這種事的傢伙是會死的。無論他在多遠的地方，無論他藏得多好。一定都會死。」

「……『一定』？」

就在那個瞬間，一個巨大的質量落下，壓碎了鐵製的客車。

深藍色的裝甲。發出紫色光芒的獨眼。

潛伏在這條巷子的是兩個人。摘光的哈魯托魯，還有——

手持格林機槍開始轉動，美斯特魯艾庫西魯瘋狂大笑。

「——哈哈！哈哈哈哈哈，哈哈哈哈哈哈哈哈哈哈哈哈哈哈哈！」

「喂喂……！真的假的啊！」

若想幹掉擁有必殺異能、能殺死試圖殺害自己的人，該怎麼做呢？

「我來告訴你吧，擦身之禍庫瑟。」

只需派出一位『即使死去也不會停止行動』的人即可。

大笑聲迴盪在巷子裡，哈魯托魯也咧嘴而笑。

「『一定』這個詞啊，只有擁有情報的人才有權利使用。」

◆

——黑曜莉娜莉絲的童年時光幾乎是在宅邸的床上度過。

她天生體弱，幾乎不能站起來行走。黑曜雷哈多不得不以揮金如土的方式延長女兒的生命。在十七年歲月的半數時間裡，她都過著這樣的生活。

她的外表與和人類相同，但僅僅因為身為血鬼，就成為人類的敵人。即使在能夠走路之後，為了避免性命受到危害，她也不能自由地外出。

她沒有可以稱作朋友的對象。

就連可以稱之夥伴的那些人，到最後也只剩下數得出來的幾位。

覺醒的弗雷、摘光的哈魯托魯、韜晦的蕾娜、變動的維瑟、塔之霞庫萊、純真的倫丹魯特，還有奈落巢網的澤魯吉爾嘉。他們每個人都是拔山蓋世的強者，但自從「黑曜之瞳」的存在曝光之後，就再也不可能讓所有人都存活下來。

也有一些人離開了組織。天眼的庫烏洛、搖曳藍玉的海涅、瘴癘吉茲瑪、月嵐拉娜、刻劃三針的路克——每個人都擁有足以在光明世界生存的卓越能力，但無一例外地只能選擇投身與戰亂相關的行業。

這是因為「黑曜之瞳」已經變成了與光明世界的人完全不同的生物。這不僅僅是指他們是從鬼，而是因為他們成了只要活著就必須持續讓雙手沾滿鮮血，不斷適應無盡鬥爭螺旋的生物。

她必須讓他們活下去。

「黑曜之瞳」之所以製造出賴以為生的戰亂，就是為了達到這個目的的手段。

若要製造戰亂，只要將軍隊變成從鬼，控制他們與其他人相互爭鬥就行了。

黑曜莉娜莉絲有能力摧毀這個黃都。

雖然女王和部分二十九官已經接種抗血清，但這個國家的大多數人民都沒有對血鬼病毒的抵抗力。即使不直接針對主要人物，只要控制負責實務的高級官僚，也能輕易地讓社會結構崩潰。

然而那就不是「黑曜之瞳」的勝利。莉娜莉絲是如此認為的。

即使成功讓世界走入戰亂，一旦「黑曜之瞳」的暗中行動和身為大規模感染源的莉娜莉絲的存在曝光，她們將不得不與全世界為敵。

即使摧毀了黃都，六合御覽中出現的那類修羅也會前來討伐她們。吹一口氣就能摧毀整片國土的冬之露庫諾卡。或是根本不可能被感染的斬音夏魯庫。這個世界上仍然存在著無數即使竭盡個體之力，即使操控上萬兵馬也無法與之抗衡的威脅。

所以能一舉整頓這些威脅的六合御覽，對「黑曜之瞳」來說是必要的。

她要堅持這場戰鬥到底，消除所有能威脅到「黑曜之瞳」生命的傑出強者。

在那個過程中，她利用戰鬥能力受到對決場地最大限制的情況，奪取了最強戰略兵器，窮知之箱美斯特魯艾庫西魯。

莉娜莉絲想要製造的是六合御覽結束後的戰亂火種。

她需要在不被察覺的情況下，「利用當事者的意志」來引發戰亂。

關鍵就在於逆理的廣人陣營。

如果把歐卡夫自由都市和據說在廣人背後的新大陸國家加在一起，在國力與規模上，他們應該能與黃都匹敵。如此一來就可以在這個世界上製造出長期的戰爭狀態。

「黑曜之瞳」藉由操控歐卡夫的傭兵，不斷挑釁黃都和勇者候選人，試圖在黃都和歐卡夫之間製造不和。襲擊勇者候選人、狙擊使者、大量的可疑死亡事件。

然而，有人洞悉了各種有形與無形的操作，並立即採取行動加以阻止——那就是第一千零一隻的基其塔．索奇。

這名小鬼是個天才。其軍事戰略超越莉娜莉絲的思考能力，避免各式各樣衝突的戰術家。

他定義了「匿形軍」的存在，並以驚人的速度對莉娜莉絲的陰謀做出應對。一旦莉娜莉絲的從鬼被他抓住當成證據，「黑曜之瞳」的存在將會完全遭到掌握。所以在他做出這個結論之前，莉娜莉絲有必要確實地除掉基其塔．索奇。

那麼，如果想解決最強的戰術家，最適合的是什麼狀況呢？

那就是敵人毫無疑問得獨自上場，不可能事先設置陷阱，還被非友軍包圍的狀況。也就是御覽的對決之中。

在第三戰時，莉娜莉絲潛入城中的劇場庭園調查彈火源哈迪的行蹤。當時，她將許多配屬於劇場庭園的士兵變成從鬼，控制了他們。

她利用韜晦的蕾娜的偽裝，讓原本不可能參戰的不言的烏哈庫送上了賽場。

再利用窮知之箱美斯特魯艾庫西魯，封鎖了廣人陣營最強的棋子，擦身之禍庫瑟的干涉。

她設計荒野轍跡丹妥殺死淵藪的海澤斯塔，讓他失勢。

然後派「黑曜之瞳」的強者們感染觀眾席上的逆理的廣人。

廣人陣營與黃都之間最大的差異，在於是否有一個領袖能獨自左右整個陣營——即使看似沒有在戰術判斷上作出貢獻，但廣人仍是陣營之中掌管所有政治關係的關鍵人物。莉娜莉絲也認識到了這個事實。

透過殺死基其塔．索奇，以及控制廣人，她能以最小的參與程度來操控歐卡夫自由都市和小鬼國家這兩個國家。她將會透過廣人操縱歐卡夫和小鬼國家，使他們自願選擇與黃都開戰。

她已經撒出無數的戰亂火種。

六合御覽結束後，黃都和歐卡夫自由都市之間的戰爭就會開始。

少了雙方所屬修羅的那場戰亂……性質將與利其亞戰爭或鎮壓舊王國主義者的行動不同，想必會演變成一場漫長的戰爭。

——對廣人陣營來說，一切的關鍵都在第八戰上。

而對黑曜莉娜莉絲來說，那場對決的重要性甚至超過了第六戰。

她必須在不被任何人懷疑的情況下殺死基其塔．索奇。

不需要奪取其他任何東西。不需要殺害其他任何人。

「黑曜之瞳」的戰鬥，將會就此獲勝。

◆

窮知之箱美斯特魯艾庫西魯已經不再是六合御覽的勇者候選人了。

它是「黑曜之瞳」所支配的一件兵器。

「哈哈哈哈哈哈哈！哈哈哈哈哈哈哈哈哈哈哈！」

笑聲。破壞。子彈的軌跡舔舐著巷子。

身處於無法隨意迴避的狹窄巷弄之中時，「彼端」格林機槍的全力掃射可以打穿整條巷子，摧毀整個地形。

擦身之禍庫瑟試圖躲在馬車殘骸後面抵擋這次攻擊，然而即使他手中有一面大盾，那股火力也足以連同盾牌和掩體一起打穿。

「住手！如果你那麼做——」

「哈……哈——」

彷彿要剷掉前方整塊地的掃射在即將抵達庫瑟的瞬間停了下來。

獨眼的光芒消失，美斯特魯艾庫西魯跪倒在地。

庫瑟露出嘴角抽搐的笑容。

「你看吧。馬上就會……死掉了。」

只有庫瑟能感知到的白色天使，漂浮在美斯特魯艾庫西魯的頭上。

原本在庫瑟旁邊的娜斯緹庫瞬間移動過去。在任何攻擊碰到庫瑟之前，彷彿死亡的命運提前抵達似地——娜斯緹庫先殺死了對方。

「你的特殊能力果然和傳聞中的一樣呢。擦身之禍庫瑟。」

在屋頂上觀察戰鬥的摘光的哈爾托爾說道。

雖然這名狼鬼身形龐大，然而他卻像沒有體重似地站在木造屋頂上，連一點嘎吱聲都沒有發出。

「靠招式是做不到這種事的。沒有毒、電流或熱量出現的跡象。你能在與自己的能力無關的情況下做到這一切嗎——那麼，就讓我多看一點你會進行怎樣的戰鬥吧。」

（……該死。這傢伙……他本人沒有要殺我的意思。）

娜斯緹庫的絕對瞬殺是無敵的力量。

但是，她無法阻止確定被殺死的人「復活」。

「『浸潤之板為層積墨跡為靈魂火炬的鼓舞分離流動天球為捲入脊椎的模樣形成遊星』」（weresm otampea netehaires tesnainmestorte rwemgwis quomexos）

庫瑟所知道的，只有從逆理的廣人那裡聽來的美斯特魯艾庫西魯與托洛亞戰鬥時的情報。能無限生產遠遠超出世界常識的「彼端」武器，擁有即使被殺死也會復活的不死特性，甚至能製造出有如自身複製體的機魔。

然而，廣人的陣營並不知道其核心的絕對機構。

當機魔被奪去生命時，核心的造人會重新構築機魔。

當造人被奪去生命時，機魔的身體會重新構築造人。

那就是窮知之箱美斯特魯艾庫西魯。

「啊、啊啊啊啊啊……啊，呼、咳。」

娜斯緹庫剛才的攻擊，讓美斯特魯艾庫西魯在以子彈射穿庫瑟之前停了下來。

然而，如果庫瑟不斷遭受「死了也不會停下來」的攻擊，他能生還的可能性將會非常低。

而且，敵人的目的是——

（這些傢伙……是想拖延時間到第八戰結束！）

「『艾庫西魯號令於美斯特魯。凝固的雨滴。搖曳的赤紅。回歸的核心——連結吧』。」（exil io mestel ueetes jodo lin hey tede wa notketm sinkart）

在還不到一次呼吸的時間之內，美斯特魯艾庫西魯的背部長出了箱型的兵器。

「『LARD　2000X』。」

「……！」

指向性聲波武器啟動了。

在電流通過之前，娜斯緹庫的刀刃已經奪走了它的生命。

（這傢伙太危險了。）

娜斯緹庫剛才阻止了美斯特魯艾庫西魯的「某種攻擊」。代表著這個剛生出來的箱子，是一種超出庫瑟理解範疇的兵器。

天使能察覺威脅庫瑟生命的死亡威脅到什麼程度，在什麼範圍之內進行自動攔截呢？當迎擊的解釋不斷擴大到他無法衡量的尺度時，娜斯緹庫是否會變成庫瑟無法控制的存在呢？

「攻擊、的話，就、就會死。」

而這也適用於正在復活的美斯特魯艾庫西魯。

「……那麼只要不會死就行了。」

能夠根據各種攻擊手段學習與應對的無敵機械。

（在這傢伙做出下一個行動之前。必須強行突破——）

「美斯特魯艾庫西魯，堵住他。」

哈魯托魯在屋頂上冷冷地低聲說著。

「『艾庫西魯號令於黃都之土。藍色下顎。數列的花蕾。軸線為地平之六。擴散吧』。」

美斯特魯艾庫西魯瞬間完成了工術的詠唱。整個地形被重組、改變，生出了一道阻擋前往大道路徑的鐵牆。想要突破封鎖已經成為物理上不可行的事。

「喂……喂喂喂喂！太亂來了吧！」

「改變地形。只要不直接攻擊你，你就不能使用瞬殺的能力。看來這個假設是正確的。」

庫瑟回頭看了看。周圍的地形已經完全變了樣，甚至還變成了金屬，但後方仍有逃跑的路。然而這也得看美斯特魯艾庫西魯的行動。道路可能很快就會被封鎖。

而且，還不只這些。

「『艾庫西魯(exil)號令(io)於黃都(kouto)之土。光之繩(zavortes)。六重星(ottportel)。千轉之石(shyake bibot)。起身吧(chortes)』——」

美斯特魯艾庫西魯的旁邊長出了某種在槍架上伸出砲台般物體的機器。

庫瑟流下冷汗。即使是對「彼端」的兵器一無所知的他，也理解到了這意味著什麼。

（只要不會死就行了。）

無人砲塔。既非武裝，也不是機魔。它打算用純粹的自動機器殺死庫瑟。

天使無法殺死連詞術都沒有的機械。這和「真正的魔王」的恐懼不一樣，她無法懲罰設置那種東西的想法。

她有辦法阻止美斯特魯艾庫西魯的下一次攻擊嗎？進一步地說，這個機魔敵人有體力上的極限嗎？

突破點是——

「停下來！拜託了！」

庫瑟朝著頭上的哈魯托魯大喊。

對方身為應該隱藏自己真面目的「匿形軍」，卻在明知自己不能參加戰鬥的情況下，故意在庫瑟面前現身。這恐怕是因為他帶著必須這麼做的任務。

庫瑟猜想。對方打算以美斯特魯艾庫西魯這個威脅作為牽制，要讓庫瑟做些什麼。

「你一開始說過！你是來談判的吧！」

美斯特魯艾庫西魯設置的槍口開始轉動。

看得出機器瞄準的是庫瑟那毫無防備的肚子與頭部。

在極度緊張的情況下，庫瑟屏住呼吸。

「……好吧。我就繼續進行交涉。住手，美斯特魯艾庫西魯。如果看到他有任何可疑的行動，就立刻殺了他。」

「好……好的。我會聽話！」

「真、真是個……乖巧的傢伙。我可以問問你是怎麼馴服它的嗎？」

「我方只有一個要求。」

哈魯托魯完全無視庫瑟的話。

「你不需要做出任何承諾，也不需要改變陣營。只要你接受我們的要求，就可以繼續前往劇場庭園，我們今後也絕對不會傷害你。不只是你本人……這項保證也同樣適用於歐卡夫照顧的那些孤兒。」

「…………………」

庫瑟陷入沉默。他的臉上雖然掛著笑容，但他感覺自己身體的溫度正逐漸變冷。

哈魯托魯從懷中拿出一個包在布裡的小瓶子，扔到地上。

「喝下它。」

「嘿嘿嘿。這是什麼？」

「差不多是水。不是毒藥。如果我想毒死你，還不如讓美斯特魯艾庫西魯動手。」

「……基其塔．索奇他啊……曾經說過喔。『匿形軍』有可能是血鬼。」

血鬼能透過對傷口輸入血液——或者是通過黏膜接觸來增加從鬼的數量。

反過來說，他們需要的就是如此深入的接觸。若是僅僅喝下一兩滴血，還不至於立即變成從鬼。

正常來說，那種病原體應該不可能透過這麼一小瓶的量就能造成感染。

「——『差不多』是水？嘿嘿嘿。也就是說，這裡面有一點點你的親體血液……如果我喝了下去，就會變成你們的手下嘍？」

「不，那是我自己的血。」

哈魯托魯發出宛如笑聲的低吼。

「如果你的自動反擊把感染也視為攻擊的話——那麼只有我會死。」

「嘿嘿嘿……這樣啊……」

庫瑟原地蹲下，撿起了小瓶子。

他蹲在地上打開瓶口，放到了嘴邊。

「我說啊，我可以……再問一個問題嗎？」

包圍四周的鐵壁對他投下了深深的陰影。

「你說不會對孩子們造成危害，是真的嗎？我……只是想保護那些孩子。不管我變成怎樣都好，只要他們能夠得救就行了……」

「是，我保證。」

「那麼——」

庫瑟往上一望。

那空洞眼神滑向哈魯托魯。

哈魯托魯瞬間感到背後竄出一股寒意，他以意志力抑制了下意識的反擊行動。

「就算……你要逼我攻擊，也沒——」

哈魯托魯的脖子上浮現一道紅線。

天使擦身而過。

哈魯托魯並沒有對庫瑟做出任何加害行為，他應該連殺氣都壓抑住了才對。

那巨大的身體從屋頂滑落，摔在庫瑟的腳邊。

「……也就是說，除非我殺光你們，否則就保護不了那些孩子吧？」

宛如死神般的男子對腳邊再也無法活動的哈魯托魯如此說道。

庫瑟的手裡拿著瓶子，他沒有喝。

「嘎，啊！」

娜斯緹庫的瞬殺權能會殺死那些試圖殺害庫瑟的人。

但是——即使是「黑曜之瞳」也不知道，還有另一個觸發條件。

那就是庫瑟本人真心『想要殺死』視野中的對手的時候。

「美斯特……」

「哈哈哈，怎麼了？」

庫瑟凝視著按照哈魯托魯的命令在原地待命的美斯特魯艾庫西魯，喃喃說道。

「『我』沒有做任何可疑的動作。沒錯吧？真是個老實的傢伙。就像個孩子一樣。」

「咕、咕，嘔。」

哈魯托魯那健壯的身體即使註定將要死亡，仍然痛苦地掙扎。

牠的爪子刨挖著地面，試圖想要呼吸。

「別妨礙我。」

如泥淖般深沉的眼睛俯視著哈魯托魯的雙眼。

「——別妨礙我。我可沒打算拯救你們。」

對方已經無法應聲了。

「……嘿嘿嘿。喂，美斯特魯艾庫西魯。」

「……？」

「我想逃跑了……」

「哈哈哈哈哈，是嗎——」

美斯特魯艾庫西魯對庫瑟的話做出反應。充滿殺氣的動作。

同一時間，周圍的無人砲塔也開始運作。

「右邊。」

然而在那之前，庫瑟已經憑自己的意志派娜斯緹庫行動了。

美斯特魯艾庫西魯一如庫瑟的宣告，瞬間死亡之後倒向右方。連續精準射擊的無人砲塔所發出的子彈，全部被倒下的美斯特魯艾庫西魯那巨大身軀和裝甲擋住了。

當一切結束後，巷子裡已經看不到庫瑟的身影。

（……該死）

花太多時間。道路被堵住了。

現在應該趕不上第八戰。

——如果美斯特魯艾庫西魯忠實地按照命令原地待命，那麼殺死現場的命令者哈魯托魯是最有把握讓他生存下來的手段。

關於哈魯托魯的死因，敵人可以解釋為受到病毒感染本身被視作「具有惡意」的攻擊。所以他才會打開小瓶子，以哈魯托魯和美斯特魯艾庫西魯看不到的角度把瓶子湊到嘴邊。

那是應該使用王牌手段的情況。這點是可以肯定的。

（……這是藉口。）

當救濟院遭到「日之大樹」襲擊時，庫瑟可以不用殺人。

但是，如果那一天烏哈庫不在，他會做出什麼事呢。

當那個狼鬼提到孩子們的時候，他不由自主地這麼想。

（我想殺人。其實我……）

他緊握了小瓶子。

可以殺死一切生物的天使為何只附身在他一個人的身上？

難道不就是因為她的存在，表現出擦身之禍庫瑟的本質嗎？

白色的天使就像是與他並肩奔跑似地飛在旁邊，對他露出微笑。

（我恨透了這個世界，恨到想殺死一切。）

他有股預感。總有一天，他將會無法控制娜斯緹庫。

◆

「各位。不言的烏哈庫天生就背負著無法聽見聲音的枷鎖！那不是烏哈庫本人的問題！我們議會也保證，他不是一個以人為食的大鬼！因此，烏哈庫擁有透過書面文字來了解真業對決規則的特殊權利！」

在定下對決條件之前，低語的米卡如此宣告。

那大概是依照烏哈庫的擁立者諾非魯特的說明所塑造的形象吧。他們宣稱不言的烏哈庫這名大鬼並不是無法使用詞術，只是因為聽覺障礙而沉默寡言。

他原本就毫無身體障礙，能感知人所發出的聲音。只是完全缺少了可以解讀這些聲音的詞術的祝福。

與不懂詞術的野獸是同一類的存在。

「直到一方倒下再也站不起來，或是一方親口承認敗北。這場對決以這兩個條件確定勝負。我們允許使用所有武器和技能。若非以上兩種情況，則勝負交由在下低語的米卡裁定。兩位都沒有問題吧！」

站在雙方中間的米卡宣布真業對決的勝負條件。

她遞給烏哈庫一張以教團文字書寫的文件，確認對方點頭同意。

（……低語的米卡。我對妳站出來承擔這個責任表示敬意。）

擔任這種陷入陰謀漩渦的六合御覽裁判時，必須承擔的重擔和危險非比尋常。沒錯，米卡確實參與了作弊的行為——她意圖幫助絕對的羅斯庫雷伊獲勝。

但就算如此，也一定有無數勢力覬覦著她這個對勝負具有莫大決定權的位子。她甚至可能會招來戰敗的勇者候選人的怨恨。

低語的米卡面對的是其他二十九官遠比不上的危險。

（但是，我很清楚她為什麼要冒這麼大的危險。）

那是因為不能把這個任務交給別人。

如果讓其他人站在這個位置上，那個人的任何一點失言可能都會導致黃都的威信掃地。那個人可能會受到其他派系的甜言蜜語蠱惑，背叛自己的信念。正因為她具備做出真正正確判斷的自信，才會不讓別人代替站在那個位置上。

基其塔．索奇明白這一點。那是因為傑出而必須承擔的重責和危險。

肩負小鬼這個種族未來的「勇者」。

他們的種族在過去十年中變聰明的程度令人吃驚。但仍然不及人類的狡猾。正因為如此，基其塔．索奇現在還不能讓其他人參加這場戰鬥。

他們要讓自己在這片大陸上不再落於人族之後。

基其塔．索奇知道，六合御覽是用來剷除勇者候選人的陰謀。

明知如此仍然以勇者身分站出來，不會向任何交易屈服，決不會做出錯誤的判斷的人——那個人只能是自己。

「我已經確認不言的烏哈庫表示同意！第一千零一隻的基其塔．索奇！你同意真業對決的規則嗎！」

「是的，就讓我們以那些條件開戰吧。」

「對決將隨著儀隊的火砲聲開始！雙方，請做好準備！」

米卡高大的身影消失在地下通道的深處。

基其塔・索奇緊握著右手掌中的金屬塞子。

雖然他會使用戰術，但不會在對決中使用違規手段。因為那可能成為被敵對勢力利用的破綻。

然而，這是一場生死對決。可以使用任何攻擊手段的極限戰鬥。當對決開始的信號響起後，即使使用化學武器也不會受到譴責。

儀隊的開砲聲響起。可以看到烏哈庫衝了過來。

然而，就在他準備扭動塞子，打開氣體閥門的那個瞬間——

「……」

動不了。

（——我大意了……）

基其塔・索奇的肌肉完全僵硬了。連一根指頭都無法動彈。

這不是受到其他什麼人的妨礙。

基其塔・索奇本人已經變成了從鬼。

灰色的大鬼舉起棍棒。

基其塔・索奇知道這是多麼致命的一瞬間。

他以臨死前的思考速度，以比誰都優秀的腦細胞進行思考。

（食物、傷口、或是蟲子。完全想不到是什麼。啊啊……原來如此。血的氣味。那麼前提就錯了。如果再給我一點預測的資料……空氣感染變異。真是的。這就是敵人的真面目。這樣一來……就有勝算了。）

他是第一千零一隻，比任何人都傑出的天才。

一直到生命的最後一刻，他都在思考戰術和對策，然後——

（但是，啊啊。幸好抗血清沒有給我……而是給了廣人閣下——）

粗糙的木棍逼近至眼前。

烏哈庫沒有消除異能。因為不需要那麼做就能贏了。

基其塔．索奇無法做出任何動作。

即使找到了比任何人都還要正確的答案，他也沒有辦法傳達出去。

（——死棋了。）

野蠻的質量，連同厚重的鐵盔一起粉碎了他的頭顱。

逆理的廣人盼望的夢想。

小鬼之中再也不會出現第二位的真正天才。

他的頭腦化為淡粉紅色的血肉，在沙地上四散飛濺。

◆

這裡是可以俯瞰城中劇場庭園的茶館露天座位。是她之前和悠諾一起用餐的位置。

莉娜莉絲聽著牆內傳出的喧囂，靜靜地凝視著劇場庭園的方向。

她看起來就像是在午後獨自休息、人畜無害的良家少女。

「……再見了，基其塔．索奇大人。」

這位千金小姐沒有對最大敵人的消失露出笑容，反而帶著一絲憂傷喃喃自語著。

所謂制定戰術的能力，也可以說是創造選擇的能力。

「黑曜之瞳」擁有透過調查所累積的龐大情報。

城中劇場庭園士兵的勤務型態是什麼？在候選人之中，如果基其塔．索奇的陣營要利用某個人，那會是誰？有沒有一個機會讓他們可以確切地暗殺基其塔．索奇，而又絕對不會讓人懷疑到她們的涉入？

如果對基其塔．索奇這樣的謀士出手，那麼那場攻擊必定會遇到奇襲，並且反遭到追查。然後對方就會揪出她們極力保密的真實身分……所以，實際對他動手的，不能是「黑曜之瞳」。

能夠確切地暗殺他，並且不讓人懷疑到「黑曜之瞳」涉入的人，只有一個。

那就是他在第八戰的對手，不言的烏哈庫。除此之外別無他者。

所有的準備都在第三戰的進行中完成。

替換鑰匙，讓變成從鬼的士兵可以進出劇場庭園。

根據潛入時獲得的情報確認劇場庭園配屬的士兵，將參與第八戰的人變成從鬼。

因此，在這個第八戰中，莉娜莉絲自己甚至不需要進入劇場庭園。

血鬼費洛蒙的射程能否從劇場庭園外到達目標——埃努推動的劇場庭園測量行動，打從一開始就是為了這個目的而做的準備。

不需要複雜的手段。

應該說，使用的手段必須單純得讓基其塔·索奇無法進行奇襲。

——與此同時。

劇場庭園內，一名士兵正在把某個東西扔進壁爐中。

那是藏在纏在傷口上繃帶裡的……沾滿新鮮血液的手帕。那不是他的東西。

黑曜莉娜莉絲是透過空氣感染的血鬼病原體。即使只有她身體的一部分——血液，也不例外。

她能穿過所有警戒，感染只是「站在同一個空間」裡的基其塔·索奇。

這是最簡單，也無法防範的一步棋。

（最大的障礙消失了。這樣一來，我就終於……能完成我的義務。）

基其塔·索奇應該已經在這個劇場庭園內部布置了防範「匿形軍」的小鬼軍隊。除此之外，荒野轍跡丹妥和逆理的廣人也在那裡。

也許他還會找來曾和他有合作關係的善變的歐索涅茲瑪。就算如此，還是沒有問題。

「黑曜之瞳」的戰力正潛伏於劇場庭園的觀眾席。韜晦的蕾娜、覺醒的弗雷。

一旦確認了第八戰的成果，這兩人將立即採取行動。以她們的實力，是可以在對方察覺之前就感染逆理的廣人。如果再使用空氣傳播的血液，即使是那位護衛——可怕的混獸歐索涅茲瑪，應該也沒有抵抗的方法。

不透過從鬼，使用莉娜莉絲自身的血液來進行空氣感染，是必須冒著暴露真面目風險的最後手段。就是在基其塔・索奇已死的此刻，她終於才可以毫無顧慮地執行這個手段。

具有能夠追蹤「黑曜之瞳」的聰明才智的人，已經不存在了。

「大小姐。」

有個聲音從莉娜莉絲的腳邊，桌布底下傳來。是一個以四隻腳行走，奇形怪狀的人類。

變動的維瑟。利用圓月輪解決敵人的狙擊手。

他迅速察覺到出現在狙擊射程內的新存在，發出了警告。

「有六輛馬車。可以看到第七卿的旗幟。」

「……謝謝，我知道了。請繼續保持警戒。」

從狙擊手看到的時候算起，莉娜莉絲過了一會才能辨別目標。

馬車上裝飾著奢華的銀飾。宣示醫師存在的藍白色旗幟。那是醫療部門的掌管者，先觸的弗琳絲妲的手下。雖然對於血鬼而言，他們可說是天敵，但那群人本身並不足以讓她恐懼。

然而。

莉娜莉絲的內心深處，突然掠過一絲不安的影子。

（如果只是對第八戰的戰敗者進行治療或確認死亡，他們的規模未免太大了……不對，這表示在劇場庭園內部有人受傷……）

醫療部隊的馬車停在她的視線盡頭。

從那裡下來的人，讓她的不安轉化為確信。

抱著巨大戰斧的女性，厚重得彷彿會遮住視線的瀏海。

第十將，蠟花的庫薇兒。

「血人（dhampir）……！為什麼第十將會在醫療部隊裡……！」

對血鬼病毒擁有抗性的護衛。那只意味著一件事。

那是「確定有血鬼存在」，「為了應對」而派出的部隊。

（第七卿沒有站在特定派系的那邊，而是受金錢驅使。廣人大人——「灰髮小孩」應該通過鳥槍的交易獲得了大量黃都的外匯。如果他在對決前就已經讓弗琳絲妲大人展開行動……我們早就——）

被發現了，意思就是這樣。

他可能知道了「匿形軍」就是血鬼集團，甚至可能連「黑曜之瞳」的事都曝光了。

莉娜莉絲原本以為她用最快的一步棋消滅了基其塔・索奇，但敵人的思考卻更為快速，而且還周延地安排了醫療部隊。

（那麼……在劇場庭園內感染廣人大人……真的……有可能做到嗎？如果他在這麼短的時間內有機會與黃都交易，那麼要獲得抗血清也不是完全不可能的事。而若是歐索涅茲瑪大人接種了抗血清，我們所有人都可能會遭到反擊……更不用說，他們也許還有我們不知道的其他盟友……對方的布陣甚至有可能是在洞悉這場襲擊的前提下配置的。）

「大小姐，要我在這裡解決掉醫療部隊嗎？」

「就算只靠我，也能一個不漏地殺光醫療部隊。至於血人那種傢伙，只要在這裡先殺掉，那就跟普通人類沒兩樣。」

在莉娜莉絲陷入永無止境迷宮般的思考時，維瑟說道。

「……不……這批醫療部隊的到來，代表我們在第八戰期間動員大量從鬼的事——被基其塔・索奇看穿了。這表示『匿形軍』是由血鬼組成……『黑曜之瞳』就躲在六合御覽檯面下的事，已經被他察覺到了……」

「黑曜之瞳」在這第八戰做出了相當多的行動。

以變成從鬼的劇場庭園士兵進行的事前工作。透過莉娜莉絲的血液進行空氣感染。讓擬魔謟晦的蕾娜進行偽裝成擁立者。用美斯特魯艾庫西魯封鎖擦身之禍庫瑟。

——為了在這一天確實解決掉基其塔・索奇，她們不得不使用這麼多的手段。難道最強的戰術家甚至已經預見到血鬼的親體也會在這場對決中展開行動嗎？

（即使如此，如果現在不控制廣人大人，就會錯過千載難逢的大好機會。我所有的擔憂都只是假設，並沒有看到確切的根據。）

應該繼續進行作戰才對。即使「黑曜之瞳」的暗中活動已經曝光，但在已經給予敵人太多情報的這個時候回頭才是錯誤之舉。控制逆理的廣人，就能掌控他的國家。莉娜莉絲的頭腦告訴她這一點。

父親也是這樣做的。不畏犧牲，冷靜地，選擇最佳手段。

（創造戰亂的時代。只要實現那個……父親的願望，我就可以自由地——）

◆

城中劇場庭園的觀眾席。

在因為第八戰分出勝負而沸騰的現場裡，韜晦的蕾娜持續在觀察。

——能自由改變外貌的魔族，擬魔。她在完成偽裝憂風諾非魯特的任務後，移動到觀眾席，準備進行下一個任務。

她已經找到逆理的廣人的座位。而善變的歐索涅茲瑪就在他的旁邊。

（基其塔．索奇果然派了歐索涅茲瑪當廣人的護衛。到目前為止都還在預料之中。）

蕾娜也帶著一個小瓶子。

但是，溶在瓶中水裡的不是從鬼的血，而是能進行空氣感染的莉娜莉絲的血。

無論善變的歐索涅茲瑪有什麼戰鬥能力，只要在近距離經過對方時打開這個瓶子，讓他呼吸，就能完成大小姐的控制。別說攻擊了，她甚至不需要做出任何可疑的動作。

（要說有什麼問題——）

蕾娜俯視著對決場地。劇場庭園的觀眾席是一個從任何位置都能看到對決場地的碗狀結構。而在稍微偏離碗中央的地方，有一灘紅色的血跡。

那個像被壓扁的蟲子的東西，是基其塔・索奇的最後下場。

（……頭盔。）

她將遮住雙眼的繃帶往上推開。

對於不穩定的魔族蕾娜而言，光線對眼睛的刺激是一大負擔。這在取代他人時也是一大限制，但是她仍然需要親眼仔細確認基其塔・索奇的死亡狀態。

她要確認那具屍體是否仍戴著頭盔。

那個鐵製的頭盔應該會像果殼一樣連同頭顱一起被打碎，嵌入肉中無法拿開。

參與六合御覽的十六名參賽者的外貌，是由多名二十九官事先進行確認，並且做了記錄。如果配戴刻意遮住臉的裝備，自然會在對決前後檢查其長相。

因此，冒名頂替其他參賽者出賽是不可能發生的——而勇者候選人被更換成其他候選人的第四戰則是另一回事。至少，在對決開始前可以確定基其塔・索奇本人在場。

但在這場對決中，主辦方無法進行對決結束後的確認。因為「可供確認的頭部已經被破壞」了。

（萬一……如果讓烏哈庫打爛他的頭部也在其計畫之內，那麼出現在這場對決中的小鬼，很可能打從一開始就是棄子。有辦法在失去頭部的狀態下分辨出基其塔・索奇和其他小鬼嗎……）

如果再靠近一些，蕾娜或許就能進行辨認。但是城中劇場庭園非常寬廣，她只能遠遠地判斷。想在眾目睽睽之下闖入對決場地是不可能的事。

（……必須保持警戒。）

保持警戒。僅此而已。蕾娜的任務沒有改變。

接近廣人和歐索涅茲瑪，感染他們。然後離開現場。

既然大小姐已經下令，她要做的就只是豁出性命完成任務。

然而，當蕾娜走向廣人的座位時，她立刻停下腳步。在她的眼前——在觀眾席的另一側，有著歐索涅茲瑪之外的勇者候選人。

（斬音夏魯庫。）

太遠了。以逆理的廣人的護衛而言，那個位子太遠了。

但就算如此，那個位置仍然可以看到廣人周圍的狀況。

在明知進行通訊有風險的情況下，蕾娜將手探向無線電。這是用來與劇場庭園外的莉娜莉絲進行緊急聯絡的。

「大小姐，我是蕾娜。不言的烏哈庫順利取得勝利。但有幾個令人擔憂的地方。」

『……請說吧。』

「斬音夏魯庫正在觀看對決。他位於西南側的第二十五排，從右邊數來第二個座位。逆理的廣人是在東側第四排，從右邊數來第十個座位。」

『……』

「雖然雙方相距甚遠，但如果那傢伙真的要採取行動，距離就毫無意義了。」

斬音夏魯庫，與戒心的庫烏洛一樣，可以說是「黑曜之瞳」的另一個天敵。由於其身體是由白骨構成，不可能被以血液為媒介的病毒感染。

而且一旦被他的槍盯上，無論功夫有多麼高強，都無法逃脫。

『那……不是什麼奇怪的事。夏魯庫大人之前觀看了幾乎每一場的對決。』

「我也是那麼想的。不過，那傢伙可能與黃昏潛客雪晴有所接觸。沒錯吧？」

『……是的。』

就算以「黑曜之瞳」任何成員的速度，想要監視那個夏魯庫也是不可能的。

儘管如此，「黑曜之瞳」依然是地表上最大的諜報公會。如果無法直接追蹤對手，那就間接收集情報就行了——在蕾娜的記憶中，的確有證言指稱黃昏潛客雪晴與斬音夏魯庫有過交談。

「然後。」

蕾娜看向對決場地。那裡橫躺著一具屍體。

「第一千零一隻的基其塔．索奇戴著鐵盔。他的頭部和盔甲被烏哈庫的攻擊打碎，就此敗北。關於這個情況，我想請示大小姐的判斷。」

『…………』

◆

城中劇場庭園外，茶館的露天座位。

（沒有問題。）

莉娜莉絲像是在祈禱般，閉上了那雙金色的眼睛。

（就算是為了偽裝死亡，基其塔．索奇大人也不會採用在六合御覽中敗退的策略……因為基其塔．索奇大人的目的是讓小鬼受到這個黃都的接納。他不會為了對付我們而放棄他原本的目的——）

莉娜莉絲具有那種能力。洞悉人心，並深入分析人心的能力。

她不畏犧牲。冷酷地選擇最佳的手段。如果她身上有著偏離正確道路的可能性，那只會是莉娜莉絲自己的軟弱意志。

（基其塔．索奇大人刻意戴上鐵盔現身。那是為了在他落敗時不讓敵人確認他的死亡，讓敵人陷入混亂。夏魯庫大人在觀眾席的座位挑選也不是偶然——選擇座位的不是夏魯庫大人，而是「廣人大人」。那是為了牽制知道雪晴大人與夏魯庫大人有所接觸的人——也就是我們。）

蕾娜的聲音從無線電中傳來。

『如果您在知曉這則情報的情況下仍然要行動，那就請給出指示。醫療部隊已經在趕來的路上，時間不多了。大小姐打算怎麼做？』

「要——」

要行動。她正想這麼說。

她緊緊地壓著自己的胸口。這樣做真的好嗎？

『大小姐，這邊是倫丹魯特。』

突然有個聲音插入了無線電通訊。

那是負責游擊的，純真的倫丹魯特的聲音。但是，這條線路原本應該是哈魯托魯的——

『哈魯托魯被殺了。』

她試圖壓抑哀號般的聲音，但是沒有成功。

摘光的哈魯托魯死了。

「怎麼會。」

『我已經順利回收美斯特魯艾庫西魯，但擦身之禍庫瑟似乎已經逃走。還不清楚哈魯托魯死亡時的狀況。我會詢問美斯特魯艾庫西魯。』

「怎麼會……怎麼會……」

窮知之箱美斯特魯艾庫西魯明明就在場，他卻戰死了。

莉娜莉絲可以想像出原因。哈魯托魯可能擅自發動了某種攻擊。或是出現了意料之外的增援，殺害了他。

若是打贏今天這一役，應該就能結束一切。她為此設下了一層又一層的陰謀和計畫。

但就算如此，策略的力量仍然是不穩定的。莉娜莉絲很清楚這點。

「——蕾娜大人。請您立刻——」

已經不能相信了。

莉娜莉絲向人在劇場庭園的蕾娜下達了指示。

「立刻帶領大家撤出劇場庭園。放棄對目標的感染也沒關係。請迅速行動，確保不被任何人目擊。」

如果莉娜莉絲下令行動，蕾娜絕對會毫不猶豫地動手。

『中止作戰。遵命。』

「……咳，咳咳。」

就在結束通訊的同時，莉娜莉絲激烈地咳嗽起來。

「咳咳，嗚……嗚……」

短時間內多次外出對身體造成的負擔以及極度的心理壓力，正在侵蝕她那纖細脆弱的身體。

只能中止了。如果莉娜莉絲的判斷錯誤，她將失去一切。

不能讓「黑曜之瞳」的任何一位成員犧牲，她必須給他們留下生存之路。

即使如此，塔之霞庫萊仍然因為些微的偶然而身受重傷。

最後，甚至讓摘光的哈魯托魯因此喪命。

「咳咳，啊啊……為什麼……為什麼……」

她用雙手捂住臉，像是要趴在桌子上似地垂下了頭。

若是做出這種不雅觀的動作，她一定會受到嚴厲的斥責。

莉娜莉絲是代替父親坐鎮於此。

（我贏不了。即使投入了所有的策略，但還是……基其塔．索奇大人真是個天才。如果是父親的話……如果父親在這裡，他一定能……）

她以為完成所有的使命後，就能展開莉娜莉絲的全新人生。

到了那個時候，她一定就再也不必捨棄朋友。

維瑟在她的腳邊說道：

「……大小姐。我會留在這裡。等到確認蕾娜與弗雷已經撤離，就請您和她們一起逃走。我會對醫療部隊進行戒備。」

「好……好的。就交給您了。」

莉娜莉絲對著離去的維瑟報以微笑。然後哭了。

她按照自己所接受的教育，臉上帶著微笑，僅讓淚水從雙頰滑落。

（對不起。）

第一千零一隻的基其塔．索奇，或許真的已經死了。

基其塔．索奇戴的鐵盔，可能只是為了在敵人心中植入實際上不存在的懷疑。

斬音夏魯庫之所以待在可以保護逆理的廣人的位置，也許只是因為廣人刻意選擇了那個位置。

所有的恐懼可能只存在於莉娜莉絲的腦中，若是現在展開戰鬥，她也許能贏。

（但就算如此，我也做不到。我只是……不能犧牲大家。）

在「黑曜之瞳」出生長大的她，沒辦法在外界生活。

與她一起生活的夥伴已經所剩無幾。如果再失去了他們，莉娜莉絲的生命中將一無所有。

而且，更重要的是。

「我……我不能賭……因為……那、那些都只是……我向父親借來的……」

無論是「黑曜之瞳」還是其所有成員，全都不屬於莉娜莉絲。

她不是「黑曜」。無法從父親那裡繼承它。

——她還記得那天的事。

她深愛的父親渾身是血，莉娜莉絲則是茫然地看著他。

是誰殺了他？

不對，沒有人殺他。

所以黑曜雷哈多並沒有死。

如果他沒有死，他應該就能夠達成目的。

因此，她必須繼續思考。像父親一樣冷靜，像父親一樣不畏犧牲。絕不能接受任何敗北的可能。

她不想因為自己的失敗而玷汙父親的名字。

她希望成為一個不負黑曜雷哈多代理人之名的女兒。

「……請原諒莉娜莉絲……」

她乞求著原諒。

然而根本沒有人控制著莉娜莉絲。

◆

在地下準備室經歷了一場激烈的戰鬥之後，丹妥仍然留在那裡，努力維持現場的安全。

丹妥無法獨自判斷在這座劇場庭園中究竟潛藏著多少敵人。而且包含海澤斯塔的屍體在內的證據可能會遭到銷毀。

人類和小鬼士兵各一名，再加上海澤斯塔。共有三個人在對決進行的期間犧牲了。

這起事件足以成為中斷對決和取消烏哈庫資格的理由，然而——

「……丹妥大人！」

幾名士兵驚慌地衝了過來。

目前毫無疑問發生了某種緊急情況，但丹妥首先提防著那些士兵。他們之中有可能混進了從鬼。

「請立即離開這裡！現場的保全由我們來負責！」

「辦不到。這是一場嚴重的違規行為。必須立即停止對決，並且查出玷汙六合御覽的罪魁禍首。此外，我在調查過程中也需要作證。」

「那、那個……不、不是那樣的。我們不是指發生了事件。」

「不是指發生事件，那是什麼意思？」

丹妥感到很納悶。

在王城比武之中，還有什麼比二十九官遭到操縱而死亡更嚴重的狀況嗎？

如果真的有那種狀況，那只會是國家級規模的——

「非常抱歉！第八戰恐怕在丹妥大人抵達這裡的時候已經結束了……！第一千零一隻的基其塔・索奇已經死亡！警報幾乎就在那之後響起——」

「慢著。你說警報？到底發生了什麼事！」

「傑魯奇大人和古拉斯大人已經離開劇場庭園！而且……還對丹妥大人您下達了『出擊命令』！」

「……怎麼會！」

丹妥立即命令所有人噤聲，並且在寂靜中側耳聆聽。

隱約可以聽到地面上不斷鳴響的鐘聲。兩下。三下。兩下。三下。

所有二十九官都知道那是代表什麼意義的信號。

「可惡！竟然在這麼混亂的時候……！」

「我們剛剛被派來增援。由於有從鬼混入的疑慮，弗琳絲姐大人的醫療部隊也一同前來。我們將拘留和檢查劇場庭園附屬的所有士兵，以查明這起事件的罪犯。也請丹妥大人您在日後前來說明……！」

「在這裡之中……你是正式的醫療小組成員吧。那就幫我檢查一下瞳孔。雖然只是簡單的診斷，但應該足夠了。」

丹妥讓趕來的一位醫師查看自己的瞳孔，證明自己不是從鬼。

血鬼。原本應該已經幾乎被根除的疾病。基其塔・索奇必須先擊敗的敵人。當然，丹妥也得知了他們的事，並且對此有所警戒。

——然而，海澤斯塔剛才的狀況不一樣。

敵人擁有比單純以費洛蒙控制行動更加深入人心的操控技術。

那很可能就是「黑曜之瞳」。能夠在無數組織毫無察覺的情況下增加斥候的存在，已經潛伏於黃都之中。

「我馬上出擊。」

「祝您好運。還有其他需要確認的事項嗎？」

丹妥停下腳步。

「……這個嘛，我想問一個問題。」

即使已經清楚地聽到這個事實，他還是無法不去確認。

那個預測到所有發展，比任何人都還要聰明的狡猾戰術家。

「基其塔．索奇死了嗎？」

「是的。頭部被一擊砸破，當場死亡。」

「……」

丹妥微微點頭，隨即衝了出去。

他苦澀地自言自語著。

「開什麼玩笑……」

突然出現在丹妥的戰爭中，搶走了所有戰果的小鬼。

他很討厭那個戰術家的一切。

很討厭那種在他死後仍然帶給丹妥的失落感。

「基其塔．索奇！」

基其塔．索奇已經死了。他不想相信這一點。

丹妥的臉因憤怒而扭曲。

他應該這麼做。

「不要隨隨便便把麻煩都推給我！」

◆

歐索涅茲瑪俯瞰著那片景象。

基其塔．索奇化為一灘血跡，在劇場庭園的中央暈開。目睹了那種慘烈結局的觀眾或是為之屏息，或是竊竊私語。

在那股喧囂之中，只有廣人保持著安靜。

「真業對決已經結束！勝利者為不言的烏哈庫！」

身為裁判的米卡大聲吼道。

她那響亮的聲音清楚地傳到了坐在位子上的廣人與身旁歐索涅茲瑪的耳中。

「……廣人……」

「……」

面對那樣的結局，歐索涅茲瑪不知道該如何做出反應。

雖然雙方只是曾經暫時成為同胞，不過牠是否應該為這個男人的死而感到痛苦？

還是說，牠應該為「真正的勇者」的獲勝感到欣慰？

「最後的隊伍」旅程結束時的記憶，是怎樣的呢？

經歷「真正的魔王」的手臂接合手術的痛苦與掙扎之後，歐索涅茲瑪恢復了理智——至少牠深信如此。而賽特拉的身影在那個時候已經消失不見了。

真正應該受人讚揚的「真正的勇者」，只有他一個。

歐索涅茲瑪想要去找對方，然而對賽特拉真實身分的恐懼阻止了自己。

……牠相信賽特拉已經死了。

如果這個世界上真的有能夠若無其事地吞食「真正的魔王」的屍體，還能活下來的存在，那一定是真正的怪物。

牠不想相信最後留下的旅途夥伴是如此的存在。

因此，牠沒有說出其功績，同時，牠也不想容忍假勇者的存在。

因為那是其他任何人都不能做到的……也是不應該做到的——

一項太過可怕的偉業。

「真正的勇者」很可怕。

但是，賽特拉回來了。

回到了因為無法說出這個世界上存在著勇者，因而產生的這場六合御覽之中。

「——」

歐索涅茲瑪正要對廣人說些什麼，遠處的警鐘聲卻開始響起。

警鐘聲立刻在各個區塊的尖塔上傳播，敲得震耳欲聾。

「……這是——」

即使身處觀眾席，還是可以看到遠處升起的高聳黑煙。

歐索涅茲瑪意識到了這代表著什麼。

「請各位按照指示，保持冷靜進行移動！」

一名跑到觀眾席的士兵用盡全力大喊。

「這是一場緊急災難！請按照順序，聽從指示撤離！要配合嬰兒、老人、病人的步伐，不要慌亂！我們已做好讓所有人撤離的準備！」

「靠近東側出口的人請到這邊！我們正在外面安排馬車！」

歐索涅茲瑪——所有勇者候選人都知道。這個警報，不僅僅是一個普通的災難。

「……廣人……！你也趕快逃吧！就像他們說的，這裡已經很危險了。」

「……是啊，說的也是。」

廣人非常冷靜地坐著。他的雙手交叉放在膝蓋上，眺望著對決場地。

傑出的政治家並沒有對於基其塔．索奇的死表現出慌亂的模樣。

「我稍後就走。你先離開吧。」

「……我……」

賽特拉已經不見了。在這片混亂之中，他是否去進行他應該完成的工作呢？

廣人畏懼著他。原諒了他。

廣人不會忘記他。對他感到懊悔。

即使只有一句話也好，他想說些什麼。然而他卻不知道該說什麼。

基其塔．索奇的屍體還留在那裡，沒有被吃掉。

如果有任何人相信勇者的可怕真相，那麼打從一開始應該就不會舉行什麼六合御覽。如果歐索涅茲瑪沒有完成糧魔，廣人應該就不會從海的另一邊回來。又或是，如果基其塔．索奇沒有讓歐索涅茲瑪離開黃都。如果他透露了烏哈庫的情報，如果歐索涅茲瑪沒有敗給柳之劍宗次朗。

色彩的伊吉克，飄泊羅針的歐魯庫托，外界的賽特拉，「真正的魔王」，逆理的廣人，第一千零一隻的基其塔．索奇，柳之劍宗次朗，善變的歐索涅茲瑪。

這不是哪個人策畫的。

在誰也無法觸及的地方，他們的命運交織在一起。

等在這場六合御覽之後的，會是命運的答案嗎？

「……廣人。我在這場戰鬥中無能為力。當你有需要的時候，呼喚我吧。」

「感激不盡。我一定會那麼做的。」

巨獸一跳就越過劇場庭園的牆壁，消失了。

——廣人仍然坐在化為空白的觀眾席上。

就像逆理的廣人是完美的政治家，第一千零一隻的基其塔・索奇是一位完美的戰術家。

他預知自己力有未逮而死的未來，仍然竭盡一切手段保護政治家的生命。

即使他死了，戰術家仍然戰勝地上最難纏的諜報群體。

只要倖存的政治家完成戰術家的目的就行了。

完美的政治家不懷私情。不渴求任何東西，只為了實現承諾而行動。復興小鬼這個種族。即使沒有名為基其塔・索奇的個人，那仍是有可能辦到的。

只要完成那件事，他們就實現了願望。沒有問題。只要有人心懷期望，逆理的廣人就沒有完成不了的事情。過去如此，未來亦然。

他微微地笑著，將拳頭靠在額頭上。

「啊啊啊……該死的……」

——世上一定不會再有那樣的小鬼了。

他繼承了蓋澤古・索奇、艾妃莉娜、拉西克的夢想。

遠處，警報聲不斷鳴響。

因此誰也沒有聽到那聲呻吟。

「該死的啊啊啊啊……！」

第八戰。勝利者，不言的烏哈庫。

十九 鳥兒起飛之日

將時間倒退回去。回到第八戰開始的那一天，太陽升起前的黎明。

在鐵貫羽影的米吉亞魯的宅邸裡，駭人的托洛亞靜靜地從給他使用的床上坐起身。

他必須在這個其他人都還在夢鄉中的清晨時分離開。

他坐在木頭椅子上，彎曲右膝，然後伸直。然後對左膝也做了同樣的動作。

（……狀況萬全。）

戒心的庫烏洛不僅陪伴托洛亞直到他被賽阿諾瀑打穿的膝蓋痊癒，甚至最後賭上生命保護了托洛亞。在他的努力之下，駭人的托洛亞終於取回了真正的力量。

在那個短短的瞬間，他連聽庫烏洛說明詳細狀況的時間都沒有。

只能從隻字片語中推論出庫烏洛遭到追殺。

然而，凱特陣營也曾經為了奪取托洛亞的魔劍而對診所發動襲擊。美斯特魯艾庫西魯——凱特陣營的勇者候選人該不會其實是衝著托洛亞而來，而不小心把與自己無關的庫烏洛捲入這場災難中嗎？

「……魔劍會引來紛爭啊。」

很難說未來會不會再有類似的襲擊事件。

自己若是待在這裡，有可能會給他重視的人帶來死亡。

繼戒心的庫烏洛之後，他不想再失去鐵貫羽影的米吉亞魯或流浪的丘涅。

（……是啊。到頭來，我終究是個有如恐怖故事的存在。）

帶著所有行李，他離開了自己的房間。

他深深地拉下兜帽，遮住自己的臉。

背上揹著無數的魔劍。

「……」

樓梯旁邊就是第二十二將，擁立者米吉亞魯的房間。

那個天真無邪地憧憬著殺害魔劍使用者，人人畏懼的怪物，還對其伸出援手的少年。

他完全不受政治鬥爭和義務責任的影響，只是憑藉純真的好奇心做出決定。他那種真誠的生活方式一直讓托洛亞感到羨慕。

「……你要走了嗎？托洛亞。」

當他正要下樓梯時，門後傳來了聲音。

他是醒著的。

托洛亞隔著門回答：

「是啊，我要回懷特了。感謝你一直以來的照顧。」

「哦～這樣啊。嗯，畢竟發生了那種事情嘛。」

「給你添麻煩了。丘涅還在睡嗎？」

「……我睡的時候她還在哭……嗯。睡著了。大概是她太累了吧。我讓她躺在舊衣服的碎片上，應該沒問題吧。」

「你能幫我照顧她嗎？」

「……」

如果庫烏洛有一天回來，他一定會來找丘涅。

「吶，托洛亞！你一定還會再回來收集魔劍吧～？」

「……不，我不再殺魔劍使用者了。我要回到懷特的山裡……照顧菜園，過著平靜的生活。我從一開始就知道我想做什麼。就讓我來結束這種事吧。」

「……」

「失望嗎，米吉亞魯？我現在……要說出事實。」

昏暗的走廊裡，門後的沉默持續了一段時間。

一聲不響地消失或許是最好的作法。

身為繼承駭人的托洛亞名號之人，他或許有責任表現得像個故事中嚇唬孩子的恐怖存在，守護魔劍士的幻想。

——然而，托洛亞不想把米吉亞魯當成孩子。

「我不是駭人的托洛亞。」

「……」

「要保重身體喔。我看到你總是留下飯菜裡的蔬菜。要好好吃飯。雖然熱中於學習很好，但是看書看到深夜也不是好事。你或許很任性，愛給別人添麻煩。但即使如此……啊啊……」

托洛亞終於領悟到了。

——原來父親所希望的，就是這些理所當然的事情。

「……你必須做自己，而不是成為別人。你要比誰都還珍惜自己。」

「…………謝謝。」

鐵貫羽影的米吉亞魯。不對任何人付出敬意，天不怕地不怕的第二十二將。

他在沒有看到托洛亞的情況下，與對方道別。

「你簡直就像是真正的托洛亞喔……抱歉對你做出太多無理的要求。」

「不必道歉。」

「你回到懷特之後，我們還是能當朋友吧？」

「當然了。」

這就是駭人的托洛亞的旅途終點。

他搭乘早上第一班的長途馬車離開了黃都。

◆

前往馬里荒野的馬車裡，斜對面的座位上有個熟面孔。

雖然它沒有固定的形狀，不過它正在使用生出的偽足翻閱著一本小書。

「——真巧啊，駭人的托洛亞。」

「『無盡無流』。你在對決以外的時間也是一樣愛說話呢。」

「嘴巴和肌肉一樣。如果不經常活動，就會變得遲鈍，無法在必要的時候說出必要的話。只要是有智慧的生物，沒有道理不鍛煉那種武器。當我在沙之迷宮時，就常常大聲朗讀書本上的文字，讓自己保持活動。」

「和你的對決……讓我學到了很多。如果可以，我想再比一次。」

「如果你想現在就來打一場，我倒是不介意。要打嗎？」

「我沒那麼多閒情逸致。」

「我也是。」

賽阿諾瀑的表情令人難以看穿。不過，托洛亞覺得它也是在開玩笑。

馬車外的風景慢慢呈現銀白色。

托洛亞的思緒飛向賽阿諾瀑第二輪對決的對手。

他思考著若是自己贏得對決，就會由托洛亞迎戰的敵人。

——冬之露庫諾卡。在被譽為地表最強種族的龍之中，她是最強的存在。

聽說她是一個超越所有想像的災厄。

就連被認為一定能晉級的星馳阿魯斯……就連一度殺死了駭人的托洛亞，對他而言是終極敵人的對象使出了全力，也無法傷及傳說之龍的性命。

「……『無盡無流』，你打算和冬之露庫諾卡戰鬥嗎？」

「我已經充分了解她的強大。我要親眼進行確認。」

「如果是我，可能會選擇棄權。你是為了什麼而戰？」

「……」

無窮無盡的拳擊和所有種類的魔劍。如果他們各自在孤獨中鍛鍊而出的顛峰技術具有同樣的性質……如果無盡無流的賽阿諾瀑之所以超越駭人的托洛亞是因為它的內心，那麼托洛亞就想知道那個動機。

健談的黏獸沉默了一會。

「……可能是為了自尊吧。」

「那不是和所有人一樣嗎？」

「正因為那是所有人都具有的動機。」

托洛亞不知道它的過去。

也不知道它追求最強的原因，或是毫不猶豫地使用消耗生命的生術的原因。

「正因為如此，我才不想輸。」

——不知道其他十四名勇者候選人是怎麼樣的。

一定有人出於他所不知道的理由，遵循他不知曉的生活方式而戰。

愈是達到最強頂點的人，就愈是會不斷尋找自身生命的結論。

即使在這個「真正的魔王」已死，沒有必要再戰鬥的土地上，仍舊是如此。

「……好了，就在我們閒聊的時候，終點似乎已經到了。」

「看來是這樣。」

窗外一片白茫茫的。

馬車的壁面透出寒氣。非常突兀的氣候劇變。

這不是自然現象，也不是漫長歷史的結果。

只是單獨一個的存在，在吹口氣的轉瞬間改變了這片景象。

毀滅的景色。

「就是這裡……馬里荒野。」

駭人的托洛亞在這片土地上還有著最後一項工作。

◆

駭人的托洛亞從凍土深邃裂縫之中的斷崖絕壁持續向下。

這是一面沒有任何起伏可供攀爬的垂直懸崖。他使用魔劍往下走。

那把名為凶劍賽耳費司克的劍。使用者可以利用磁鐵那樣的力量，操縱由無數漂浮在空中的釘子構成的劍身排列。他把釘子插入崖壁當成立足點。然後把上方的釘子收回劍柄，再展開成新的立足點。

即使這不是它的原本用途，托洛亞也認為這比用它來殺人要好得多。

「……沒錯。比互相殘殺好得多了。」

他喃喃自語著。即使是探索深不見底的地底，即使在這片冰冷的大地上只有他一人。

還是比起殺死某人，奪走他的東西好得多了。

第二戰──星馳阿魯斯敗給了冬之露庫諾卡，墜入地底。

他收集了整片大地的無數財寶。

在阿魯斯擁有的眾多魔具中，托洛亞的目的從一開始就只有一個。

能夠切開包含龍鱗在內的所有物質，地表上的終極魔劍。席蓮金玄的光魔劍。

「好冷……。」

當一個人孤獨時，反而會變得健談。

他對賽阿諾瀑的批評，或許也同樣適用於他自己。

……不久後，他看到了漫長的斷崖盡頭。

在過去的馬里荒野，河流會穿過深深的地面裂縫。據說就是因為如此，裂縫的底部有著平坦的道路。

宛如地獄的盡頭般，無人踏足過的大地。

聳立於視野左右兩側的牆壁，高得讓他幾乎看不見天空。

「……」

一條狹窄蜿蜒的道路延伸出去。

他並沒有帶著鐘錶的習慣，但是現在的時間應該是接近中午。他必須在太陽下山前找到光之魔劍，然後返回地面。

托洛亞點燃提燈，走在太陽光無法照入的深淵中。

只有鞋底與凍土摩擦發出的聲音，在這段期間迴盪著。

儘管大致確定了星馳阿魯斯墜落的位置，也不能保證可以在這次的探索找到牠。即使找到了，光之魔劍也有可能落到其他的裂縫中。

他不停地行走。

天生就擁有超乎常人體力的托洛亞沒有休息的必要。

沒有盡頭的黑暗凍土。

與世隔絕的孤獨大地。

不停地行走。

不停地行走。

……然後。

「……找到了。」

一把擁有棕色暗淡的劍鞘，以及同樣骯髒木柄的，細長寶劍。

雖然劍鍔稍微有點受損，但它只是掉在地上。

其名為席蓮金玄的光魔劍。

從他的父親手中被奪走的，最強也是最後的魔劍。

駭人的托洛亞所追尋的……他自身人生的最後一塊拼圖。

托洛亞走了過去。然後，在蜿蜒道路的盡頭——他看到崖壁的陰影中蜷縮著另一個存在。

「…………」

那個存在沉默不語。

牠宛如真正的龍一般，貪婪地守護著財寶。

帶來死亡的不死魔劍士，最後要殺死的敵人就在那裡。

「…………」

「……又見面了。我是駭人的托洛亞。」

牠是活著的。然而，其半個身體已經被反射著黃銅光輝的金屬機械所取代，甚至失去了生物應該具備的內臟，被世上的一切遺棄在……這片化為凍土的地底。

在體內增殖，模仿生命體，強行受到驅動。

牠甚至不需要生命活動，身體功能不受使用者意志控制地持續運作。

那位冒險者在最後的戰鬥中使用的魔具，名字叫奇庫羅拉庫的永久機械。

「我是來取回光魔劍的。」

「…………不准碰——」

踏破無數傳說的，鳥龍英雄。

——星馳阿魯斯展開了生物的翅膀，與金屬的翅膀。

「我的寶物！」

後記

承蒙各位的關愛，我是珪素。異修羅這部作品也算是持續了還算長的時間，多虧各位讀者的支持，讓這部作品出版到了第五集。這集完成了第一輪全八戰。如果將第三集六合御覽開始之前的修羅登場章節定位為第一部，那麼我想異修羅的第二部將會在接下來出版的第六集最後一章結束。

異修羅這部作品之所以能寫到現在，全都是多虧了負責精美插畫的クレタ老師，在緊迫的截稿期間經常被我搞得焦頭爛額的編輯長堀先生，所有參與異修羅的出版與宣傳活動的各方人士，以及各位讀者。非常感謝大家。我會持續努力到異修羅的故事完結的那一天。

由於這是第五集，我就來分享一個可以做五份拿坡里義大利麵的食譜。

首先，在一個深底鍋中加入油，然後加入半個切碎的洋蔥，炒到洋蔥變透明。當稍微冷卻時，直接在鍋中加入三百公克的牛豬混合絞肉。加入五公克鹽、一個雞蛋、隨意分量的胡椒和肉荳蔻，然後用你剛才炒洋蔥的鍋鏟或湯勺，用擠壓鍋壁般的動作混合肉和洋蔥。這樣一來就可以在不弄髒手的情況下在鍋中製作漢堡排的肉餡。如果你想使用麵包屑之類的材料來幫助混合，也可以加入。似乎也可以使用剩飯。但我希望味道不要差太多，所以通常不這麼做。

用鍋鏟或湯勺將鍋中的餡料分成三等份，然後用鍋壁來調整形狀，它們應該要看起來像橄欖球。然後就這樣直接開火，用大火將一面煎至焦黃，然後用之前調整形狀時的手法翻面，蓋上鍋蓋，用小火至中火煮透，漢堡排就完成了。由於做了三份，接下來的三餐就可以吃漢堡排了。

我想起來了，原本是要教大家做拿坡里義大利麵才對。除非你是一個能夠把漢堡排的外型煎得很完美的高手，否則鍋底現在應該會留下一些在烹飪過程中碎掉的漢堡碎肉和油。可以利用這些油炒培根和剩下的絞肉。你應該還剩下半個洋蔥，把它切片炒一炒。當炒得差不多時加入適量的番茄醬和奶油，然後加入煮熟的義大利麵條。這樣就完成了拿坡里義大利麵。醬汁的分量可以根據番茄醬的比例來調整，若是使用半個洋蔥，大概可以做出兩份拿坡里義大利麵。而且只需清洗鍋子和鍋鏟，所以事後的清潔工作會很輕鬆。

假設每一百公克的牛豬混合絞肉價格是一百五十日圓，那麼材料就是四百五十日圓，一顆雞蛋三十日圓，一顆洋蔥是八十日圓。以這樣的計算，不計入調味料和麵條，大概花五百六十日圓就可以做五份的量。這樣就能以每份一百一十二日圓再多一點的價格吃到漢堡排和拿坡里義大利麵！這就是自己做飯的強大優勢。大家不妨試試看。若是您能用節省下來的錢購買下一本第六集，我將會感到無比的開心。

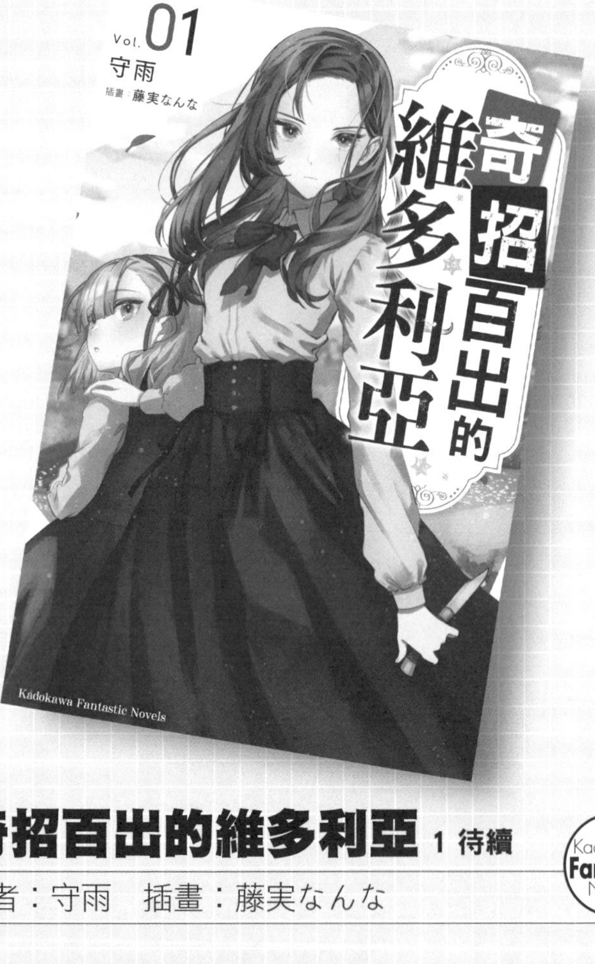

奇招百出的維多利亞 1 待續

作者：守雨　插畫：藤実なんな

頂尖諜報員銷聲匿跡後遠走他鄉
夢想過自己的小日子！

維多利亞是手腕高超的諜報員，因上司的背叛決定脫離組織，過著一般市民的自由人生。憑藉著諜報員時代的長才，她在新天地得以大展身手，然而組織怎麼可能放過她！許許多多的危機正悄悄逼近——重拾幸福的人生修復故事，拉開序幕！

NT$260/HK$87

賢者大叔的異世界生活日記
16
Kotobuki Yasukiyo
寿安清
插畫：ジョンディー
Kadokawa Fantastic Novels

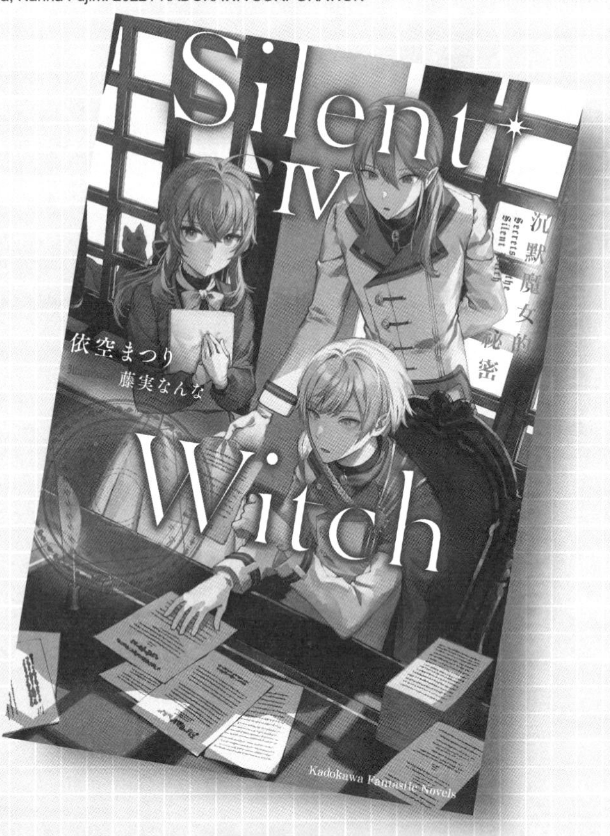

Silent Witch 沉默魔女的祕密 1~4 待續

作者：依空まつり　插畫：藤実なんな

莫妮卡面對校慶明裡暗裡忙得不可開交！
此時卻有咒具流入校園!?

為確保第二王子能正式公開亮相，校方無視於棋藝大會的入侵者騷動，強行舉辦校慶。莫妮卡與反派千金及〈結界魔術師〉對此構築縝密的護衛計畫。然而就在以為準備萬全的當天清早，七賢人〈深淵咒術師〉卻忽地傳來了咒具流入校園的情報……

各 **NT$220~280/HK$73~93**

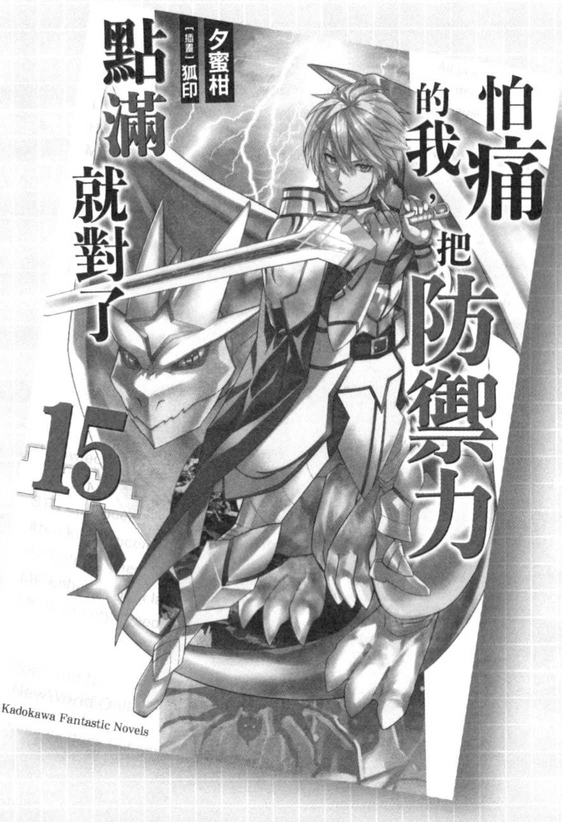

怕痛的我，把防禦力點滿就對了 1~15 待續

作者：夕蜜柑　插畫：狐印

對抗戰進入白熱化連頂尖玩家也退場！
敵軍將梅普露設為頭號目標還以顏色！

嚴苛無比的大規模對抗戰開始還不到一天就白熱化，連頂尖玩家也一個接一個地退場！只以梅普露、莎莉、芙蕾德麗卡等三人執行的閃電戰術，使敵陣大為混亂。

認識到梅普露果真是頭號目標後，敵軍也還以顏色……！

各 **NT$200~230/HK$60~77**

菜鳥鍊金術師開店營業中 1~6 待續

作者：いつきみずほ　插畫：ふーみ

珊樂莎從平民搖身一變成為貴族!?
才從學校畢業第二年的她竟然要收徒弟!?

與艾莉絲結婚的珊樂莎從平民搖身一變，成為了貴族。久違回到王都報稅的她，卻收到一份要她基於貴族義務掃蕩盜賊的命令!? 此外珊樂莎與在學時期的後輩鍊金術師——蜜絲緹重逢，而蜜絲緹竟希望珊樂莎能夠收她為徒弟——？

各 **NT$240~250/HK$80~83**

魔法科高中的劣等生 1~32（完）

作者：佐島 勤　插畫：石田可奈

魔法校園本傳故事堂堂完結！
最強魔法師達也與最強敵手光宣展開決戰！

為了水波，名副其實成為「最強魔法師」的達也，與擁有妖魔與亡靈之力而成為「最強敵手」的寄生物光宣，將在東富士演習場激戰！另一方面，就讀魔法科高中三年，達也與深雪風波不斷的高中生活也終將落幕。兩人戀情的結果是──

各 **NT$180~280/HK$50~80**

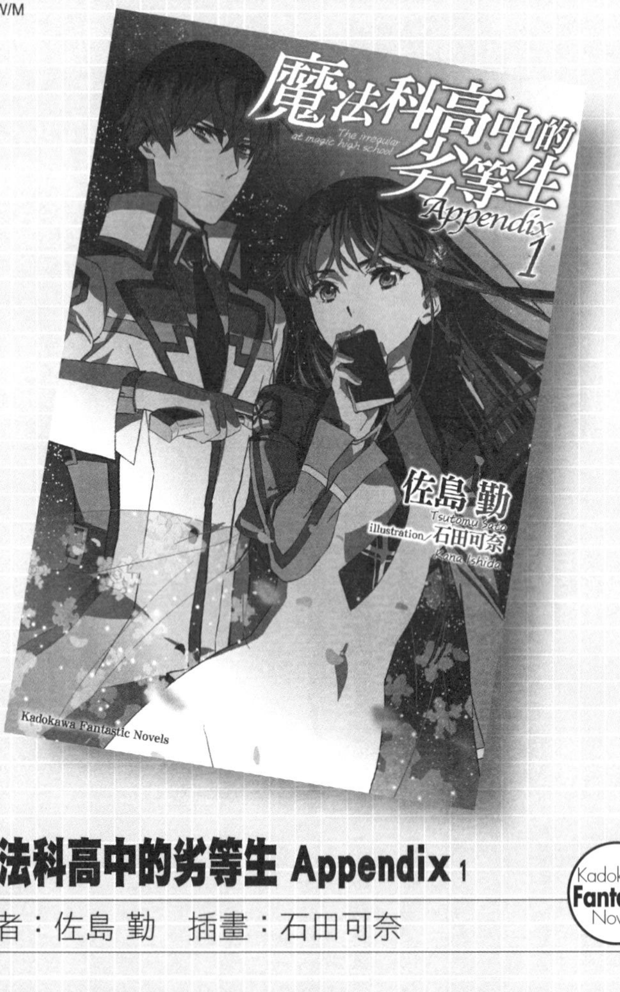

魔法科高中的劣等生 Appendix 1

Kadokawa Fantastic Novels

作者：佐島 勤　插畫：石田可奈

為紀念《魔法科》系列10週年
將收錄於光碟套組的特典小說集結成冊！

2095年9月。某件包裹誤寄到第一高中。內容物是未確認文明的魔法技術製品「聖遺物」，而且在不為人知的狀況下自行啟動——司波達也回神一看，發現自己位於森林裡。像是夢境的世界令他不知所措時，身穿純白禮服的深雪出現在他的面前……

NTNT300/HK$100

狼與辛香料 1~24 待續

作者：支倉凍砂　插畫：文倉 十

賢狼與前旅行商人幸福生活的第七集開幕！
羅倫斯與女商人伊弗再度碰頭，她是敵是友!?

有個森林監督官找羅倫斯求救，說有片寶貴的森林即將消失。原來托尼堡地區的領主為將來著想，決定開闢森林，而領民們卻想留下這片祖先世世代代守護至今的森林，然而預定收購這批木材的港都卡蘭背後，居然有那個女商人的影子……

各 **NT$180~250/HK$50~83**

新說 狼與辛香料

狼與羊皮紙 1~8 待續

作者：支倉凍砂　插畫：文倉 十

寇爾與繆里前往各方顯學雲集的大學城
當地竟爆發教科書戰爭！

寇爾和繆里為了繼續推行聖經的印刷大計，離開溫菲爾王國前往南方大陸的大學城雅肯尋求物資與新大陸的消息。寇爾當流浪學生時，曾在雅肯待過一陣子。如今城裡爆發了將其撕裂成兩部分的亂象，且中心人物的別名居然是「賢者之狼」——？

各 **NT$220~300/HK$70~100**

國家圖書館出版品預行編目資料

異修羅. 5, 潛伏異形種/珪素作；Shaunten譯. -- 初版
. -- 臺北市：臺灣角川股份有限公司, 2023.10
面；　公分. -- (Kadokawa fantastic novels)

譯自：異修羅. V, 潜在異形種
ISBN 978-626-378-044-6(平裝)

861.57　　112013274

Kadokawa
Fantastic
Novels

異修羅 V
潛伏異形種

(原著名：異修羅 V 潛在異形種)

2023年10月18日　初版第1刷發行

作　者：珪素
插　畫：クレタ
譯　者：Shaunten

發行人：岩崎剛人
總編輯：蔡佩芬
編　輯：黎夢萍
美術設計：吳佳昫
印　務：李明修（主任）、張加恩（主任）、張凱棋

發行所：台灣角川股份有限公司
地　址：104台北市中山區松江路223號3樓
電　話：（02）2515-3000
傳　真：（02）2515-0033
網　址：www.kadokawa.com.tw
劃撥帳戶：台灣角川股份有限公司
劃撥帳號：19487412
法律顧問：有澤法律事務所
製　版：巨茂科技印刷有限公司
ISBN：978-626-378-044-6